MW01109907

Satanás

Jurado del Premio Biblioteca Breve 2002

GUILLERMO CABRERA INFANTE

ADOLFO GARCÍA ORTEGA

PERE GIMFERRER

ALMUDENA GRANDES

JOSÉ MARÍA MERINO

JUSTO NAVARRO

JORGE VOLPI

Seix Barral Premio Biblioteca Breve 2002

Mario Mendoza
Satanás

Diseño colección: Josep Bagà Associats

Diseño de cubierta: Nicolás Ramírez

Primera edición: febrero 2002

© 2002, Mario Mendoza

Derechos exclusivos de edición
en castellano reservados para
todo el mundo:
© 2002: Editorial Seix Barral, S. A.
Provenza, 260 - 08008 Barcelona
ISBN: 84-322-1122-2

© Editorial Planeta Colombiana S. A., 2002
Calle 73 No. 7-60, Bogotá

ISBN 10: 958-42-0553-6
ISBN 13: 978-958-42-0553-7

Primera reimpresión (Colombia) febrero de 2002
Segunda reimpresión (Colombia) abril de 2002
Tercera reimpresión (Colombia) mayo de 2002
Cuarta reimpresión (Colombia) marzo de 2003
Quinta reimpresión (Colombia) octubre de 2003
Sexta reimpresión (Colombia) marzo de 2004
Séptima reimpresión (Colombia) septiembre de 2004
Octava reimpresión (Colombia) agosto de 2006
Novena reimpresión (Colombia) abril de 2007
Décima reimpresión (Colombia) mayo de 2007
Décima primera reimpresión (Colombia) junio de 2007

Impresión y encuadernación: Editorial Nomos S. A.
Impreso en Colombia - Printed in Colombia

ADVERTENCIA

Aunque muchos de los sucesos que aparecen en este libro son de fácil comprobación en la realidad y constituyen uno de los capítulos más amargos de la historia de Bogotá en las últimas décadas, tanto los personajes como la trama pertenecen exclusivamente al territorio de la ficción. No es la intención del autor ofender o perjudicar a ninguna persona vinculada de manera directa o indirecta con esta historia.

Cada día avanzamos un paso más hacia el infierno, sin horror, a través de tinieblas infames.

CHARLES BAUDELAIRE

Aquel a quien la Biblia llama Satanás, es decir, el Adversario.

EMMANUEL CARRÈRE

Yo soy Legión,
porque somos muchos.

Marcos: 5,9.

Capítulo I

UNA PRESENCIA MALIGNA

Una luz intensa y joven nace desde arriba, desde las tejas transparentes del techo y las altas aberturas que hay en los muros, y se desparrama a todo lo largo de la plaza de mercado. Son las siete de la mañana. Los vendedores anuncian sus productos, sus precios, sus rebajas y sus ofertas con voces fuertes y entrenadas que generan una algarabía que atraviesa las paredes del recinto hasta alcanzar las calles que rodean la parte externa de la plaza. La abundancia salta a la vista en los múltiples corredores que se extienden paralelos de sur a norte y de oriente a occidente: naranjas, mandarinas, maracuyás, mangos, guanábanas, limones, zanahorias, cebollas, pimientos, tomates, rábanos y una lista innumerable de frutas y vegetales que esperan a los compradores en bultos, cajas de madera y bandejas de cartón y de plástico que están ubicadas al alcance de la mano. Los olores de las hierbas bombardean las narices heladas de los caminantes: la albahaca, la limonaria, el cilantro, el perejil, el cidrón. En una esquina, abarcando el espacio completo desde el

11

piso hasta el tejado, están los locales de artesanías y plantas ornamentales: helechos, cactus, pequeños pinos en miniatura, y al lado, proliferando por los intersticios y los rincones, los canastos, las materas, las cucharas de palo y los objetos elaborados en cabuya y en cuerdas de fique. En la esquina contraria están las carnicerías y las ventas de animales vivos: gallinas, patos, conejos, hámsteres y gallos de pelea.

Aquí y allá hay hombres y mujeres transportando víveres en pequeños carros de metal, trasladando cajas de madera atiborradas de tomates o de remolachas, moviendo bultos de papa o de arveja. Parecen pequeñas hormigas cumpliendo con ciertas funciones predeterminadas en las cercanías del hormiguero.

De pronto, una voz femenina sobresale en medio de los múltiples ruidos que produce la muchedumbre:

—¡Tinto! ¡Aromática!

Es María, la vendedora de bebidas calientes, que camina por los corredores de la plaza ofreciendo el café oscuro, el agua de canela o de yerbabuena, el agua de panela sola o con pedacitos de jengibre y jugo de limón. Es una mujer blanca, de caderas anchas y muslos firmes, ojos negros y largos mechones ensortijados del mismo color, una cabellera abundante recogida atrás en una coleta agreste y salvaje que contrasta con la finura de sus rasgos, con la delicadeza de su boca y con el diseño rectilíneo de su nariz aguileña. Mide un metro con setenta centímetros y eso la obliga a sobresalir —contra su voluntad— por encima de la estatura promedio de las demás mujeres, y de muchos hombres que apenas se ponen a su lado sienten la superioridad física de esta muchacha lozana y rozagante de diecinueve años de edad.

—¡Tinto! ¡Aromática!

El tono es potente pero no agresivo, se impone sobre su auditorio sin gritar, sin levantar la voz de manera exagerada. Eso la convierte en una especie de sirena que cruza altiva la plaza de mercado mientras seduce con su canto melodioso a los transeúntes que la contemplan ansiosos y sedientos.

María se acerca a un vendedor cuarentón y pasado de kilos que guarda los billetes doblados en el bolsillo derecho de una bata de trabajo raída y sucia.

—Me debe dos tintos y un agua de panela con limón, don Luis.

—¿Cuándo va a dejar esa seriedad conmigo, María?

—Págueme, don Luis, por favor.

—Venga, hablemos.

—Tengo que trabajar.

—Si saliéramos juntos no tendría que trabajar así.

—Págueme que tengo que irme.

—Qué mujer tan terca.

El hombre saca unas monedas y se las entrega con disgusto, como si estuviera regalando una limosna a un pordiosero andrajoso y maloliente.

—Luego le doy el resto. A ver si cambia esos modales, María, y aprende a ser más amable conmigo.

Ella recibe el dinero sin decir nada y continúa su peregrinaje lento y cadencioso. Dos corredores más allá se detiene frente a una de las carnicerías y le dice al hombre que atiende detrás del mostrador con un cuchillo enorme entre las manos:

—Vengo por los trescientos pesos, don Carlos.

—Entre, María.

—Tengo afán.

—Usted siempre tiene afán.

—Estoy trabajando.

El carnicero se inclina hasta quedar acodado en el mostrador de baldosín, muy cerca de ella, y le dice en voz baja:

—Con ese culo bien administrado, mamita, usted estaría viviendo como una reina.

—Respéteme, don Carlos.

—Es la verdad, usted está cada día más buena.

—Págueme los trescientos pesos, por favor.

—¿Sabe qué es lo que pasa con usted?

Ella se queda callada. El hombre continúa:

—Que se cree de mejor familia.

—Yo no me creo nada.

—Usted es una engreída, se cree mejor que todos aquí.

—Por favor, págueme que tengo que irme.

—¿Sí ve? Nos desprecia porque en el fondo aspira a conseguirse un noviecito de plata, un niñito bien que la saque a sitios costosos y elegantes.

—No más, don Carlos, si no quiere pagarme vengo más tarde.

—Yo quiero pagarle por ese cuerpecito, mamita, salgamos esta tarde calladitos para un motel y verá que no se va a arrepentir. Le voy a dar buena plata.

—Después vengo por los trescientos pesos.

—Aquí la espero cuando quiera, mi amor.

María se aleja y sale de la plaza en busca de un lugar donde nadie pueda observarla. Se sienta en el andén con los ojos aguados, deja los termos en el piso y se agarra la cabeza entre las manos. Una ira súbita le asciende por el cuerpo y se le agolpa en el rostro enrojeciéndole las mejillas y la frente. Piensa hasta cuándo tendrá que aguantar las obscenidades y las groserías de los trabajadores de la plaza, sus insinuaciones descaradas, sus pagos tardíos y humillantes, sus miradas lascivas y lujuriosas. Trabaja desde las tres de la madrugada hasta las cuatro de la tarde y todos los días es lo mismo: vejaciones, ofensas y maltratos continuos. ¿Hasta cuándo? ¿Por qué no puede estudiar como las demás jóvenes de su edad y conseguir un trabajo decente que le permita costearse unos estudios en finanzas o computadores? ¿Por qué nadie cree en ella? ¿Por qué no la consideran una persona de bien, por qué se ríen de sus aspiraciones? ¿Por qué la tratan como una prostituta vulgar y despreciable?

Dos hombres la observan a pocos metros de distancia sin que ella se dé cuenta. Están vestidos con jeans ajustados y con chaquetas de cuero lustrosas que reflejan los rayos del sol. Miden cerca de uno ochenta de estatura y su contextura es atlética y bien formada. Oscilan entre los veinticinco y los veintiocho años, llevan el cabello cortado a ras y ambos parecen atrapados sin remedio en la imagen de la bella vendedora llorando en silencio y sin esperanza alguna.

—¿Es ella?

—Sí.

—Es perfecta.

—Y espera que le veas la cara.

—Bien vestida será irresistible.

—Una mejor que ella es difícil de encontrar.

—¿Hace cuánto la conoces?

—Un año más o menos.

—¿Confía en ti?

—No confía en nadie.

—Te hago la pregunta al revés: ¿desconfía de ti?

—Siempre la he tratado con respeto.

—Bien, acerquémonos.

Los dos hombres caminan despacio, sin prisa, como si quisieran detener el tiempo y no interrumpir el momento de soledad y de ensimismamiento de la joven que se seca las lágrimas con las manos temblorosas. Llegan hasta ella y se paran a un costado, muy cerca de la tabla de madera donde reposan los termos de bebidas humeantes. María voltea el rostro y, al verse observada, suspira y termina de limpiarse los ojos llorosos. Dice con amargura:

—Hola, Pablo.

—Qué tal, María.

—Ya ves.

—¿Qué te pasó?

—Nada que no me suceda todos los días —y vuelve a suspirar—. Estoy harta de trabajar en este agujero.

Los dos hombres se observan entre ellos. María repite:

—Estoy cansada de este trabajo.

—Es duro, sí.

—Estoy desde la madrugada y lo que recojo escasamente me alcanza para pagar el cuarto y la comida.

—No vale la pena.

—Así no voy a hacer nada en la vida.

—Tal vez pueda ayudarte.

—¿Tú?

—Mira, éste es mi amigo, Alberto.

El hombre se acerca y le tiende la mano a María:

—Mucho gusto.

—María —dice ella estrechándole la mano y poniéndose de pie.

—Busquemos un sitio para conversar —afirma Pablo.

—¿Conversar? —pregunta María con recelo.

—¿No me dices que quieres cambiar de trabajo?

—¿Me vas a ayudar?

—Conversemos, María. Si te sirve lo que voy a proponerte, bien, y si no, no pasa nada, me voy y ya está.

—Ahí podemos tomarnos una gaseosa —dice ella señalando una cafetería del otro lado de la calle.

María recoge la tabla con los termos y los tres se acercan al establecimiento, se sientan a una mesa y piden tres gaseosas. Un mesero coloca las tres botellas en triángulo sobre la mesa.

—Bueno, hablemos —dice María directamente, sin preámbulos.

—Tengo una propuesta para hacerte.

—Cuál es.

—Estamos buscando una persona como tú, joven, con ganas de triunfar en la vida.

—Quiénes.

—Alberto y yo —contesta Pablo tranquilo mientras observa a su amigo.

—Y de qué se trata —insiste María.

Pablo baja el tono de la voz:

—Primero quiero decirte que te respetamos. Lo que voy a proponerte son sólo negocios y nada más. No tenemos ningún interés personal en ti, y ni Alberto ni yo vamos nunca a sobrepasarnos contigo. ¿Está claro?

—Sí —afirma María tranquilizándose de pronto, bajando la guardia.

—Esto no es un pretexto para acercarnos a ti ni nada parecido —continúa Pablo con la voz suave y pausada—. Necesitamos a alguien de confianza con quien empezar a trabajar, alguien inteligente, despierto, con ganas de hacer dinero, alguien como tú.

—¿Qué es lo que hay que hacer? —pregunta María con un brillo en los ojos.

—Hay mucho dinero de por medio, María, dinero de verdad.

—¿Es algo que tiene que ver con drogas?

—No.

—¿Seguro?

—Seguro.

—Porque yo de mula no me meto. Prefiero morirme.

—No tiene nada que ver con eso.

—Si es mucho dinero tiene que ser algo ilegal —comenta ella con la botella de gaseosa en la mano.

—Es fácil, María. El dinero lo tienen los ricos, lo acumulan, lo esconden, y no dejan que ninguno de nosotros nos acerquemos a él. Podemos trabajar toda la vida honradamente y jamás tendremos un peso. El sistema está diseñado para que ellos sean cada vez más ricos mientras nosotros somos cada vez más pobres. No hay manera de hacer un capital si no es saltándose ciertas reglas.

—¿Van a volverse apartamenteros?

—No, María, tranquila, nosotros no somos gente violenta ni agresiva. Y mucho menos asesinos.

—¿Y entonces?

Pablo se cerciora de que nadie esté escuchando en las mesas vecinas, baja aún más la voz y dice:

—Encontramos una solución sencilla: los ricos van a entregarnos su dinero ellos mismos, sin obligarlos, sin agredirlos, con buenos modales.

—¿Cómo?

—Un amigo enfermero nos enseñó el funcionamiento de una sustancia que deja al paciente como hipnotizado durante unas horas, en trance, y recibe órdenes sin oponer resistencia.

—¿Y qué le pasa a la persona después?

—Nada, el efecto baja, se recupera en dos o tres días, y ya está.

—¿Y si muere?

—Eso no va a pasar, María. La policía y los organismos de seguridad están experimentando también con esta nueva sustancia. Se acabaron los largos interrogatorios, las golpizas y las torturas. Una pequeña inyección y el capturado confiesa todo lo que le pregunten. Los psicólogos están a su vez estudiando las posibilidades de usarla con alcohólicos y drogadictos. No te preocupes, en dosis mínimas sólo produce un trastorno de pocas horas.

—¿Cómo se llama?

Alberto se mete en la conversación y afirma:

—Escopolamina. En la calle le dicen «burundanga». Según parece, brujos y hechiceros de raza negra la vienen usando hace años para sus hechizos y sortilegios. Si quieres leer sobre ella, hemos recolectado varios artículos de periódico y de revistas de medicina.

—No sé, todo esto me da miedo.

—Nosotros te garantizamos que no va a suceder ningún accidente —continúa Alberto en voz baja—. Tendrás un sueldo inicial de setecientos mil pesos al mes, más ropa y joyas que nosotros mismos te compraremos. Vivirás sola en un buen apartamento y tanto Pablo como yo te respetaremos siempre.

—¿Setecientos mil?

—Eso es sólo el comienzo —dice Pablo.

—¿Y puedo estudiar?

—Puedes hacer lo que quieras —le dice Alberto mirándola a los ojos—, nosotros no nos meteremos en tu vida.

María bebe dos sorbos seguidos de gaseosa y dice en un susurro:

—¿Qué tengo que hacer?

Alberto le contesta:

—Nosotros te indicamos el individuo. Tú te sientas en un bar o en una discoteca a tomarte un trago. Te sonríes con él, coqueteas un poco sin sobrepasarte, con decencia y algo de timidez. El tipo se acercará a conversarte, te invitará a bailar, y en un momento de descuido tú deslizas una pequeña pastilla en el vaso donde él esté bebiendo. Eso es todo. Nosotros nos encargamos del resto.

—¿No más?

—No tienes que hacer nada más —dice Pablo.

—¿Y qué hacen ustedes después?

—Le pedimos las tarjetas bancarias con las claves secretas —asegura Alberto—, vamos hasta un cajero automático, sacamos el dinero y listo.

—¿Cuánta gente está metida en esto?

—Sólo los tres —responde Pablo recostándose en el espaldar de su asiento.

—¿Cuánto tiempo tengo para pensarlo?

—Tienes que decirnos algo ahora mismo —dice Alberto con la voz apagada—. Si quieres meterte en este proyecto, comenzamos mañana a comprarte la ropa, alquilamos tu apartamento en dos o tres días y el próximo fin de semana estamos ya trabajando. Si no quieres, nos vamos, conseguimos a otra persona y te olvidas de nosotros.

María contempla la calle pensativa. En el andén contrario, a la salida de la plaza de mercado, el carnicero don Carlos, con la bata manchada de sangre, la descubre y le manda un beso con la mano. La voz de la muchacha adquiere inesperadamente un tono rotundo:

—Listo, estoy con ustedes.

Andrés camina hasta la ventana de su estudio de pintura y observa las montañas de Bogotá levantarse imponentes y solemnes ante la ciudad. Le parece que hay algo de prepotencia y de arrogancia en esa majestuosidad. Todos los días percibe de manera diferente los colores de los árboles, las piedras, la tierra, la hojarasca que se amontona y conforma una plataforma vegetal de claroscuros cambiantes e irregulares. Sus ojos se levantan hacia el cielo y observa un azul intenso interrumpido por nubes ligeras que semejan gigantescos copos de algodón deshaciéndose en la inmensidad del firmamento. ¿Dónde ha visto esta imagen antes?, se pregunta. Su memoria le trae de inmediato a la mente un anacoreta, unas rocas, una ciudad, un castillo, y allá atrás, al fondo, un cielo azul con esas nubes jugando en el aire transparente.

—Bellini —dice Andrés en voz alta.

Se acerca a la biblioteca y extrae con cuidado un grueso volumen que permite leer en la carátula y en el lomo el nombre del pintor: Giovanni Bellini. Busca entre las páginas unos segundos y encuentra la lámina que se titula *San Francisco en el desierto*. En efecto, el cielo es idéntico al que aparece detrás de la ventana de su estudio. Sin embargo, sus ojos no se detienen en el fondo de la pintura, sino en la figura de San Francisco en primer plano, descalzo, con los brazos abiertos y la mirada levantada, solo, aislado, parado frente a la cueva donde pasa sus días y sus noches entregado al ensimismamiento y la oración. La aparente fragilidad de su cuerpo esconde una templanza de carácter poco común. De lo contrario, ¿cómo explicar esa falta de comodidades, esa vestimenta humilde, esa delgadez, esa palidez del rostro que demuestra largos ayunos y prolongadas hambrunas, ese silencio, esa vida retirada y alejada de sus congéneres? Andrés se emociona al percibir un detalle conmovedor en la parte inferior derecha de la pintura: las sandalias de San Francisco olvidadas junto a su mesa de trabajo. Es un elemento insignificante y al mismo tiempo estremecedor, símbolo de la perfecta pobreza de este hombre que ha decidido dejar atrás y para siempre una vida rodeada de lujos, opulencia y riqueza desmedida.

Andrés cierra el volumen y regresa a la biblioteca. Camina tres pasos y vuelve a sentarse ante su escritorio, donde lo espera una reproducción del fresco *La Santísima Trinidad,* de Masaccio. Está estudiando el equilibrio geométrico de esta composición y la impecable distribución de los colores a ambos lados del Cristo crucificado. Pero hay una figura que le disgusta y que no deja de hacerle reflexionar: la imagen de ese Dios déspota que sostiene el madero en el que ha sido crucificado su hijo. No es el rostro de un padre adolorido y compungido, sino la cara de un abuelo altanero, soberbio y presuntuoso que propicia el sacrificio de su vástago desprotegido. ¿Será ésa la realidad profunda de todo padre, el deseo de demostrar superioridad y altivez frente a sus demás hijos varones? ¿El macho de la manada que destroza a sus cachorros por miedo a ser reemplazado por ellos?

El timbre del teléfono saca a Andrés de sus pensamientos y le obliga a descolgar el auricular.

—¿Aló?

—¿Andrés?

—Sí, con él.

—Con Manuel, tu tío.

—Hola, tío, qué tal —dice Andrés balanceando el cuerpo en el asiento.

—Ahí, más o menos.

—¿Y ese milagro de que me llames?

—Milagro que no haces tú, hombre.

—¿Cómo están los primos?

—Mientras haya salud, todo está bien.

—Me alegro.

—Y tú concentrado en tu trabajo, supongo.

—Sí, así es —dice Andrés con un suspiro.

—¿Cuándo vuelves a exponer?

—No sé, tío, no me rinde, voy muy lento.

—Quería hacerte una consulta.

—Dime.

—¿Cuánto me cobrarías por hacerme un retrato?

—Tío, por favor... —dice Andrés quedándose quieto contra el espaldar del asiento.

—En serio, dime cuánto, tengo unos pesos y quiero hacerme un retrato antes de convertirme en un anciano arrugado y decrépito.

—No sé, la cifra es lo de menos.

—Pero me cobras, hombre.

—Bueno, eso lo arreglamos después. ¿Cuándo puedes venir aquí a mi estudio?

—¿Pasado mañana te parece bien?

—¿Después del almuerzo, digamos a las dos? —pregunta Andrés.

—Perfecto, sobrino, a las dos en punto.

—¿Tienes la dirección, verdad?

—Sí, sí.

—Entonces aquí te espero.

—Un abrazo, Andrés.

—Adiós, tío.

Dos días después, a la hora convenida, el tío Manuel llega al taller de Andrés. Es un hombre de baja estatura, un poco pasado de peso, con el cabello corto y lleno de canas, pero la expresividad de sus ojos verdes, sus largos bigotes blancos y su magnífica sonrisa lo hacen parecer un personaje simpático y desenfadado. Transmite una vitalidad que lo rejuvenece y que le da un aire de fortaleza e invulnerabilidad.

Apenas lo saluda, Andrés recuerda una escena que fue un escándalo y un motivo de vergüenza para la familia. La abuela había muerto en una casa geriátrica al norte de la ciudad, y unas horas más tarde su padre y sus tías habían decidido velar su cadáver en una funeraria de Chapinero. Pero el tío Manuel no aparecía por ninguna parte. Su ex esposa y sus hijos no daban razón de él. La situación era extraña y un tanto incómoda, pues como hermano mayor de la familia el tío había sido siempre el preferido de la abuela, su hijo predilecto y bienamado. Al fin, cerca de la medianoche, el tío Manuel se comunicó con Andrés y le dijo:

—Mañana estaré puntual en el entierro. Diles a todos que no se preocupen.

Y colgó. Andrés nunca supo desde dónde se había efectuado esa llamada, pero como lo había afirmado, al día siguiente, a las tres de la tarde, cuando estaba reunida la familia completa en los jardines del cementerio para darle el último adiós a la abuela, el tío apareció súbitamente, como un fantasma que se acercaba haciendo equilibrio entre las tumbas. Venía flanqueado por dos mujerzuelas con minifaldas de cuero, escotes vulgares y maquillaje exagerado, que lo sostenían entre risas y largos jadeos. El tío estaba vestido con unas bermudas de tierra caliente, una camisa de flores de colores brillantes y unas zapatillas deportivas. Lo más sorprendente de la imagen era que traía un *walkman* con los respectivos audífonos en las orejas, y que tarareaba constantemente una melodía con la voz ronca y fangosa. La gente enmudeció y nadie supo cómo responder ante una situación semejante. El tío llegó hasta el ataúd abrazado a las dos zorras que no dejaban de reír, se soltó por unos breves instantes de sus tentáculos pegajosos, sacó una rosa roja de uno de los bolsillos traseros de las bermudas, hizo una pirueta graciosa, arrojó la flor sobre el cajón y dijo:

—Adiós, vieja.

Eso fue todo. Se dio media vuelta, se abrazó de nuevo a las dos meretrices y se alejó cantando y silbando sin fijarse en nadie, sin saludar, sin despedirse.

Un despropósito tal había sido suficiente para que toda la familia se pusiera de acuerdo y decidiera expulsarlo, alejarlo, no volver a dirigirle la palabra. El único que había extraído de detrás de esa acción descabellada una lección misteriosa (¿Una rebelión contra las reglas establecidas del dolor y la pena? ¿El triunfo de la vida sobre el sufrimiento? ¿Una visión gozosa y dichosa de la muerte?) había sido él, Andrés, que no sólo seguía conversando con el tío de vez en cuando, sino que lo estimaba y lo admiraba ahora mucho más que en el pasado.

Luego de brindarle una taza de café y de charlar con él unos minutos, Andrés prepara los óleos y los pinceles, y le indica el asiento donde debe permanecer inmóvil y sin alterar en lo posible la expresión del rostro.

—¿Sabes una cosa? —dice el tío—, no se nos ocurrió traer una modelito para que se me sentara desnuda en las rodillas.

—Esto es un taller de pintura, tío, no un burdel.

—Un retrato pornográfico, qué lindo sería.

Andrés sonríe y ajusta el lienzo en el caballete.

—¿Tienes muchas amiguitas por ahí? —pregunta el tío.

—No.

—Ustedes los artistas son más mujeriegos que cualquiera.

—De dónde sacas eso.

—Todo el mundo lo sabe —continúa el tío con una sonrisa—. Tú no vas a ser la excepción. A ver, dime, ¿las prefieres rubias o morenas?

—No sé, tío, según.

—¿Quieres un buen consejo? Búscalas morenas, no hay comparación.

Andrés calla y se concentra en ese rostro alegre e irreverente cuya piel empieza ya a apergaminarse alrededor de los ojos y a ambos lados de la boca. Hace los primeros trazos en el lienzo intentando precisar la forma ovalada de la cabeza. El pincel se desliza con suavidad y Andrés siente la mano ágil, rápida, bien entrenada. Eso le da seguridad para continuar y para decirse mentalmente: «Saldrá bien, no va a haber problemas, estoy conectado con la imagen.» Además, no se trata sólo de representar una cara, sino de pintar la energía que la habita, el paso del tiempo, el cúmulo de experiencias que hay dentro de ella, sus opciones más cobardes y también las más osadas. Porque la vida se nos va haciendo rostro, continúa diciéndose Andrés, y tanto nuestra debilidad más vergonzosa como nuestra sobreabundancia de fuerza van quedando reflejadas en el brillo de los ojos, en la manera de torcer los labios para sonreír, en los pliegues diminutos que forma la piel en el centro de la frente, en la luz que ilumina las mejillas o en la opacidad que ensombrece de manera siniestra todo el conjunto. Por eso en el arte del retrato hay algo de adivinanza, se trata de armar el mapa de una vida, es un trabajo para cartógrafos y clarividentes.

Unas horas más tarde el cuadro está casi terminado. El tío Manuel se ve agotado, exhausto.

—Ya casi, no falta mucho —le dice Andrés para tranquilizarlo.

Desciende con el pincel hasta la barbilla y, cuando está a punto de ingresar en la zona del cuello, siente un corrientazo en el brazo y un estremecimiento general le hace temblar el cuerpo entero. Andrés se asusta (jamás ha experimentado una sensación similar), pero no se contiene, se deja arrastrar por ese remolino que obliga a su mano a pintar círculos atroces en la carne lesionada del retrato. ¿Qué es aquello, qué está pasando? No lo sabe, sólo permite que su mano invente toda una tormenta en el cuello de la figura, un huracán embravecido que tiene como centro la nuez de la garganta. Por un instante fugaz Andrés piensa en los cuadros de Turner, en sus atmósferas caóticas y en sus oleajes enfurecidos. Mientras pinta con frenesí, gruesas gotas de sudor le empapan las sienes, la nuca y los sobacos.

—¿Qué te pasa? —le pregunta el tío Manuel alarmado—. Estás temblando.

Andrés cierra el último círculo de pintura, exhala una bocanada de aire y se aleja del caballete.

—Terminé —dice, y pone los óleos y los pinceles sobre una mesita.

—¿Tienes fiebre? —le pregunta el tío.

—Creo que voy a resfriarme.

—Recuéstate a descansar.

Andrés se enjuga el sudor de las sienes y de la nuca con una toalla y se pone de nuevo frente al caballete. El tío se acerca a mirar la pintura.

—Estoy idéntico, carajo —comenta con una sonrisa radiante.

—¿Te gusta?

—Me encanta, hombre —dice observando el lienzo—. Lo que no entiendo es ese revoltijo de colores ahí en la garganta —y señala la parte del cuadro a la cual se refiere.

—Salió así, yo tampoco lo entiendo —acepta Andrés con resignación.

—Es extraño.

—Sí.

—Me fascina —dice el tío feliz.

—¿Sí te gusta?

—Es maravilloso.

—Me alegro.

El tío se frota las manos y voltea el rostro para mirarlo.

—Ahora dime cuánto te debo.

—En unos días te lo envío y te digo cuánto es.

—¿Seguro?

—Seguro.

El tío lo abraza y le dice:

—Me voy porque tengo unos asuntos que arreglar.

Lo acompaña hasta la puerta, se vuelven a abrazar y el tío le recomienda con voz afectuosa:

—Métete en la cama, necesitas descansar.

—Okey.

—Y espero la factura.

—Te la mandaré en dólares —bromea Andrés.

Cierra la puerta y siente de pronto una tristeza inmensa, unas ganas de echarse al piso a llorar, como si fuera un niño desamparado sobre la arena de un desierto inconmensurable.

Tres días después recibe una llamada del tío a las diez de la noche:

—¿Por qué pintaste eso, Andrés? —le pregunta a bocajarro.

—No lo sé.

—Acabo de llegar del médico —dice con la voz hecha un hilo—. Tengo cáncer de garganta. Muy avanzado. Me quedan pocos meses de vida.

—Tengo miedo, padre.

—Por qué.

—Me estoy enloqueciendo.

—Qué te pasa.

—Tengo ideas atroces.

—Cuéntamelas.

—No tengo perdón.

—Dios es infinitamente misericordioso, hijo, su perdón no tiene límites.

La iglesia está sola, en silencio, sin los ruidos de pasos y de murmullos que generan los feligreses a todo lo largo de la nave central. Una luz tenue entra por los vitrales del techo y se desparrama en brillos multicolores que le dan a la estancia un aire de irrealidad, como si se tratara de una imagen onírica, soñada, y no de objetos y de lugares palpables y reales. El padre Ernesto está sentado en el confesionario y la voz que llega hasta él delata angustia y desesperación, noches de insomnio, miedo de sí mismo, unos nervios a punto de estallar y una mente coqueteando en forma peligrosa con el delirio y la demencia. Es el último parroquiano que queda dentro de la iglesia y el padre sabe que ese hombre ha esperado a que los demás se retiren para estar más tranquilo, a solas con el sacerdote y con Dios. Por la voz neutra pero estable (sin temblores), y por la pronunciación correcta (sin faltas), el padre sospecha que el pecador es un hombre de treinta o treinta y cinco años, más o menos educado, de clase media.

—Confía en Dios, hijo.

Se escucha del otro lado una respiración entrecortada, ahogada, difícil. Al fin el hombre se decide a hablar:

—No sé qué le pasa a mi cabeza, padre, no me reconozco, éste no soy yo.

—Cuéntame poco a poco.

Un silencio prolongado le indica al padre Ernesto que el hombre está intentando organizar las ideas, que se esfuerza por acomodar los conceptos para poder comunicar el infierno que lo está rodeando sin dejarle una sola salida por donde escapar.

—Todo comenzó con la pérdida de mi trabajo, padre. Me quedé sin empleo y fue imposible encontrar otro, pasaban los meses y nada, no había una vacante en ninguna parte, un trabajo por horas, un puesto temporal, nada. Perdimos el apartamento donde vivíamos y nos embargaron los muebles, la ropa, los electrodomésticos, todo. Nos fuimos a vivir a la casa de los padres de mi esposa con las dos niñas. Ya se imaginará usted lo que fue esa pesadilla, los alegatos, las discusiones, las peleas desde por la mañana hasta la noche.

—Sí, hijo, comprendo.

—Murió mi suegro y toda la familia decía que había sido nuestra culpa, que el viejo se había muerto porque ya no nos aguantaba más. Un mes después murió mi suegra de pura pena moral. Mi esposa me dijo el día del funeral: «Tú los mataste, tú me dejaste huérfana.»

—Frases que se dicen por impotencia, hijo, en medio del enojo y la irritación.

—Luego vino el hambre, padre, el hambre física, los dolores de estómago de mis dos hijas, la anemia, la desnutrición, los resfriados recurrentes, la falta de sueño. Mi mujer dijo que no pensaba dejar morir a sus hijas de hambre y se fue a la plaza de mercado a mendigar, a recoger del suelo frutas podridas, verduras pisoteadas, mendrugos de pan olvidados.

—Lo siento, hijo.

—Y ahora he llegado al límite, padre. Tengo sueños, sueños que me visitan incluso de día, apenas cierro los ojos. Quiero liberar a mi mujer y a mis hijas del sufrimiento, no quiero más dolor para ellas.

—Tranquilízate.

—Quiero matarlas, padre. Las veo todo el tiempo manchadas de sangre, acuchilladas por mi mano. He llegado a pasearme en las horas de la noche por la casa, temblando, afiebrado, invadido por las ganas de matar. ¿Me entiende, padre?

—No te alarmes, hijo, Dios no permitirá una cosa semejante.

—Quiero asesinarlas, padre, pero por amor, porque no quiero que sigan sufriendo de esa manera. Necesito ayudarlas, liberarlas de este horror.

—Vamos a rezar juntos, hijo, vamos a pedir por ti y por tu familia. Dios nos escuchará.

El padre Ernesto eleva una plegaria y luego repite un Padre Nuestro y un Ave María acompañado por la voz del hombre. Enseguida pregunta:

—¿Estás arrepentido, hijo?

—No lo sé, padre, no sé si estoy arrepentido. Ya le dije que todo lo que se me ocurre es por amor.

—Para que Dios te perdone tienes que estar arrepentido.

—Sí, sí...

El padre le ordena al hombre una penitencia, luego murmura una fórmula incomprensible, dibuja en el aire la señal de la cruz con la mano derecha, y finalmente le dice:

—En el nombre del Padre, del Hijo y del Espíritu Santo. Puedes irte en paz.

El desconocido se levanta y el padre alcanza a preguntarle:

—Hijo, ¿estás ahí?

—Sí, padre.

—Quiero que vengas a la iglesia esta noche.

—¿Esta noche?

—Ven a misa y espérame a la salida. Quiero conversar contigo.

El hombre no responde, se da media vuelta y se va. El padre Ernesto sale del confesionario y alcanza a divisar una figura jorobada y enjuta que se pierde entre las columnas de la entrada de la iglesia.

En las horas de la tarde recibe la visita del padre Enrique, viejo compañero suyo en el seminario y en la universidad, un hombre fuerte y de baja estatura que se mantiene en forma a pesar de estar frisando ya los cincuenta años de edad. De repente, el padre Ernesto decide sincerarse con él:

—Hoy recibí una confesión escalofriante, Enrique.

—La gente está cada vez peor.

—Esto es otra cosa.

—¿Por qué?

—Es diferente.

—¿En qué es diferente? —dice el padre Enrique con algo de aspereza en la voz.

—Hoy sentí pavor escuchando la confesión de ese hombre, sentí miedo, no sé, nunca me había sucedido algo así.

—Estás hipersensible, eso es todo.

—No, es otra cosa.

—¿De qué me estás hablando? —pregunta con el ceño fruncido el padre Enrique.

—No sé cómo explicarte.

—No te había visto tan enredado.

—¿Alguna vez has sentido algo superior a ti?

—¿Me preguntas en sentido religioso?

—Algo que está en el aire, en la atmósfera, flotando a tu alrededor, y que aunque tú no puedas verlo lo sientes, lo percibes, lo hueles.

—Francamente no.

—Mientras ese hombre hablaba con voz profunda y atormentada, sentí de pronto una presencia maligna, una corriente malvada y perversa dentro de la iglesia.

—Lo que necesitas es descansar.

—La impresión fue tal, Enrique, que me atemoricé. Elevé una plegaria para calmar los ánimos y alejar ese flujo maligno del confesionario.

—¿No estarás sufriendo de estrés?

—Ese hombre está atravesado por una fuerza de una maldad extrema. No te imaginas en qué estado se encuentra.

—Te impresionó de verdad.

—Le dije que me esperara esta noche para hablar con él como sacerdote y como amigo.

—¿Qué piensas decirle?

—Él necesita una ayuda en serio, a todo nivel. El problema es que siento que me estoy enfrentando a una potencia que me supera. No es él lo que me asusta, sino lo que está detrás suyo.

—Ten cuidado, Ernesto, no te vayas a meter en un lío del que no te puedas salir después.

—Ya te contaré.

El padre Ernesto acompaña al padre Enrique hasta el paradero del autobús y decide caminar un rato por las calles cercanas. Es un hombre delgado, de uno setenta y cinco de estatura, cincuenta y tres años de edad, ojos azules que llaman la atención de sus interlocutores cuando perciben un resplandor marítimo en su mirada, y tiene el cabello completamente blanco alrededor de las sienes y en la parte trasera de la cabeza. La gente que asiste a su parroquia lo respeta y lo quiere. De buenos modales, amable e inclinado a compartir con los demás sus ideas y sus preferencias sobre cualquier tema, el padre Ernesto ha sabido ganarse en corto tiempo el afecto y la admiración de los vecinos humildes del sector. Entre sus camaradas y sus superiores se caracteriza por ser un sacerdote de avanzada, con tendencias políticas de izquierda que lo han obligado siempre a trabajar con la población de las clases sociales menos favorecidas. Cuando lo iban a nombrar por primera vez encargado de una parroquia, solicitó a las altas esferas del poder eclesiástico que le otorgaran una iglesia modesta y unos feligreses que en realidad estuvieran necesitando de su presencia. «Recuerde, padre Ernesto —le dijo su superior inmediato—, que todos los hombres son iguales ante los ojos de Dios.» «Usted sabe bien, padre, que las personas de escasos recursos están más desamparadas que las otras», contestó él.

Saluda a unos tenderos que lo reconocen y baja por una calle vacía hacia el centro de la ciudad. Va pensando en la confesión del desconocido, en sus palabras sinceras y conmovedoras. *Luego vino el hambre, padre, el hambre física, los dolores de estómago de mis dos hijas, la anemia, la desnutrición, los resfriados recurrentes, la falta de sueño.* ¿Hay una tortura comparable con ésa, con ver a los hijos muriéndose poco a poco de hambre? Lo que tiene que hacer es conseguirle cuanto antes un trabajo a ese hombre, en lo que sea, y mientras tanto recurrir a los fondos de emergencia de la iglesia y a la caridad ajena para hacer un mercado que les permita a sus dos hijas, a su mujer y a él mismo, alimentarse y recuperarse de la inanición y de la enfermedad. Después será mucho más fácil derrotar esa fuerza maligna que se ha tomado su espíritu, esos instintos criminales disfrazados de bondad y benevolencia.

Una mujer obesa que viene subiendo por la misma calle levanta la mano derecha para indicarle que se detenga, y le dice con la voz alarmada e inquieta:

—Qué suerte encontrármelo, padre.

La expresión hace sonreír al padre Ernesto.

—¿A mí?

—Sí, padre.

—¿Y se puede saber por qué?

La mujer toma aire y asegura:

—Lo están buscando por todas partes. Me lo acaba de decir mi hija.

—¿Y quién me necesita con tanta urgencia?

—La gente está reunida en la iglesia.

—La misa no es hasta las siete —dice el padre Ernesto desconcertado.

—Hace una hora lo están buscando.

—Pero qué fue lo que pasó.

—Es mejor que vaya rápido, padre.

Se despide de la mujer y emprende el camino de regreso con prisa, caminando con la máxima velocidad que sus pulmones y sus piernas le permiten. Cuando ya está cerca, alcanza a divisar un grupo de personas reunido en las escalinatas de la iglesia. El viejo Gerardo, uno de los líderes comunitarios del barrio, se acerca a él con el rostro congestionado.

—Menos mal que llegó, padre.

—¿Qué pasó?

—Adentro hay un tipo medio loco que quiere hablar con usted. Entró a las malas.

—Quién es.

—No sabemos, no es alguien conocido del barrio.

—Y qué es lo que quiere.

—Sólo dice que necesita hablar con usted.

—¿Es agresivo?

—Tiene un cuchillo y está todo manchado de sangre.

El padre Ernesto cruza el gentío sin saludar a nadie y entra en la iglesia con la sospecha de saber quién lo espera dentro del recinto sagrado. Arrodillado frente al altar, con la cabeza inclinada en el pecho y con un cuchillo ensangrentado en el piso a pocos centímetros de él, un hombre enjuto y jorobado parece estar ahogándose en el torrente de su propio llanto.

Capítulo II

LAS LÓBREGAS TINIEBLAS DEL HADES

María se mira en el espejo de cuerpo entero y la imagen que está allá, reflejada en el azogue detrás del vidrio, la deja satisfecha, orgullosa de sí. Los zapatos informales de cuero, los jeans bien ajustados que le marcan los muslos y las curvas de las caderas, la pequeña camiseta que deja al descubierto el ombligo y la piel del abdomen —y que ayuda a resaltar la redondez de los senos—, y la chaqueta delgada de gamuza bien recortada a la altura de la cintura, la hacen ver como una muchacha universitaria adinerada, de buena familia, distinguida. Abre la puerta de la habitación y camina hasta la sala, donde la están esperando ansiosos Pablo y Alberto. El efecto visual los deja perplejos, sin palabras. La muchacha da una vuelta completa, como si estuviera al final de una pasarela de moda.

—¿Qué tal? —pregunta con una sonrisa.

—Estás muy linda —afirma Pablo.

—Increíble —dice Alberto poniéndose de pie.

—¿Sí les gusta?

—Estás rubia —comenta Alberto.

—Me dijeron que me lo tiñera —advierte ella.

—Quedó perfecto —continúa Alberto—, parece tu color natural.

—Los tipos ahora se sienten más atraídos por las mujeres blancas y rubias —explica Pablo—. Es la influencia de la publicidad, de las revistas, de las propagandas de televisión.

—Nadie quiere ser negro, mestizo o indio —dice Alberto.

—¿Les gusta lo que compré? —vuelve a preguntar ella haciendo alusión no sólo a lo que lleva puesto, sino a los muebles y al decorado del nuevo apartamento.

Ambos mueven la cabeza afirmativamente y Pablo se levanta del asiento donde ha permanecido sentado, observa los cuadros, las mesas, los ceniceros, las materas en la terraza, los floreros y los muebles, y asegura frotándose las manos:

—Hiciste todo muy bien, María.

—Las facturas están sobre la mesa del comedor —dice ella.

—Guárdalas tú —ordena Alberto—. Ahora siéntate, por favor, queremos darte las últimas indicaciones.

Ella obedece y se sienta en un costado del sofá principal de la sala. Pablo y Alberto toman asiento del otro lado de la mesita central, en dos sillones de color verde oscuro que contrastan con la mesa de madera del teléfono y con las cortinas de bambú que cubren las ventanas. Alberto saca dos fotografías de la chaqueta y se las entrega a María.

—Éste es el tipo. Lo hemos seguido durante varias semanas. Es un ejecutivo joven, millonario, muy vanidoso. Le encanta alardear de su dinero y de su posición social. Los viernes va a este bar en la Zona Rosa —saca un papel con un nombre y una dirección escritos en tinta oscura y lo deja sobre la mesita—, se toma unos tragos y se dedica a coquetear con las mujeres que no están acompañadas. Le gusta jugar al picaflor.

María estudia las fotografías lentamente, tomándose su tiempo, y luego agarra el papel de la mesita y lee el nombre del bar y su ubicación en la Zona Rosa.

—Recuerda que debes sentarte en la barra —sigue diciendo Alberto— y pedir cualquiera de los cocteles que te ofrezcan en la carta. No olvides consultar tu reloj a cada rato, como si tuvieras una cita con un amigo o con un novio y te hubiera dejado plantada.

—¿Me quito la chaqueta o no?

—Actúa con naturalidad —afirma Alberto—. Si sientes frío, déjatela, y si el sitio está lleno es mejor que te la quites y que la tengas por ahí a la mano.

—¿A qué hora debo llegar?

—Nueve y media está bien —asegura Alberto—. El tipo llega siempre hacia las diez.

Pablo adelanta el cuerpo y explica:

—Apenas te vea se le van a ir los ojos. Va a caer seguro. Tú debes permanecer tranquila, sin afanarte. Si sientes un poco de nervios es normal. Es tu primera vez.

—Voy a decirle que estudio periodismo en la Universidad de la Sabana, que acabo de entrar.

—Perfecto —dice Pablo—. Intenta llevar la conversación hacia el plano personal, los gustos, la familia, su signo zodiacal, cosas así... Busca un terreno donde te sientas segura. Si no sabes de lo que él te está hablando, dilo sin problemas, no necesitas fingir o posar de algo que no eres. Intenta ser lo más natural que puedas.

—Listo —dice María sintiéndose de pronto confiada, sin miedos ni resquemores.

Pablo saca del bolsillo del pantalón una diminuta cajita de metal y se la entrega a María con cautela, evitando hacer movimientos exagerados o bruscos.

—Ten mucho cuidado con esto —le dice—, es la pastilla que debes echarle en el trago con prudencia, sin que nadie se dé cuenta de lo que haces.

—¿Y después?

—En algún momento el tipo se irá al baño —dice Pablo—. Tú sacas la pastilla y la disuelves en el vaso de él. Esperas diez minutos, te pones la chaqueta, pides un permiso para ir tú también al baño y te desapareces. Lo mejor es que tomes un taxi y te vengas a dormir.

—¿Dónde estarán ustedes?

Alberto contesta:

—En el bar, charlando y tomándonos unos tragos. Nos acercaremos a él y nos encargaremos del resto.

—Recuerda una cosa —le dice Pablo alzando la mano derecha—. Tienes que echarle la pastilla entre las diez y media y las once y media. No te puedes pasar de esa hora.

—No se preocupen, no les voy a fallar —dice María con aplomo en la voz.

—Bueno, entonces nos vemos esta noche —dice Pablo poniéndose de pie.

Alberto lo imita y le dice a María antes de salir:

—Quema las fotografías y tira las cenizas a la basura.

—Listo.

Se despiden de ella dándole un beso en la mejilla, abren la puerta del apartamento y bajan por las escaleras en busca del primer piso, donde está la salida del edificio.

A las nueve y media María entra al bar, se sienta en

la barra, pide la carta y elige un coctel bautizado con un nombre que le causa gracia: «La cueva del pirata Morgan». El mesero se marcha y diez minutos después regresa con un vaso agujereado que simula una caverna transparente. La bebida parece agua de mar por efecto del vidrio azulado y por la espuma que la recubre hasta la circunferencia superior del recipiente.

—Espero que le guste —dice el mesero observándola con ojos codiciosos.

—Muchas gracias —contesta ella con una sonrisa franca y sencilla.

El sitio comienza a llenarse poco a poco. María bebe del vaso con recato, sin apresurarse, consultando su reloj de pulsera cada diez minutos. Las canciones de fondo del grupo Mecano la hacen sentir tranquila, a gusto, sin temores de ninguna clase. No está incómoda ni nerviosa, es como si estuviera cumpliendo una rutina normal que fuera parte de esta nueva vida llena de lujos y comodidades, esta vida que no es la suya pero que ahora le pertenece, que no le es ajena, que le agrada cada día más. Mientras bebe de la cueva del pirata Morgan, contempla a esas personas adineradas y opulentas, y se siente cercana a ellas, sin odio, con un futuro próspero y prometedor. Es como si acabara de ingresar por primera vez a una obra de teatro y los personajes le fueran familiares, conocidos. Sin haber leído el guión, sabe de memoria cada una de las acciones que debe cumplir en el escenario y cada uno de los parlamentos que debe recitar para ese público afable que sin duda alguna estallará al final de la representación en un aplauso ensordecedor.

Las ávidas miradas que le llegan desde las mesas la hacen sonreír a plenitud. A las diez entran Pablo y Alberto y eligen una mesa retirada, en el rincón más apartado del salón. A las diez y cuarto entra el hombre de la fotografía. María lo mira un segundo con indiferencia y vuelve a consultar su reloj. El tipo actúa con una rapidez inaudita: apenas la descubre se acerca a la barra y se sienta muy cerca de ella. María se quita la chaqueta con lentitud, con gestos perezosos y felinos. Sabe que el hombre está pendiente de cada uno de sus movimientos. Cuando él le dirige la palabra, ya ella está preparada y ha intuido de antemano la pregunta.

—¿Estás esperando a alguien? —la voz es agradable, bien estudiada para la ocasión.

—Sí —dice ella mirando su reloj una vez más.

—¿A tu novio?

—No, a un amigo.

—¿Quieres llamarlo desde el teléfono del bar? —pregunta el hombre con una cortesía cuyo objetivo es ir ganándose su confianza.

María no se intimida y contesta con rapidez mirándolo por primera vez a la cara:

—No me sé el teléfono de memoria, gracias.

—De pronto es el tráfico. Los viernes se pone muy pesado.

—No, debió pasarle algo.

Y añade con la voz preocupada, como sintiéndose culpable y un tanto alarmada:

—Mejor me voy —se pone la chaqueta y busca con los ojos al mesero para cancelar la cuenta.

—Espera, espera, no hay afán...

—Ya no va a llegar.

—Puedes darle un poco de tiempo.

—No me gusta quedarme esperando. Prefiero irme para mi apartamento y averiguar qué le pasó.

—¿Vives sola?

—Sí.

—¿Y tu familia?

—Están todos en Cali.

—¿Viniste a estudiar?

—Periodismo —dice María moviendo la cabeza de arriba abajo.

—Mira, podemos sentarnos a una mesa y conversar un rato mientras llega tu amigo —dice él con la voz aflautada, meliflua.

María lo piensa unos segundos. Luego dice con una sonrisa:

—Unos minutos no más y me voy.

—Okey.

El hombre llama a uno de los meseros y se trasladan a una mesa junto a uno de los ventanales internos del establecimiento. María sigue bebiendo de su coctel marítimo y él ordena un whisky en las rocas. Se nota que el individuo está alegre y encantado con la posibilidad de estar con ella unos minutos. Sabe que los demás hombres lo están observando con una envidia que no pueden ocultar, y eso lo hace sentirse orgulloso de sí mismo, superior, más dotado que los otros para las artes de la conquista y la seducción.

María arrastra la conversación poco a poco hacia temas elementales sobre la vida del hombre: sus padres, sus hermanos, su trabajo, sus relaciones afectivas anteriores. Sabe que en lo referente a este último punto está mintiendo descaradamente, pero lo deja fabular e inventar una vida ficticia sin interrumpirlo ni contradecirlo. Al fin y al cabo a ella no le importa lo que él está hablando, su mente lo que está esperando es el momento propicio para atacar.

El vaso de whisky queda vacío y él llama a uno de los meseros y ordena otro igual.

—¿Tú quieres algo? —pregunta con gentileza.

—No, así estoy bien, gracias.

El mesero trae el segundo whisky y él afirma:

—Voy a ir al baño. No me demoro.

—Oye, ¿no te has dado cuenta de una cosa?

—De qué...

—No nos hemos dicho el nombre.

El tipo se sonríe y mueve la cabeza hacia los lados.

—Increíble, qué descortesía —y le tiende la mano por encima de la mesa—. Mucho gusto, Jorge Echavarría.

—Claudia Martínez —dice María estrechándole la mano con suavidad.

—Ya vengo, Claudia.

—Aquí te espero.

La luz tenue de una lámpara opaca la protege de las miradas de las mesas vecinas. Saca la pastilla con disimulo y la deja caer con cuidado en el líquido amarillento que la disuelve enseguida sin dejar rastros. Mira su reloj de pulsera y las manecillas indican las diez y cuarenta y cinco.

Jorge regresa del baño y María le indica que se está haciendo un poco tarde para ella.

—Quiero saber qué le pasó a mi amigo —explica.

—¿Tienes carro?

—Voy a pedir un taxi.

—Yo te llevo hasta tu apartamento.

—No quiero molestarte.

—No es ninguna molestia.

—Bueno, terminémonos los tragos.

Cruzan un par de palabras más y «La cueva del pirata Morgan» y el vaso de whisky en las rocas desaparecen en medio de la espuma y el hielo. Jorge abre los ojos exageradamente, como si estuviera haciendo un gran esfuerzo para permanecer despierto y no dormirse sobre la mesa. El semblante está lívido y unas gotas de sudor se insinúan en su frente. Por fin se coge la cabeza y dice:

—Me siento mal, no sé qué me pasa.

—Estás borracho.

—Me tomé sólo dos tragos —dice con la voz ahogada, lejana.

—Tal vez se te bajó la tensión.

—No sé.

—Espérame, voy al baño y vengo a ayudarte.

Se levanta, camina hasta el baño, se lava el rostro, vuelve hasta el bar y le dice al mesero que los atiende:

—El señor paga la cuenta. Tengo que irme.

—No se preocupe, señorita —dice el joven atareado con varios pedidos pendientes.

Sale del lugar sin mirar hacia atrás, sin haber visto ni una sola vez la actitud de sus amigos, y toma en la esquina el primer taxi con el que se tropieza.

En el bar, Pablo y Alberto se acercan al ejecutivo, lo ayudan a levantarse, pagan la cuenta diciendo que es un amigo y que lo van a acompañar a su casa, y salen a la calle llevándolo en hombros, como si estuvieran cargando un soldado herido en un campo de batalla. Lo introducen en un Renault 12 recién lavado y encerado, y se lo llevan por la Carrera Quince hasta la Calle Cien, donde estacionan en un césped muy cerca de la vía del tren. Revisan todas las tarjetas bancarias, interrogan al hombre acerca de las claves secretas de cada una de ellas, anotan la información en una libreta y se dirigen por la Carrera Quince hacia el norte en busca de los respectivos cajeros automáticos. En efecto, como lo sospechaban, los saldos de las cuentas son elevados y les permiten sacar el tope máximo permitido por las entidades. Luego esperan hasta las doce y quince minutos, y vuelven a hacer la ronda de nuevo por todos los cajeros automáticos donde el individuo tiene cuentas corrientes o de ahorros vigentes, pues con el cambio de fecha a medianoche los retiros diarios de dinero se activan de inmediato.

Finalmente dejan al *yuppie* en un parque de barrio recostado contra un árbol, como si fuera un juerguista después de una noche un tanto agitada, y parten con dos cadenas de oro, un reloj Rolex, dos tarjetas de crédito para usarlas en las horas de la mañana y una buena suma de efectivo entre los bolsillos.

Andrés observa los cerros desde la ventana de su estudio. La mujer, detrás de él, insiste una vez más con la esperanza de hacerlo ceder, de convencerlo:

—No sé por qué te niegas si has pintado muchos retratos antes.

Andrés se da la vuelta y dice:

—Ahora no quiero pintar retratos.

—Pero por qué.

—No sé, Angélica, no quiero.

—¿Es algo personal?

—No, no es eso.

—Si tienes algo contra mí, dímelo.

—No lo tomes así.

—¿Y yo qué te he hecho para que te niegues a pintarme?

—No tengo nada contra ti, ya te lo dije.

—Entonces píntame. Si lo que te estoy ofreciendo no es suficiente...

—No es cuestión de dinero.

—No entiendo nada, Andrés.

—No quiero pintar retratos, eso es todo.

—No te creo, es algo personal, estoy segura.

—Estás equivocada.

—Siempre te gustó pintar retratos, sabes que tienes un talento especial para eso.

—Ahora estoy metido en otra cosa.

—En qué.

—Estoy preparando mi próxima exposición.

—Y qué, eso no te impide sacar una tarde para pintar un retrato.

—Pero es que no quiero hacer retratos, qué de malo hay en eso...

—¿Es por lo que pasó entre nosotros?

—Eso no tiene nada que ver.

—Si no funcionó no fue por culpa mía.

—Ya hablamos de eso muchas veces, Angélica...

—Entonces dime por qué no quieres pintarme, dame una explicación.

Angélica empieza a llorar en silencio, sin gemir, sin secarse los gruesos lagrimones que le caen por las mejillas. Dice:

—Ahorré durante meses este dinero. Siempre quise tener un retrato hecho por ti en mi cuarto.

Andrés siente un nudo en la garganta, se acerca a ella, le acaricia el cabello negro largo y sedoso, y decide aceptar:

—Está bien, está bien, voy a pintarte.

Al día siguiente, Angélica llega al taller y toma asiento junto al gigantesco ventanal desde el cual se divisa la cadena montañosa del oriente bogotano. Andrés la observa con detenimiento y recuerda de improviso el cuadro de Dante Gabriel Rossetti sobre Perséfone: los labios de un rojo enardecido, los arcos de las cejas bien delineados, la nariz sobresaliente, la tela del vestido conformando complicados pliegues hacia abajo y las manos blancas y fuertes contrastando con la oscuridad tenebrosa de la parte baja de la pintura. Entonces se acerca a Angélica, coloca una mesita a mano derecha del asiento donde ella está sentada, y enciende una vara de incienso para darle a la imagen una atmósfera sagrada. *Sí, se dice mentalmente Andrés, voy a pintarla como la reina de los infiernos, como la mujer que abandona la Tierra y permanece para siempre en las lóbregas tinieblas del Hades.*

—¿Para qué quemas incienso? —pregunta Angélica.

—Voy a pintarte como una diosa —responde Andrés preparando los óleos y los pinceles.

Mientras tanto, empieza a evocar su relación con ella, los años en que estuvo a su lado sintiendo un amor doloroso, sufrido, trágico. La había querido de verdad, a fondo, con la tranquilidad de quien se entrega sin reserva alguna. Sin embargo, en forma misteriosa, se presentó una oposición entre su amor por ella y su dedicación por la pintura, un vínculo inversamente proporcional: en la medida en que la amaba con mayor pasión y pasaba más tiempo a su lado, menos producción artística veía en su taller. Recuerda que en más de una ocasión se había quedado con el lienzo en blanco, inmóvil, sin saber por qué su mente se negaba a generar una dinámica creativa. No se le ocurría nada, no veía nada, no quería —ni necesitaba— crear nada. Se había introducido en una felicidad afectiva que era a un tiempo una cárcel invisible con barrotes impalpables. ¿Por qué? No lo sabía, pero así había sucedido: la plenitud y el bienestar que sentía con Angélica lo habían castrado como artista.

En ese momento su vida se llenó de horror. Se sintió desgraciado, estúpido, víctima de la propia intensidad de sus afectos. Renunciar a la pintura era fracasar también como hombre, era aceptar un mundo miserable rodeado por una infamia que él quería denunciar y transformar a punta de volúmenes, colores y fuerzas pictóricas. Había algo inmoral en acomodarse y silenciarse, era como convertirse en traidor, como venderse a cambio de una dicha estrictamente personal, como refugiarse en un palacio de cristal mientras afuera la humanidad se autodestruía cumpliendo un destino incomprensible. No, él quería estar en medio del conflicto, él no pensaba esconderse sino adentrarse aún más en los caóticos torrentes de la contemporaneidad. Deseaba que sus cuadros gritaran la energía y el impulso de la época apocalíptica que le había tocado vivir. Fue entonces cuando decidió hablar con Angélica y cortar el cordón umbilical que los había unido hasta convertirlos casi en una sola persona, en un solo cuerpo andrógino que funcionaba con sus dos engranajes bien ensamblados.

—De qué me estás hablando —le había dicho ella con los ojos muy abiertos.

—Tengo que alejarme, al menos por un tiempo.

—¿Por qué, Andrés?

—Ya te dije, quiero estar solo para poder pintar.

—Pero si yo no te molesto ni interrumpo tu trabajo. No sé qué tiene que ver una cosa con la otra.

—La relación me desbordó y he dejado de pintar. Tú lo sabes.

—Yo no tengo nada que ver con eso, no me eches a mí el agua sucia. Organízate y punto.

—Necesito estar solo, es la única salida.

—Estás exagerando.

—Tal vez...

—Por qué no te impones unos horarios estrictos para pintar y ya está.

—Ya lo intenté.

—¿Qué?

—¿Tú crees que no lo he intentado? He estado horas frente al lienzo y no me sale nada.

—Estarás preocupado, yo qué sé, pero no es por estar conmigo que no puedes pintar. Eso es absurdo.

—Creo que tengo derecho a pedir un espacio para trabajar.

—Yo no te lo estoy negando, sólo te pido que no nos dejemos de hablar.

Andrés recogió ánimos y decidió actuar en forma radical, sin dar más explicaciones:

—Voy a estar solo un tiempo. Yo te llamo —dijo con la voz impostada, se dio media vuelta y se fue.

La opción por el aislamiento y la soledad produjo sus frutos de inmediato. Pintó de día y de noche sin detenerse, sin ir al baño, sin comer. Fue una época de una fertilidad artística que lo hizo renacer, que le recordó su identidad perdida y cuál era su verdadera misión en el mundo. Pintaba durante horas enteras, concentrado, con la mente atenta, sin distraerse, sin dejarse arrastrar por las tentaciones de llamar por teléfono a algún amigo o de salir a caminar para relajar las piernas y descansar el cuerpo. Eran jornadas de diez o doce horas seguidas, metido de cabeza entre los lienzos, las pinturas y los pinceles, como si no hubiera nada más a su alrededor, como si él fuera el último habitante de un planeta vacío y remoto. No obstante, cuando terminaba de trabajar el recuerdo de Angélica le hacía daño, lo maltrataba, lo laceraba, lo hacía sentirse culpable por no haber sido capaz de sostener un amor impecable, un amor que, en el fondo, había terminado volviéndose contra ella para destruirla sin ningún tipo de conmiseración. Porque él sabía que Angélica se había retirado de la universidad y que estaba encerrada en la casa de sus padres, como una monja de clausura que se empeña en alejarse de un mundo que ya no le satisface ni le agrada.

Lo peor de todo era cuando recordaba su perfecta sexualidad con ella, sus besos, su forma de abrazarlo con fuerza, sus intensos orgasmos, el olor a fruta fresca de su piel lisa, tersa y acaramelada. En esos instantes se sentía incompleto, como si lo hubieran cercenado por la mitad, como si le hubieran amputado una parte fundamental y necesaria de su cuerpo. Además, ¿quién iría a gozar ahora de esos beneficios, quién se llevaría consigo toda esa ternura, quién sería el depositario de las explosiones de pasión y de lujuria de Angélica? ¿Quién sería el encargado de hacerla gozar entre dulces caricias y obscenas demostraciones de lascivia? Era mejor no torturarse con ello, porque ése era el precio que tenía que pagar por su libertad, ése era el tiquete de salida que le permitiría reencontrarse con su vocación y con su escurridizo destino como artista.

Un mes más tarde la llamó por teléfono y se citaron en la plaza principal de Usaquén para tomarse algo y conversar sobre lo que había sucedido. La imagen que vio Andrés lo dejó estupefacto: Angélica había perdido por lo menos doce kilos de peso, llevaba el cabello corto, como un soldado, y tenía un par de ojeras muy marcadas que le hundían la mirada en un pozo sin fondo. A lo largo de las melancólicas palabras que intercambiaron, Andrés pudo darse cuenta de que Angélica estaba quebrada por dentro, rota, con daños irreparables que llevaría de por vida. Había aprendido la carga de sufrimiento que se esconde detrás de la fugacidad de todo afecto.

Eligieron una mesa en una cafetería con vistas a la iglesia y pidieron dos cafés bien oscuros.

—¿Vas a volver a la universidad? —preguntó Andrés.

—El próximo semestre, tal vez.

—Hay nuevos profesores.

—Qué bien.

No lo miraba a los ojos, de frente, sino que permanecía ida, como si se hubiera atiborrado de calmantes para acudir a la entrevista.

—¿Qué te pasa?

—¿Por qué? —dijo ella mirando los árboles de la plaza, los postes de la luz, la cancha de baloncesto.

—Estás rara, no te reconozco.

—He estado muy triste.

Los ojos se le aguaron y la boca se le torció en una mueca grotesca. Andrés sintió una punzada de dolor en el estómago.

—Angélica, tienes que entenderme, por favor. Sólo busco un estado propicio en mi interior para pintar.

—Sí.

—Perdóname, por favor, perdóname todo el daño que te he hecho.

—Si es por tu bien, no importa.

—No quiero que sigas maltratándote así.

—Es mejor que me vaya, lo siento.

Se puso de pie y sin decir nada más cruzó la plaza hacia la Carrera Séptima. El encuentro no había durado ni siquiera diez minutos.

Con el tiempo, Angélica se recuperó lentamente. Reingresó a la universidad, logró llevar una vida estudiantil normal, y lo mejor de semejante cambio de actitud fue que pudo acercarse a Andrés y mantener con él una amistad lejana, distante, pero sincera.

Todo esto lo revive Andrés mientras mezcla colores y aceites, limpia pinceles y se mueve de un lado para otro buscando la ubicación ideal para iniciar el retrato. Se queda quieto en un ángulo de cuarenta y cinco grados hacia el costado izquierdo de Angélica, a unos tres metros de ella, y comienza a pintar.

Los primeros trazos son para el fondo del retrato. Son pinceladas que crean un contorno impreciso, evanescente, oscuro. Andrés se concentra en dar la sensación de un ambiente gaseoso y con una luz escasa, como si se tratara de un baño turco observado en las horas de la noche. Luego va delineando la forma de la cabeza de Angélica, alargada, delgada, rodeada por una cabellera espesa de un color negro azabache. Deja esbozada la parte baja del retrato, lo que corresponde al cuello y la garganta, y empieza a concretar los rasgos de la cara. En los ojos hace un gran esfuerzo por capturar la expresión nostálgica de ella, su inclinación a una melancolía abstracta, sin objetivos, sin referente, pero al mismo tiempo una fortaleza que en lugar de invertirse en propósitos nobles y positivos, termina volviéndose contra ella misma y autodestruyéndola. Es una fuerza que no puede salir de su mentalidad introspectiva, que no permite una manifestación externa, y que por lo tanto deja de ser una virtud para volverse más bien un dispositivo suicida siempre a punto de estallar.

Cuando sale de los ojos y desliza el pincel hacia las mejillas, Andrés siente mareo, punzadas que le atraviesan el cerebro como si alguien le estuviera clavando agujas de tejer en la caja craneana. Sabe que su pulso está acelerado y que está entrando en esa especie de trance que lo lanza fuera de las coordenadas establecidas por la realidad inmediata. Sin saber por qué, vislumbra el cuadro *Dos cabezas cortadas*, de Géricault, esos rostros de cadáveres descompuestos en las horas siguientes a la ejecución. Y pinta las mejillas de Angélica alteradas, putrefactas, como si hubieran resistido los rigores macabros de una tortura ejemplar. Eso convierte a Angélica-Perséfone en una diosa leprosa, siniestra, carcomida por una enfermedad desconocida en medio de su reino de tinieblas. Andrés se apoya en el caballete para no caer.

—¿Qué te pasa? —le pregunta Angélica.

—Me mareo.

Ella se levanta y se acerca para ayudarlo.

—Tienes escalofríos y estás temblando.

—No me siento bien.

—Ven, recuéstate.

Lo lleva abrazado hasta su cuarto, le quita los zapatos y le coloca un cobertor encima para hacerlo entrar en calor. Cuando le toca la frente descubre que está helada, como si Andrés acabara de regresar de una excursión por regiones cubiertas de nieve y témpanos de hielo.

—Tienes la temperatura muy baja.

—Sí.

—¿Quieres que llame a un médico?

—No hace falta.

—Puede ser algo grave.

—Ya me está pasando.

—¿Te preparo una bebida caliente?

—No, tranquila.

—Tal vez te bajó la tensión.

—Eso parece.

—¿No quieres nada?

—No, gracias, ya me estoy sintiendo mejor.

Angélica lo acompaña un rato hasta que las luces de la tarde se diluyen en un cielo nublado y negro.

—Tengo que irme.

—Gracias por todo. Yo termino el retrato y te lo llevo a tu casa.

—Si necesitas algo, llámame.

Se inclina, le da un beso en la mejilla y sale de la habitación. Antes de abrir la puerta principal del apartamento se acerca al estudio para echarle un vistazo al retrato. Cuando se reconoce allá, entre los efluvios malsanos del infierno y con el rostro carcomido por llagas infectas y repulsivas, un estremecimiento de horror le recorre el centro de la espina dorsal.

El padre Ernesto alza el vaso de agua que tiene frente a él y se refresca la boca y la garganta. El padre Enrique lo mira con fijeza, se recuesta en el sillón de cuero donde suele leer y meditar unos instantes todas las tardes, y le dice con sequedad:

—Ahora sí cuéntame cómo fue la cosa.

—Ya te dije, el tipo mató a su mujer y a sus dos hijas.

—Pero dame los detalles, cuéntamelo despacio.

—El tipo se había confesado conmigo ese mismo día. ¿Recuerdas? Te expliqué que había algo raro alrededor de él, una maldad suprema, incomprensible.

—Bueno, no exageres, era un psicópata y punto.

—No, Enrique, no es sólo un individuo trastornado.

—Estás complicando las cosas sin necesidad.

—Déjame hablar.

—Es que todo lo enredas.

—El mundo no es tan simple como tú lo ves.

—Yo no he dicho que sea simple.

—Te la pasas reduciendo la complejidad del mundo a meros esquemas racionales.

—¿Y qué hay de malo en ello?

—Que el mundo es más amplio, Enrique, más diverso y contradictorio de lo que tú sospechas.

—Yo no veo problema en pensar correctamente, como debe ser.

—Y para rematar eres el dueño de la verdad.

—Mira, Ernesto, en nuestro trabajo tenemos que estar tratando de día y de noche con fanáticos, con místicos, con beatas que se la pasan viendo a la Virgen en el baño, en las paredes del jardín o en la taza de chocolate del desayuno. Gente inclinada a la superstición, fantasiosos unos, fanfarrones los otros. ¿Qué debemos hacer? Enseñarles un cristianismo práctico, social, una lucha solidaria que los enaltezca y los saque de ese pensamiento religioso mágico e ignorante.

—Eso no te lo voy a discutir.

—Tú sabes bien que lo que esta gente necesita es reivindicar sus derechos, exigir del Estado más inversión social, organizarse y luchar por un futuro mejor.

—Estamos de acuerdo.

—No necesitan más cuentos sobrenaturales. Los curitas que juegan al brujo o al profeta están mandados a recoger. Y perdona que te hable con tanta franqueza.

—Es que ahí no tengo nada que discutirte.

—¿Entonces qué es lo que me reprochas?

El padre Ernesto toma aire y habla con soltura:

—El amor no es una ecuación matemática, Enrique. Tú piensas en el bienestar de los otros, sí, pero no los amas, no te entregas a ellos, no sientes un cariño auténtico por sus hijos y sus nietos. No puedes ver más allá de tus pensamientos racionales. El único cristianismo que puedes comprender es el cristianismo marxista. La razón te limita y te impide ver un poco más allá. Eso es lo que te critico.

El padre Enrique se levanta, camina unos pasos por el salón donde están conversando, levanta los brazos y dice:

—Calmémonos. Así no vamos a llegar a ninguna parte.

—Y perdona que te hable con tanta franqueza —dice el padre Ernesto regresando la frase con un doble filo.

—Ya, ya, deja el veneno y volvamos a hablar de ese fulano.

Se sienta, respira profundo y se queda observando a su compañero con las manos entrelazadas sobre el regazo. El padre Ernesto retoma el hilo de la conversación:

—Ya te conté que ese tipo asesinó a toda su familia.

—Pues que lo metan preso y lo pongan bajo observación psiquiátrica.

—Lo terrible del caso, Enrique, es que ese hombre es como tú o como yo. No es un esquizofrénico o un psicópata incurable. Es un individuo normal, un hombre bueno acorralado por las fuerzas oscuras de la necesidad, una víctima de una maldad mayor. Eso es lo que me impresiona, lo que me tiene turbado y confundido.

—Pero tú no eres culpable de esa situación.

—En cierta medida sí, lo que tiene que ver con tu

prójimo tiene que ver contigo. El amor por los demás debe estar lleno de responsabilidad.

—No seas tan extremista.

—Recuerda las palabras del evangelio: «Ama a tu prójimo como a ti mismo.»

—Esas palabras se las dice Jesús a un joven rico, y ya sabemos cómo son los ricos: les interesa más acumular que compartir.

—Lo aterrador de este caso, Enrique, es que el hombre asesinó movido por sentimientos nobles: la compasión y la piedad.

—Cómo así.

—Su familia estaba hambrienta y desnutrida, él hablaba de las enfermedades y de los dolores que padecían sus hijas y su mujer como consecuencia de los rigores del hambre. Las mató porque quería liberarlas de esos sufrimientos.

—No te creo.

—Él lo repitió en la declaración a la policía. Dijo que no soportaba más los gemidos, la delgadez extrema, la mirada suplicante de sus dos hijas.

—No puede ser.

—Después del asesinato fue a la iglesia a pedirle perdón a Dios, pero también a reclamarle, a decirle que el verdadero culpable era Él, que por qué había torturado a su familia de esa manera, que por qué se ensañaba contra gente inocente, que lo había obligado a liberarlas de semejante tormento.

—Dios como el malo, como el asesino intelectual, y él como el salvador.

—Exacto, Enrique, eso es lo que me tiene consternado, lo que me da vueltas en la cabeza de día y de noche.

—No es para menos.

—¿Ahora sí me entiendes?

—¿Y qué hizo el tipo cuando lo encontraste en la iglesia?

—Estaba llorando como un niño, protestando en voz baja, quejándose ante el altar. Apenas me vio me dijo: «Lo hice, padre, se acabó el suplicio.» Y agarró el cuchillo para cortarse la garganta.

—¿Ahí dentro de la iglesia?

—Sí, me abalancé sobre él y logré impedírselo. Estaba tan débil que no me costó trabajo vencerlo. Luego entraron los vecinos y la policía y se lo llevaron preso.

—¿Fuiste con él hasta la comisaría?

—Lo acompañé todo el tiempo, estuve a su lado dándole apoyo y consolándolo.

El padre Enrique se pone de pie y dice:

—La maldad superior de la que me hablabas era esa enajenación que terminó destruyendo al tipo, ¿no es cierto?

—Uno ve a menudo gente mala, Enrique, envidiosos, asesinos, ladrones, en fin, hay para todos los gustos. Pero son contadas las ocasiones en las cuales tenemos la oportunidad de ver a gente realmente buena poseída por el mal contra su voluntad. Desde el primer momento supe que ese hombre estaba atrapado en un remolino que lo superaba, que nadaba contra una corriente muy superior a él.

—Sí, entiendo.

—Y no alcancé a ayudarlo, no tuve tiempo de arrojarle un salvavidas. Eso es lo peor.

El padre Ernesto bebe el último sorbo de agua que queda en el vaso, se levanta y dice:

—Tengo que irme. Gracias por escucharme, Enrique.

—¿Vas a la comisaría?

—Tengo un permiso especial para visitarlo. Voy todos los días.

—¿No lo han trasladado a la cárcel?

—Aún no.

—¿Y cómo lo ves?

—Muerto en vida, aplastado por las circunstancias.

—¿Sí te escucha?

—No sé hasta qué punto yo le sea útil. Está fuera de base, exiliado en un territorio donde los demás no podemos entrar.

—Si necesitas algo, avísame.

—Claro que sí.

Los dos sacerdotes se abrazan y luego se despiden con un fuerte apretón de manos.

El padre Ernesto sale a la calle y decide irse caminando hasta la comisaría de policía. Durante el recorrido cae un fuerte aguacero que inunda las calles del centro de la ciudad. Es difícil atravesar los riachuelos que en sus caudales incontenibles llevan cartones, papeles, plásticos, cauchos, desperdicios de comida y basura en general que la gente arroja de manera irresponsable mientras deambula por las calzadas o sale de tiendas, restaurantes y almacenes populares. Es el agua limpiando las inmundicias de la metrópolis, llevándose consigo los elementos sucios e inservibles, lavándola en un ejercicio de asepsia y purificación. Cuando el sacerdote llega a la puerta de la comisaría está completamente empapado, con los zapatos llenos de agua y la ropa hecha una sopa, pero con la impresión de haber sido refrescado en un momento justo y oportuno.

Los guardias lo conducen hasta la celda, le abren la reja y lo dejan a solas con el asesino. La luz es escasa y el olor a humedad revela un ambiente insano y pestífero. El hombre está recostado en el camastro, con la espalda apoyada en la pared y las rodillas dobladas contra el pecho. El padre Ernesto se sienta en la única butaca que hay en el recinto. Afuera, como lejanos rumores que llegaran hasta una sepultura subterránea, se escucha un ruido doble: voces de mando y botas militares que golpean el asfalto de un patio interno que multiplica los sonidos en ecos que retumban contra los altos muros de la edificación.

—¿Cómo estás, hijo?

El hombre permanece inmóvil y callado. El silencio es pesado, duro, áspero. El padre vuelve a preguntar:

—¿Estás mejor, hijo?

El hombre se demora varios segundos en decir con una voz de ultratumba:

—Por qué viene, padre.

—Para saber cómo te encuentras.

—Mentira.

—Para ayudarte, para que oremos juntos.

—No.

—Estoy preocupado por ti.

—No se engañe de esa manera.

—Qué quieres decir.

—Viene por usted mismo.

—No sé a qué te refieres.

—Se siente culpable por lo que sucedió, por no haber alcanzado a impedirlo.

—Estás equivocado —dice el padre Ernesto sintiendo la falta de aire puro.

—Necesita ayuda y yo no puedo dársela. Búsquela en otra parte.

—Me interesas tú, hijo, quiero estar a tu lado para ayudarte.

—Yo venía planeando el crimen hacía rato.

—Por qué te acercaste a mí entonces, si ya tenías todo decidido.

—Para coger fuerzas, para animarme. Necesitaba un ayudante.

—Yo no te estimulé a hacerlo.

—¿No le ha sucedido que una idea empieza a existir sólo cuando la comentamos? Sólo si le decimos a alguien lo que pensamos, salimos de la nada, rompemos los monólogos que nos impiden llegar a la acción.

—Eso no es cierto.

—Sí, padre, yo le estoy agradecido por haberme escuchado. Sólo cuando hablé con usted supe que en verdad iba a realizarlo. Sin su ayuda no hubiera sido capaz.

El padre Ernesto siente que el corazón le late más rápido en el pecho y que la sangre le corre con mayor velocidad entre las venas. Dice elevando la voz:

—No seas miserable.

—Es verdad, padre, a usted se lo debo todo. Su colaboración fue fundamental.

—Pensé que podrías arrepentirte y salvarte. Ahora veo que estás más podrido de lo que yo creía.

—¿Le parece?

—Te hundirás hasta el fondo.

—Después de haber hablado con usted llegué a la casa y sentí que ya lo había hecho, que sólo faltaba realizar unos actos que ya se habían cumplido en gran medida cuando conversé con usted en su confesionario.

—No involucres a los demás, no te laves las manos tan cobardemente —ya casi no podía respirar y la voz le temblaba a causa de la rabia.

—Gracias, padre. Si no fuera por usted mi familia seguiría sufriendo.

El sacerdote está a punto de lanzarse sobre él para irse a las manos y golpearlo, pero de repente, en un instante fugaz, tal vez intuyendo la embestida de su interlocutor, el hombre se voltea y lo mira a la cara con unos ojos verdes que resplandecen en la penumbra, como un gato acechando en la oscuridad. Es una mirada salvaje, bestial, inhumana.

El padre Ernesto llama a los guardias para que le abran la celda.

Capítulo III

ENTRE DOS DIMENSIONES

Andrés estudia *Los náufragos de la Medusa*, de Géricault, con plácido detenimiento, observando cada uno de los detalles magistrales de la pintura, cada ola, cada pincelada que muestra los músculos de los viajeros, cada pliegue de los ropajes, cada trazo de ese cielo que empieza a abrirse después de la tormenta, cada mirada agónica y desesperada que cubre los rostros trastornados de los sobrevivientes. Sabe que el artista se inspiró en un hecho real: la armada francesa había naufragado muy cerca de las costas africanas en 1816 y había desprotegido por completo a ciento cincuenta pasajeros que se vieron obligados a navegar dos semanas en una pequeña balsa sin la más mínima ayuda. Durante este tiempo los alucinados pasajeros se asesinaron entre ellos, se comieron a los enfermos y a los más débiles, se enloquecieron, se arrojaron al agua para suicidarse, y al final, cuando llegó el rescate, sólo quedaron quince náufragos sobre el destrozado planchón de madera. Andrés observa en la obra la potencia de los elementos, el viento huracanado inflamando la miserable vela improvisada, los rastros de la lluvia, el oleaje embravecido, los oscuros nubarrones todavía compactos y cerrados en un cielo que se niega a compadecerse de los últimos sobrevivientes, quienes se agrupan conformando una insignificante pirámide aniquilada por la fuerza descomunal de la naturaleza. Y lo sorprende una escena en la parte alta del lienzo: el hombre que agita un trapo para llamar la atención del barco que va a rescatarlos es un hombre negro, el único que aún tiene alientos para vencer la adversidad, el sirviente, el mayordomo, el esclavo que luego de trece días de hambrunas y enfermedades permanece de pie, sacudiendo la esperanza en su brazo izquierdo. Ese hombre que al comienzo del viaje recibe órdenes y carga las maletas, es, sin que nadie pueda llegar a sospecharlo, el más fuerte, el más dotado para una prueba de resistencia física, el que en realidad merece vivir. Ya suprimidas las clases sociales y las diferencias económicas, se ve quién es quién, se hace evidente la flaqueza o la templanza de carácter, se sabe en serio y sin trampas quién es el más apto para sobrevivir. Y en este caso es el mar el que mide la resistencia de los hombres, el que permite que el humilde criado haga valer sus condiciones físicas y psíquicas, y se encumbre hasta alcanzar las difíciles cimas del heroísmo.

El timbre del teléfono saca a Andrés de sus cavilaciones. Deja la lámina sobre el escritorio y levanta el auricular:

—¿Aló?

—¿Andrés?

—Sí, con él.

—Con Angélica.

—Quihubo, ¿qué tal?

—Necesito verte —dice ella con la voz hecha un susurro.

—¿Ahora?

—¿Podemos hablar esta tarde?

—¿No puede ser mañana?

—Es urgente.

—¿Te pasó algo?

—Necesito hablar contigo.

—¿Y tiene que ser hoy?

—Es muy importante, Andrés.

—Okey, dime dónde.

—En la taquilla del teleférico para subir a Monserrate.

—¿A Monserrate hoy?

—Es un sitio tranquilo, sin gente, sin autos. Tengo que contarte algo muy importante.

—A qué hora.

—¿A las tres te parece bien?

—Listo, a las tres en la taquilla.

—No me vayas a fallar, Andrés.

—Te escucho como si fuera larga distancia. ¿Qué te sucedió?

—Prefiero decírtelo personalmente.

—¿Es grave?

Entre gemidos y suspiros se oye lejana la voz de ella:

—Mucho.

—Bueno, no te preocupes, nos vemos a las tres en punto.

—Gracias.

—Y ánimo.

—Adiós —se despide ella, y Andrés reconoce en el tono que Angélica está haciendo un esfuerzo muy grande para no echarse a llorar.

—Nos vemos más tarde —dice él y cuelga.

Una lluvia ligera empieza a caer sobre la ciudad a las dos y treinta de la tarde. Andrés va en un taxi por la Avenida Circunvalar, bordeando las montañas, y observa las gotas de agua estrellarse contra los vidrios del automóvil. Se pregunta qué diablos le habrá sucedido a Angélica, y anhela en su interior que no vaya a ser una situación irremediable, sino que se trate más bien de un sufrimiento pasajero, de una prueba que después de superada no deje marcas imborrables ni secuelas destructivas. A las dos y cincuenta paga lo que indica el taxímetro y se baja frente a la taquilla del teleférico de Monserrate.

Angélica está esperándolo sentada en las escalinatas de la antigua estación. Apenas lo ve se lanza sobre él y lo abraza sin soltarlo, como si fueran a enviarlos a países diferentes y estuvieran despidiéndose en las puertas internacionales del aeropuerto. Él la retira un poco para darle un beso y es entonces cuando descubre los puntos violáceos en sus mejillas. Son manchas pequeñas, diminutas, pero muy visibles, como si la piel manifestara los rigores de una varicela o de un sarampión.

—¿Qué te pasó? —le pregunta sin besarla.

—De esto quiero hablarte.

—¿No deberías estar en cama?

—Ya te explico, Andrés.

Los ojos de Angélica están hinchados y rojos, se nota en ellos el exceso de llanto, la tristeza, el cansancio de largas horas de pesadumbre y tribulación.

—Ven, compremos los boletos y subamos —le dice ella.

Andrés paga el valor de los cuatro tiquetes —dos de subida y dos de bajada—, recorren las escaleras internas del edificio, entregan las contraseñas a un funcionario que controla el paso e ingresan al vagón del teleférico con un grupo de turistas mexicanos que sonríen y preparan sus cámaras fotográficas para dispararlas durante la ascensión. Angélica lo agarra del brazo y no dice nada.

El trayecto hasta la cima de la montaña dura unos breves minutos. Andrés observa los árboles, la vegetación espesa y cerrada conformando nudos multicolores. Se pregunta cuántas veces ha intentado pintar los matices fantasmagóricos de la cordillera, cuántas tardes ha pasado desde su estudio divisando los contrastes de tonos en medio de las plantas, los pinos y los eucaliptos de esos cerros imponentes que se niegan a dejarse atrapar por su pincel.

Llegan a la parte alta y Angélica lo conduce hasta la iglesia. Abajo, como si fuera una maqueta diseñada en miniatura, reposa la ciudad en medio del frío, la lluvia y los vientos helados de la sabana. Se sientan en la primera banca, frente a la imagen caída y doliente de Nuestro Señor de Monserrate.

—¿Sabías que la gente afirma que Guadalupe y Monserrate son dos volcanes que un día estallarán para destruir a Bogotá? —pregunta Angélica mirando hacia el altar.

—Una vez escuché algo al respecto.

—La erupción y un terremoto se encargarán de acabar con la ciudad.

—La gente dice muchas cosas.

Un largo silencio augura un cambio en la conversación. Angélica pregunta de sopetón:

—¿Por qué me pintaste así?

—¿Te refieres al retrato?

—Sí.

—No sé.

—¿Pero por qué me pintaste como Proserpina en los infiernos?

—No sé, Angélica, te vi un parecido con el cuadro de Rossetti y quise rendirle un homenaje.

—No estás siendo sincero conmigo. Esto es muy importante para mí, no me esquives. Dime por qué aparezco en el Hades con las mejillas picadas y carcomidas.

—No lo sé, te lo juro...

—Tú no querías pintarme.

—No.

—Por qué.

Andrés percibe la angustia que atormenta a Angélica, la necesidad que tiene de una respuesta sincera y transparente. No se puede negar a ello y dice:

—Hace unas semanas hice un retrato de mi tío Manuel. Lo pinté con unas malformaciones en la garganta. Me llamó a los pocos días a decirme que tenía un tumor cancerígeno muy avanzado justo en esa zona. Está en tratamiento pero no mejora. Lo más seguro es que se muera pronto.

—Y por qué lo pintaste así.

—No sé, Angélica, me siento como si estuviera en una pesadilla, es una fuerza irracional que de pronto se apodera de mí, como si estuviera en trance, poseso, invadido por imágenes que se imponen en la tela. Me dio tanto miedo que no quise volver a hacer retratos jamás.

—Por eso te negabas a pintarme.

—Sí.

—Y por eso te da fiebre y te enfermas.

—El desgaste me deja aniquilado.

Angélica se pasa las manos por el cabello, lo observa de reojo y le pregunta:

—Qué sentiste cuando me estabas pintando.

—Lo mismo, te vi ojerosa, llena de llagas, y el pincel se encargó de plasmar esas visiones en la tela.

—Y no tienes una explicación.

—No, te lo juro, no sé qué es lo que me está pasando.

—Ven, salgamos.

Caminaron por el sendero empedrado protegiéndose con sus chaquetas cerradas de las finas gotas de agua que aún caían del cielo sin mucha convicción. Dieron la vuelta por la estación del funicular y emprendieron el retorno por la parte trasera de la montaña, recorriendo paso a paso cada una de las esculturas que recordaba a los fieles los suplicios por los que había tenido que pasar Jesús antes de su crucifixión en el Calvario. Las figuras que representaban el vía crucis estaban resplandecientes en ciertas partes elegidas por la gente para poner allí sus manos o su boca. Los pies de Jesús, los pliegues de su túnica o los dedos de sus manos brillaban más que el resto de la escultura porque allí se acercaban las personas a besar al Maestro en un gesto de piedad y misericordia. Andrés recordó que alguna vez su padre lo había traído de pequeño para que fuera testigo de la procesión de los domingos. Antes de subir, las parejas de novios, los amigos o los familiares que se habían puesto de acuerdo para escalar la montaña, se pasaban por los toldos populares que había en los primeros metros del ascenso y se bebían una cerveza o un aguardiente con hierbas aromáticas. Al lado de la gran masa popular que iba caminando despacio, conquistando la montaña sin afán, disfrutando de la caminata y del exigente ejercicio, iban los enfermos y los penitentes, verdaderos héroes que subían descalzos o de rodillas, hablando solos, suplicando, con la Biblia en la mano y el rostro cubierto de lágrimas. Ya en la mitad del cerro estaban con las rodillas destrozadas, abiertas hasta el hueso, y con los pies llagados y en carne viva. Los hilillos de sangre que dejaban a su paso eran la prueba de su fe y de su arrepentimiento. Cojos, mancos, enfermos de los riñones, ciegos, leprosos, adúlteros, asesinos, traidores, prostitutas, sicarios, todos venían a demostrarle a Nuestro Señor de Monserrate que eran buenos católicos y que merecían un milagro o un gesto de perdón. En el último tramo, cuando divisaban la iglesia, los creyentes se llenaban de vigor y de esperanza. Y llegaban exhaustos, con la frente cubierta por chorros de sudor, ahogados, sonrientes, y buscaban a su alrededor a los vendedores ambulantes para comprar un refresco o una botella de agua.

Angélica le propone a Andrés en la puerta del restaurante Casa San Isidro:

—¿Entramos?

—Nos podemos tomar un café para calentarnos.

—En eso estaba pensando.

Se sientan a una mesa en la parte externa, en un corredor desde el cual se divisa la ciudad allá lejos, detrás de la bruma que rodea la montaña. Piden dos cafés bien cargados y Andrés tiene la impresión de no estar completamente en la realidad, sino en un intermedio, en un plano que está a medio camino entre dos dimensiones. Es una sensación que lo sobrecoge y lo asusta. Ve a Angélica sentada frente a él, ve el restaurante, a los meseros, a los turistas mexicanos que también han entrado para beber algo caliente, ve los árboles, el cielo, la niebla, la ciudad, y sin embargo él no está ahí, es como si observara una película cuyo protagonista le es familiar pero con el cual no termina todavía de identificarse.

—Tengo que contarte algo muy grave —le dice Angélica.

Él la observa con la piel de la cara manchada por los pequeños puntos que la desfiguran.

—Dime.

—Los granos que tengo es una enfermedad que se llama Molusco Contagioso.

—Qué es eso.

—Una enfermedad de la piel.

—Pero tiene cura, supongo.

—Ése no es el punto.

—No te entiendo.

El mesero deja las dos tazas de café humeante sobre la mesa. Abren los sobres de azúcar y riegan el polvo blanco sobre las bebidas. Luego revuelven con las cucharitas, alzan las tazas y se mojan los labios con cuidado, tímidamente.

—Explícame por qué no es importante curarse —insiste Andrés bajando la taza y dejándola sobre la mesa.

—Porque el Molusco Contagioso es sólo una manifestación de algo mucho más grave.

—¿Cómo así?

Ella deja el café a un lado y dice en voz baja:

—Me hice unos exámenes y tengo sida, Andrés.

Angélica baja la cabeza y se seca las lágrimas con la mano. Andrés sigue sintiendo que no está en la realidad, sino en una pesadilla de la que le gustaría despertarse cuanto antes.

—¿Estás segura?

—Me hice el segundo examen y también salió positivo.

—¿Y sabes desde cuándo eres positiva?

—No.

—Eso significa que es posible que yo también esté contagiado.

—Contigo siempre usamos condón, ¿te acuerdas? —dice ella dejando de llorar y limpiándose la nariz con las servilletas de la mesa.

—¿Y entonces?

—Creo que fue después, Andrés.

—Con quién has estado en este tiempo.

—Ése es el problema —Angélica continúa hablando en un tono muy bajo, casi en secreto—. Cuando terminamos la relación sentí que me iba a morir, no quería hacer nada, ni siquiera levantarme de la cama por las mañanas. Pero luego me llené de odio contra ti, sentí que me habías herido injustamente.

—No fue así, Angélica.

—Yo sé, yo sé, pero así lo sentí en ese momento. Quise vengarme. Entonces comencé a acostarme con el uno y con el otro. Iba a todas las fiestas y terminaba en la cama con el primero que me lo propusiera. Como estaba tomando pastillas anticonceptivas me daba lo mismo que el tipo usara condón o no. La mayoría de las veces estaba borracha o drogada. Llegué a estar con dos y tres hombres en un mismo día.

Andrés suspira sin decir nada. Ella concluye:

—Me acosté también con varios extranjeros. Yo creo que alguno de ellos fue el que me contagió.

Suenan las campanas de la iglesia. Andrés escucha ese ruido metálico atravesar el aire invernal de la tarde y siente, en un instante revelador, que es dueño de nuevo de sí mismo, que ha llegado por fin a la realidad.

73

El padre Ernesto, que ha estado de rodillas rezando durante cerca de media hora, se levanta, se da la bendición y abre la puerta de su cuarto para acercarse al despacho de la casa cural. Irene, la joven encargada del aseo y de la cocina, le dice en el corredor:

—La señora Esther ya lo está esperando en el despacho.

—Gracias, Irene —contesta el padre apretando el paso, y por un momento sus ojos se detienen en el cuerpo esbelto y voluptuoso de la joven.

En efecto, en el pequeño salón que sirve de despacho, está una mujer gruesa, de unos cuarenta años de edad, vestida de negro y con los ojos inyectados en sangre. Se pone de pie para saludarlo.

—Buenas tardes, padre.

—Buenas, hija, siéntate.

El sacerdote se ubica en un cómodo sillón frente a ella, abre los brazos y dice con voz afectuosa y amigable:

—Bueno, dime en qué te puedo ayudar.

La voz de la mujer es una voz apagada, tenue, muy débil, que revela una gran fatiga y largas noches de insomnio.

—Usted es una gran persona, padre. La gente lo estima y lo respeta.

—Gracias, hija.

—Piensa primero en los demás, es un hombre entregado de lleno a su trabajo.

—Ésa es la idea, sí.

—Le digo esto no por adularlo, padre, sino porque usted es la persona indicada para esta consulta.

—Dime cuál es el problema.

La mujer empieza a sollozar y las manos le tiemblan sobre las piernas.

—Estoy desesperada, padre, ya no puedo más.

—Qué sucede.

Ella abre el bolso, saca un pañuelo color crema y se seca las lágrimas.

—Quiero advertirle que no quiero que nadie se entere de esto, padre, no quiero hacer un escándalo y que mi casa se convierta en foco de chismes y habladurías.

—Lo que me digas no saldrá de estas cuatro paredes.

—No quiero estar por ahí en boca de todo el mundo.

—Bueno, qué es lo que sucede.

—A mí no, padre, es a mi hija.

—Cuántos años tiene ella.

—Acaba de cumplir los quince. Es una belleza.

—¿Tiene hermanos?

—No, padre, es hija única.

—¿Tiene una buena relación con ustedes?

—Vivimos sólo las dos, padre. Usted sabe cómo son los hombres, van regando hijos y luego los abandonan sin que nadie les diga nada.

—¿Es una muchacha juiciosa, tranquila?

—Es un ángel, padre, si usted la viera. Las monjas del colegio no se cansan de alabarla.

—Entonces cuál es el problema.

La mujer transforma los gestos de la cara, abre los ojos, inflama las mejillas, arruga la frente de una manera casi cómica, burlesca, y dice:

—Las voces, padre, las voces...

—Qué voces.

—Mi niña está habitada por voces que hablan de cosas horribles.

—Cómo así.

—Personas malignas, espíritus del mal, padre, que hablan a través de los labios de mi niña.

—No le entiendo —dice el sacerdote frunciendo el ceño.

—Casi siempre es por las noches, cuando se va a acostar. Las personas entran dentro de ella y comienzan a decir obscenidades, a insultar, a predecir hechos terribles.

—¿Usted me está diciendo que su hija está posesa?

—Por demonios, padre, por espíritus que vienen del infierno.

—Cómo se le ocurre —dice el padre Ernesto moviendo los brazos y la cabeza negativamente.

—Sí, padre, tiene que verlo con sus propios ojos.

—Posesiones ya no hay en este siglo, señora. Tiene que llevarla a un hospital para que le hagan exámenes neurológicos y psiquiátricos.

La señora agarra con la mano un sobre gigantesco que ha estado todo el tiempo junto a ella sin que el sacerdote lo notara, y se lo tiende para que lo abra y lo estudie.

—Tenga, padre, mire.

—¿Qué es esto?

—Los exámenes que usted dice.

—¿Ya la llevó al hospital?

—Ahí están los exámenes del cerebro, padre. Mi niña no tiene lesiones ni daños graves, gracias a Dios.

El padre Ernesto abre el sobre y observa una serie de tomografías cerebrales de rayos X, de ultrasonido y de resonancia magnética. Mientras lo hace, le llegan a la memoria las palabras recientes del padre Enrique: *en nuestro trabajo tenemos que estar tratando de día y de noche con fanáticos, con místicos, con beatas que se la pa-*

san viendo a la Virgen en el baño, en las paredes del jardín o en la taza de chocolate del desayuno. Una hoja escrita a máquina certifica que la paciente no sufre de ningún tipo de lesión cerebral. *No necesitan más cuentos sobrenaturales. Los curitas que juegan al brujo o al profeta están mandados a recoger.* El sacerdote introduce de nuevo los exámenes y la carta en el sobre, se los regresa a la mujer y comenta:

—No hay un dictamen psiquiátrico.

—Yo le dije que fuera a ver a la psicóloga del colegio, que hablara con ella, que le comentara sus cosas, sus asuntos privados...

—Y qué dijo la psicóloga.

—Que estaba bien, padre, que era una adolescente normal, un poco confundida por la edad, nada más.

—¿Pero le comentó lo de las voces?

—El problema es que mi niña no se acuerda de nada, padre, no es consciente de eso, es como si estuviera dormida. Yo quería saber primero qué decía la psicóloga de ella, y como no encontró nada anormal decidí ir yo misma y comentarle lo que estaba pasando. Me recomendó entonces que le hiciera los exámenes que acabo de mostrarle, padre.

—Pero no la ha visto un psiquiatra.

—Por qué no me ayuda, padre, por qué no va a verla —el tono es de súplica, de un ruego lleno de angustia y dolor.

—Lo único que le advierto es que no me vaya a pedir exorcismos o cosas por el estilo. La iglesia es reacia a hablar de cuestiones que hoy en día son competencia de los psiquiatras.

—Usted vaya, padre, y saque sus propias conclusiones. Por favor. Llevamos años viniendo a esta iglesia.

Necesitamos de usted, no nos puede negar su ayuda.

—Puede ser hoy, después de la eucaristía de esta noche. Qué le parece.

—Sí, padre.

—Déjeme anotar su dirección y su teléfono.

—Yo vengo a misa, padre, lo espero y nos vamos juntos.

—Entonces nos vemos esta noche.

—Gracias, padre.

Ambos se levantan al mismo tiempo, se dan la mano y se despiden con palabras amables y corteses. Cuando cierra la puerta del despacho, el padre Ernesto dice en voz baja:

—Esto es lo único que me faltaba.

En las horas de la noche, después de la misa de las siete, cierra la iglesia, se abotona su gabardina hasta el cuello y empieza a caminar custodiado por la sombra de la señora Esther.

—¿Dónde vives? —pregunta el sacerdote volteando el rostro para mirarla y tuteándola de nuevo.

—Aquí cerca, padre, en La Candelaria.

—Lindo barrio —comenta el padre Ernesto por decir algo.

Mientras camina con la mujer a su lado, observa las luces amarillas de los autos reptando por el suelo y las paredes, mezclándose, abriéndose y cerrándose, creando todo un juego geométrico alrededor de ellos dos. El viento que silba con potencia en los estrechos callejones y en las bocacalles les golpea el rostro con furia enfriándoles las orejas y la punta de la nariz, cortándoles la piel y obligándolos a entrecerrar los párpados para protegerse los ojos. El sacerdote recuerda que lleva muchos años sin caminar así, acompañado por una mujer, experimentando esa curiosa satisfacción que surge en él cuando cruza en compañía femenina las calles nocturnas e interminables de Bogotá. Piensa: *Somos ella, la ciudad, la noche y yo. Un hombre protegido por tres mujeres.*

Llegan frente a una casa colonial ubicada en el centro de una calleja mal iluminada. Una enredadera cubre gran parte de la fachada principal.

—Aquí es —dice la mujer introduciendo una llave en la cerradura de un grueso portalón de madera.

Apenas cruza el umbral, el padre Ernesto huele el delicioso aroma de un conjunto de flores vistosas que resplandecen con la poca luz que llega hasta el jardín interno de la residencia. Enseguida descubre el olor a antiguo que despiden las paredes, los techos y la madera de las puertas y los muebles que decoran el lugar. Reconoce ese olor porque es el mismo que se respira en monasterios y conventos, en museos, alcaldías rurales, viejas fincas olvidadas y en ciertos rincones de su propia iglesia cuando pasa el efecto de los detergentes y los desinfectantes. Finalmente, cuando va subiendo las escaleras que conducen al segundo piso, su olfato registra un olor inmundo y desagradable: el olor de las cañerías subterráneas, el de las aguas negras que viajan por los conductos internos de la ciudad, un olor a hedores corporales acumulados, a orines, excrementos, vómitos, semen y flujos menstruales. Son tan intensas esas emanaciones que provienen de arriba, que el padre Ernesto siente un escozor en la parte interna de los ojos. Y es en ese momento cuando tiene un presentimiento, un pálpito, la sospecha de que una presencia excepcional está con ellos dentro de la casa. No sabe qué o quién es, no está seguro de nada, no es una certeza definible y racional sino una intuición que le indica la visita de un elemento extraordinario.

La señora Esther se detiene frente a la puerta de una de las habitaciones de la segunda planta, respira profundo y dice:

—Voy a dejarlo solo con ella, padre. A esta hora ya está recostada.

—¿Ha tenido comportamientos agresivos, ha golpeado a alguien?

—Hasta ahora no.

—¿Dónde estará usted?

—Estaré esperándolo abajo, padre, con la empleada del servicio... Entre y siéntese en una silla que está junto a la cama. Ellos le hablarán...

—¿Está rota alguna cañería?

—No, padre.

—El olor es insoportable.

—Adentro es peor. Hemos limpiado mil veces y nada.

Ella se da la vuelta y baja las escaleras sin mirar hacia atrás. El padre Ernesto abre la puerta y respira un aire pestífero, húmedo, como si de repente estuviera ingresando en un calabozo de sentina, en una cloaca inmunda o en uno de los más sucios rincones del infierno. Siente deseos de vomitar pero logra controlar su cuerpo poco a poco, tomando aire despacio con la boca semiabierta, relajando el cuerpo, acostumbrándose a las ráfagas fétidas y pestilentes. Cierra la puerta y se sienta en la única silla que hay en la habitación. En la cama, acostada boca arriba, está la muchacha con un camisón blanco que la cubre hasta los tobillos. Por encima de la tela sobresale un cuerpo joven voluptuoso y magnífico: unos senos redondos y turgentes, una cintura estrecha, unas caderas abiertas en un par de curvas generosas y unas piernas largas y bien delineadas. Los rasgos de la cara son finos, proporcionados, semejan la expresión de una niña dibujada en la ilustración de un cuento infantil (los labios carnosos, las cejas delgadas, los ojos grandes, la nariz recta, el cabello en largos mechones dorados), y contrastan con la adultez de ese cuerpo voluminoso y bien desarrollado. El padre Ernesto siente dos líneas de sudor escurriéndole por las axilas.

—¿Le gusto, padre? —dice de pronto una voz aflautada, gatuna, y la joven abre los párpados dejando al descubierto unos centelleantes ojos azules.

—Tu madre quiere que conversemos.

—No ha contestado mi pregunta.

—Eres muy bella —asegura el padre con calma, sin mucha convicción, restándole importancia a lo que está diciendo.

—¿Me desea?

—No he venido a ofenderte, hija.

—Sé que le gusto, padre, que quiere tocarme, acariciarme.

—Estás equivocada.

—Aproveche, padre, tóqueme por donde quiera.

—No me insultes de esa manera. Recuerda que soy un sacerdote.

Ella se sonríe en una mueca perversa y la voz que escucha el padre Ernesto a continuación es gruesa, varonil, como si acabara de entrar en la habitación un hombre adulto y estuviera también en la cama, junto a ella:

—Qué sacerdote ni qué mierda, perro lascivo, gusano asqueroso.

Un estremecimiento le recorre al padre Ernesto la espalda de arriba abajo.

—¿Piensas que no sé quién eres? ¿Crees que me vas a engañar a mí con tus sermones piadosos? Mira lo que voy a hacer para ti, cerdo.

La muchacha se levanta el camisón hasta el ombligo, introduce la mano entre unos calzones pequeños e insinuantes, y se acaricia el sexo con los dedos de la mano derecha.

—Necesito un hombre, padre —la voz vuelve a ser la de una jovencita delicada.

—Para, no más —dice el sacerdote con la voz agitada.

Ella saca la mano y estalla en una carcajada grotesca.

—Yo sé quién eres, puerco —sigue diciendo la misma voz.

—No sé de qué hablas —afirma el sacerdote mareado, con arcadas en el estómago, trastornado.

—¿El pedacito de carne que tienes entre las piernas te da trabajo, eh?

—Cállate.

—Por ahí ofendes tu fe, ¿ah?... Marranito lujurioso...

—Que te calles, te dije.

—Arrechito...

Y entonces la voz sensual de la muchacha se mezcla con una voz neutra, hueca, y ambas se distinguen perfectamente, como si dos actores estuvieran recitando a un mismo tiempo un solo libreto:

—Asesino... Tú también las mataste... Tus manos están manchadas de sangre, sacerdote...

Él se coge la cabeza entre las manos y grita:

—¡Déjame en paz!

—Así te ves más bello... Todo untadito de sangre...

—¡No más!

La voz gruesa vuelve a surgir y remata diciendo:

—Hijo de puta, criminal, eres un perro lleno de pecados.

El padre Ernesto no aguanta más, se levanta y de un salto llega hasta la puerta, la abre y sale de la habitación ahogado, sin aire, llorando. Lo peor de todo es que mientras cierra la puerta nota una fuerte erección que le levanta el pantalón, que se lo abulta de manera vergonzosa contra su voluntad.

La discoteca está llena, algunas parejas bailan en la pista acomodándose como pueden entre ellas, y otras permanecen en las mesas conversando, riendo o bebiendo animadas de las botellas de licor que van vaciándose en la medida en que avanza la noche. María escucha la perorata estúpida del arrogante ejecutivo que tiene al frente, y siente hacia él una animadversión que la obliga a apretar las mandíbulas para controlarse.

—Lo compré en ciento veinte millones y tiene una vista espectacular. Sólo la terraza tiene cien metros cuadrados, imagínate.

—Qué bien —dice María soltando las mandíbulas y haciendo un amago de sonrisa.

—Y en los Rosales, bien arriba, que definitivamente sigue siendo la mejor zona de Bogotá.

—Sí.

—Los baños tienen unas tinas gigantescas y logré instalar un sistema de luces con control remoto, tú sabes, para no estar parándose uno todo el tiempo hasta los interruptores.

—Claro.

—El garaje es triple, hay cancha de squash en el edificio, y lo mejor es que instalaron una sauna y un baño turco que son una maravilla para descansar.

—Excelente.

—Ciento veinte millones es un regalo, ¿no te parece?

—Es un muy buen precio.

—Estoy feliz. Me lo merezco porque he trabajado duro este año.

—Ya.

—Aunque, ¿sabes una cosa?

—Dime.

—Tengo ganas de irme el año entrante a vivir unos meses a Europa.

—Qué buena idea, ¿adónde?

—A París.

—Qué delicia.

—Sí, porque yo viví en Nueva York cuando era estudiante. Mi papá me envió a una de las mejores escuelas de finanzas, tú sabes, el tipo quería estar seguro de que yo iba a administrar bien la empresa de la familia.

—Sí.

—Pero me tocó siempre estar en Estados Unidos, y ahora me parece justo tomarme un tiempito para estar en Europa. Porque una cosa es ir de vacaciones y otra muy distinta vivir allá, familiarizarse con la realidad del viejo continente.

—Claro que sí.

—Además, tú sabes, vivir en París te da elegancia, clase, distinción.

—Sin duda.

—Los museos, los restaurantes, los conciertos.

—Qué rico.

—Y voy a intentar aprender algo de francés. La gente quedaría asombrada si me ven hablando en dos idiomas a la perfección. Bueno, tres con el español.

—Increíble.

—Y es que París sigue siendo París.

El hombre continúa enumerando las ventajas de su posible viaje y los atributos incomparables de una ciudad que él considera la capital de la finura y el buen gusto. María se evade hacia adentro, hacia sí misma, y viaja por los laberintos de su memoria hasta llegar a su infancia en Miraflores, un pueblo miserable en el sur del país, muy cerca de la selva del Amazonas.

Es un amanecer lluvioso y su madre se ha levantado para encender la estufa de leña y preparar el desayuno antes de salir a revisar las dos parcelas de hoja de coca con las que sostiene a sus dos hijas. María tiene cinco años y su hermana, Alix, es un año mayor que ella. Su padre vive con otra mujer en el extremo opuesto del pueblo y se gana la vida administrando un pequeño salón de billar, lotería, naipes y juegos de azar. María está desperezándose en el camastro que comparte con su hermana, estirando los brazos y las piernas para desentumecerlos, cuando se escucha la primera explosión a pocos metros de distancia. El rancho se estremece y los utensilios de cocina quedan desparramados por el suelo. Ráfagas de metralleta y disparos de fusil suenan a diestro y siniestro, entre los matorrales. La mujer se abalanza sobre ellas, las abraza y las saca del rancho protegiéndolas con su propio cuerpo. Alix y ella corren bajo el amparo de su madre, conformando un trío compacto que baja por el camino en busca de la plaza principal. Un grito estridente inaugura la mañana:

—¡Es la guerrilla! ¡Van a tomar el pueblo!

Dos granadas más estallan a diez o quince metros

del camino que ellas recorren sin separarse, amalgamadas y fusionadas por los fuertes abrazos de su madre. Luego los disparos se multiplican y las explosiones levantan humaredas hacia el cielo y destrozan la alcaldía y la comisaría de policía, haciéndolas volar por los aires. Varios policías y soldados han alcanzado a atrincherarse en una tienda de víveres, e intentan repeler el ataque desde allí, disparando desordenadamente en medio del pánico y la turbación. Ellas llegan por fin hasta la plaza, cansadas, sudorosas, mojadas por una llovizna tenue que les alivia en parte el bochorno y el rubor de sus rostros. De repente, sin entender nada de lo que está pasando, Alix y ella ven a su madre desvanecerse hasta hincar las rodillas en el suelo, como un cristo femenino con los brazos engarzados en los hombros de dos niñas confundidas. Unos segundos después libera los brazos y cae desplomada en el suelo hundiendo la cara en los charcos de la arena de la plaza. María alcanza a ver un agujero grande y sangrante en la parte trasera de la cabeza de su madre. Las dos hermanitas se miran azoradas, temblorosas, indefensas en medio del fuego cruzado, perturbadas.

—¿No te parece? —pregunta el joven ejecutivo levantando el brazo y haciendo tintinear los cubitos de hielo.

María vuelve en sí y no tiene ni idea de lo que le está preguntando el individuo.

—¿Sí o no? —insiste él con una sonrisa.

—Pues claro —arriesga ella sonriente también.

—¿Te pasa algo?

—No, ¿por qué?

—No sé, te veo despistada.

—No es nada.

—¿Quieres bailar?

—Más tarde.

—¿Quieres que cambiemos de lugar? Conozco un sitio más tranquilo, más íntimo.

—No, estoy bien, seguro.

—No te vayas a aburrir.

—Cómo se te ocurre.

—Te venía diciendo que los cruceros por el Mediterráneo no son tan costosos y el servicio es una maravilla. Ya uno instalado en París es muy fácil bajar en el verano y recorrer las islas griegas...

Al mediodía la plaza de Miraflores se llenó de helicópteros del ejército. Tropas de contraguerrilla se alistaron para entrar en la selva en un operativo de rastreo y persecución. El sol calentaba desde lo alto con una persistencia abrasadora. El cadáver de su madre había sido recogido en una camilla por voluntarios de la Cruz Roja Internacional. Su padre estaba desaparecido y nadie daba noticias suyas. A las cuatro de la tarde un sargento dio la orden de subir a las dos huérfanas en un helicóptero que regresaba a Bogotá.

—Llamen a los funcionarios del Instituto de Bienestar Familiar y coméntenles el caso —gritó a los soldados que las escoltaban.

Ahí comenzó el suplicio. Nadie llamó al Instituto, las dejaron apartadas en una guarnición del ejército, sin hablarles, sin preguntarles nada, brindándoles de vez en cuando un plato de comida y permitiéndoles dormir en un catre destartalado en las bodegas de la cocina. Con el paso de los días las encargadas del rancho de los soldados terminaron por emplearlas y casi esclavizarlas: tenían que pelar bultos de papa, desgranar arveja, cortar legumbres, barrer, lavar loza, sacar la basura y limpiar palmo a palmo toda la cocina antes de irse a dormir. Una noche, Alix le dijo:

—Me voy, María. No aguanto más.

Le prometió que volvería por ella, que la sacaría de ese antro lleno de brujas y que no se separarían jamás:

—Espera unos días y vengo por ti.

María lloró cuando vio a su hermana salir por un pequeño agujero que había en el muro, detrás de las canecas de basura, y se sintió más sola y más desamparada que nunca. Al fin y al cabo Alix era su única hermana y su compañera de desdicha y de infortunio. De ahí en adelante soportó como pudo la orfandad, el desprecio de las mujeres de la cocina (que la trataron aún peor luego de la fuga), la esclavitud, la degradación y la miseria absoluta. La mantuvo con vida la esperanza de que Alix volvería por ella para rescatarla de los infiernos. Pero la pequeña no regresó.

—... y confirmé los precios en una revista, ¿no te parece increíble? —dice el ejecutivo en medio del bullicio general.

—Sí, claro —dice María por salir del paso.

—Es que ya uno instalado en Europa, todo se facilita mucho. Por eso es importante salir, conocer, abrir horizontes, no quedarse uno conforme con la precariedad que hay aquí...

Luego vinieron los años duros, la vida de la calle, el vagabundeo, la mendicidad, el robo ocasional. Se fugó de la guarnición a los siete años, exactamente por el mismo muro agujereado por donde había salido su hermana dos años atrás. Un grupo de gamines la acogió en sus filas y empezó la supervivencia urbana, el entrenamiento para no dejarse aplastar por ese monstruo malévolo de millones de cabezas humanas que cada día la insultaba más, la segregaba, la pateaba, la escupía. Un monstruo que no se cansaba de humillarla y cuyo objetivo era convertirla en una cucaracha para cualquier día espicharla sin el más mínimo asomo de misericordia.

—... y en el invierno es muy fácil ir a esquiar a Suiza. Hay programas especiales que salen baratísimos...

Un sacerdote le brindó la posibilidad de vivir y de estudiar en una institución de caridad. El religioso había sido para ella el primer remanso de tranquilidad, el primer apoyo y el primer afecto sincero y auténtico que la ciudad le entregaba sin pedirle nada a cambio. Gracias a él había logrado terminar la secundaria con calificaciones sobresalientes. El problema era que había tenido que irse de la institución y dejar espacio para otros muchachos que, como ella en su momento, estaban necesitando una cama, un plato de comida y una educación que los sacara de la ignorancia y del analfabetismo. Y por más que buscó trabajo por doquier, no encontró un empleo decente en ninguna parte. El sacerdote le había prometido una beca para seguir estudiando, pero ella sintió que sus palabras eran sólo eso, una promesa y nada más. Entonces decidió dedicarse a vender tinto y agua aromática en la plaza de mercado. Un oficio que escasamente le daba para comer y para pagar el arriendo de una habitación humilde y deprimente.

—¿Me excusas un instante? —pregunta el hombre.

—Claro —contesta María.

—Voy al baño y ya vengo.

—No te preocupes.

Consulta el reloj. Las once y diez minutos de la noche. Están sobre el tiempo. Saca la pastilla y la deja caer en el vaso con despreocupación, sin alarmarse. El tipo regresa, termina de beberse su trago y empieza a sentir el malestar que María ya conoce de memoria: dolor de cabeza, pesadez, sueño, desaliento.

—Excúsame, me siento mal.

—Estarás borracho.

—No he tomado mucho.

—Quién sabe.

—Tengo un sueño tremendo —dice mientras se frota los párpados con las palmas de las manos.

—Es mejor que te vayas a tu casa a descansar.

—Yo quería llevarte a tu apartamento.

—Otro día será.

—Qué es esto —dice él sacudiendo la cabeza hacia los lados.

—¿Me esperas un momento? Tengo que ir al baño.

—Aquí te espero.

María se levanta y se acerca a los letreros que indican «Ellas» y «Ellos». Se cruza un segundo con Pablo, que está pendiente de lo que sucede en la mesa del ejecutivo.

—¿Listo? —pregunta Pablo disimuladamente, como si fueran dos desconocidos que hablan un par de palabras mientras desocupan los lavabos y los retretes.

—El tipo está ido ya.

—Te dio lata.

—Es un pesado.

—Pero valió la pena. Aquí hay buen billete.

—Eso parece.

—Estamos seguros de que es un pez gordo.

—Ojalá.

—Más tarde te llamamos para avisarte cómo nos fue.

—Que les vaya bien.

Y se separan.

Dos horas más tarde suena el teléfono en el apartamento de María y ella contesta enseguida:

—¿Sí?

—No te imaginas, María, sacamos tres millones de pesos. Mañana te damos tu parte y te recogemos para comprarte ropa y unos cuantos regalos. Te lo tienes bien merecido.

—Gracias.

Cuelga y piensa en cuánto le gustaría tener a Alix entre sus brazos, decirle que ahora hay dinero, que no se preocupe, que se acabó el hambre, que ella sabe que si no volvió no fue porque no quiso, sino porque no pudo. Que la ama, que se siente sola, que no puede olvidarla.

Capítulo IV

LUNA LLENA

—Déjame estar a tu lado —dice el padre Ernesto en un tono quejumbroso, suplicante.

Irene se sienta en la cama y el cabello negro le cuelga sobre los hombros en desorden, su silueta recortada contra la luz blanca que atraviesa la cortina. Los pezones de unos senos altivos y frutales se insinúan detrás de la tela delgada, casi transparente, de una camiseta raída que la joven usa para dormir.

—Ay, padre —dice ella pasándose la mano por la cabellera despeinada.

—Por favor.

—Usted me dijo que me olvidara de todo esto.

—Irene, por favor.

—Yo no quiero hacerle daño, padre.

—Te necesito.

—La vez pasada usted dejó de hablarme una semana.

—No puedo más.

—¿Y yo qué, padre?

—No me dejes así.

—¿Usted cree que yo no tengo sentimientos?

—No te voy a volver a dejar.

—Eso lo dice ahora porque quiere estar conmigo. ¿Y después qué, padre?

—Seguimos juntos, te lo juro.

—Usted sufre, se arrepiente de haberme querido, me trata como si yo fuera el mismísimo demonio. ¿Y en dónde quedan mis sentimientos, padre?

—Eso no va a volver a pasar.

—Como si no lo conociera.

El padre Ernesto se sienta en la cama, agarra la mano de Irene entre las suyas y dice con firmeza:

—Yo te quiero.

—Y su vocación qué...

—Yo nunca he faltado a mi vocación.

—Usted me dijo la última vez que lo nuestro no podía ser porque su vocación era lo primero, lo más importante, lo fundamental en su vida.

—Y así es.

—Entonces en qué quedamos.

La voz del sacerdote se reblandece, se hace más aguda, se quiebra:

—Yo quisiera no tener cuerpo, Irene, no sentir, convertirme en un hombre de ladrillo o de cemento. Pero no puedo. Soy débil, no aguanto más, estoy desesperado.

—Usted sabe que yo todavía lo quiero.

—¿Sí?

—Pues claro.

—¿No tienes ya un novio?

—Pretendientes no me faltan, padre.

—¿Y no has estado con nadie?

—Yo quisiera pero no me dan ganas, no me nace.

—Todavía me quieres.

—Con todo lo mal que usted me ha tratado.

—Yo nunca te he tratado mal, Irene.

—No me habla, pasa a mi lado y no me ve, no me saluda, es como si yo no existiera. ¿Usted cree que yo no siento, que a mí no me duelen sus desplantes?

—Intento alejarme de ti, olvidar lo que pasó, dejarte libre para que hagas tu vida aparte, sin mí.

—Y lo que hace es herirme, castigarme, hacerme llorar.

—Con todo lo que yo te quiero...

Irene hace a un lado las cobijas y sus muslos resplandecen con la poca luz que entra por la ventana desde la calle. Sus caderas abiertas, rotundas, sugieren unas curvas femeninas en la plenitud de sus encantos. Pregunta con la cabeza inclinada:

—Algo le pasó hoy, ¿verdad?

—Por qué —dice el padre Ernesto sin soltarle la mano.

—Cuando se fue con la señora Esther ni siquiera se despidió, y mire cómo regresó, está todo sudoroso, nervioso.

—Prefiero no hablar de eso.

—La gente dice que la hija de ella está con el diablo adentro.

—No hablemos de eso.

—Pero algo raro le sucedió, ¿no es cierto?

—Otro día te cuento.

—¿Le hice falta, me extrañó? —pregunta ella mojándose los labios con la lengua y arqueando el cuerpo hacia adelante.

El padre Ernesto no aguanta más y se abalanza sobre ella cubriéndola de besos, jadeando, oliendo como un animal el aroma juvenil que despide el cuerpo de Irene. Se desviste rápido, apresuradamente, y se echa sobre ella para seguirla besando, para tocarle los senos por debajo de la camiseta, para sentir esos muslos sin un vello restregarse con suavidad contra sus piernas. Ella coloca las manos en la espalda de él y responde a sus caricias con unos quejidos entrecortados, retirándolo de vez en cuando para tomar bocanadas de aire y para evitar la presión constante en el pecho y el esternón.

—Irene...

Siente su miembro erecto aprisionado entre los dos vientres, excitado, a punto de estallar. Se hace a un lado y decide acariciar el sexo de Irene con el dedo, introduciéndolo entre los labios de la vagina poco a poco, de arriba abajo, rítmicamente, cuidándose de no hacerle daño. Los gemidos de ella van en aumento, multiplicándose, haciéndose cada vez más intensos y prolongados. Sus dedos se frotan contra el vello púbico de la muchacha, como si estuviera pasando la mano por encima del pelo hirsuto de un animal agreste y salvaje. Al fin Irene estalla en un alarido de placer, tiembla por unos segundos y se queda quieta, con los ojos cerrados, inmóvil, como si acabara de morirse.

—Te quiero —le susurra el padre Ernesto al oído.

Ella abre la boca y le dice en un largo suspiro:

—Mi amor...

Se da la vuelta y lo abraza muy despacio recostando su cabeza en el pecho del sacerdote. La luz exigua de la alcoba los hace sentirse protegidos en medio de la penumbra.

—Me gusta estar a tu lado —dice él en voz baja.

—A mí también —responde ella en el mismo tono

de voz que él, como si estuvieran hablando en secreto, como si alguien, afuera, pudiera escucharlos.

—No voy a separarme de ti esta vez.

—No le creo.

—En serio.

—A usted siempre le entra el arrepentimiento.

—Esta vez no.

—Ver para creer.

—He estado pensándolo.

—Qué ha estado pensando.

—Que te quiero de verdad, Irene, que soy un hombre y que no tengo por qué avergonzarme de ello.

—Dios lo oiga.

—Te estoy hablando con el corazón en la mano. Puedo seguir sirviendo a Dios de otra manera.

—El problema es que usted es el mejor sacerdote del mundo, padre, lo dice toda la gente que viene a escucharlo, a pedirle consejo.

—No, no lo soy, vivo en constante pecado, mintiendo, ofendiendo mi ministerio.

—Me da miedo cuando habla así.

—Pero me voy a retirar, Irene, no quiero seguir viviendo de esta manera, como un hipócrita y un cobarde.

—Y si después se cansa de mí, si después se desilusiona, si extraña su iglesia y su gente, ¿qué?

—Estoy seguro de lo que voy a hacer. No es sólo por ti, Irene, sino por mí mismo. Creo que ya no sirvo para estar aquí.

—Lo dice como si hubiera perdido la fe.

—Han pasado muchas cosas que me han hecho cambiar de opinión.

—A usted lo que lo tiene así es la historia del tipo ese que asesinó a la familia.

—Por qué dices eso.

—Porque usted ha cambiado desde entonces, padre, y no se ha dado cuenta. Anda malgeniado, perdió la alegría, se encierra todo el tiempo, habla solo, parece otra persona.

—No sé, quizás.

—Y hoy también está raro. Se fue tranquilo y regresó alterado, como si lo estuvieran persiguiendo.

—Deja de analizarme tanto y ven aquí.

El padre Ernesto la retira un poco y vuelve a subirse encima de ella, le quita la camiseta, le besa los labios y las mejillas, y le dice al oído:

—Abre las piernas.

Irene separa los muslos y lo abraza con fuerza. El sacerdote la penetra con lentitud, cogiéndose el pene y ayudándolo a pasar por entre los labios temblorosos de la vagina, con delicadeza, sin ningún tipo de brusquedad.

—Estás empapada.

Ella siente el pene bien adentro, hasta el fondo, y dice en voz alta, con la boca jugosa y la espalda atravesada por corrientazos eléctricos:

—Ay, mi amor, qué rico...

Él comienza a mover el miembro hacia adentro y hacia afuera, subiendo las caderas y bajándolas en una cadencia irregular, unas veces con ímpetu y soltura, y otras con una lentitud pasmosa, reteniendo el semen para prolongar el placer.

El padre Ernesto deja los ojos entrecerrados y recuerda sus años en el seminario, los tormentos de la carne, la masturbación nocturna para apaciguar, aunque fuera momentáneamente, ese deseo constante de tener un cuerpo de mujer junto al suyo. Otros compañeros parecían manejar mucho mejor la abstinencia sexual, no hablaban del asunto, no se atormentaban, daban la impresión de ir por la vida tranquilos y felices, sin cuerpo, aéreos, volátiles. Pero él no, él pertenecía a los que sufrían, a los que soñaban con una mujer, a los que una y otra vez querían arrancarse de la imaginación el tema —obsesivo ya— del sexo y del placer. Porque también estaba el tercer bando: los que terminaban enamorándose de sus compañeros, los que se encontraban en secreto en los baños y en las duchas para llevar a cabo sus lujuriosos sueños homosexuales, los que se pasaban a la cama de sus amigos a altas horas de la noche y se olvidaban de los duros preceptos de la castidad.

Fue por esos años cuando conoció, por primera vez, el amor total: el del espíritu y la carne unidos, fundidos, inseparables. Camila fue para él un pasadizo de iniciación, un laboratorio en el que pudo experimentar consigo mismo los efectos de la ternura femenina y de la pasión. Y la culpa siempre ahí, feroz, implacable, demoledora. Cuando ya no pudo más, cuando sintió que se ahogaba en el pozo profundo de sus remordimientos, decidió hablar con su superior y explicarle lo que estaba pasando. Lo trasladaron de inmediato a Bogotá. Aún está fresca en su memoria la escena de la despedida con Camila, las duras palabras que le dijo ella al enterarse de la inminente separación:

—No puedes negar lo que eres. Si sigues viviendo de esta manera, como un hipócrita, jamás vas a ser feliz.

—Yo quiero ser sacerdote —repuso él.

—Tú no tienes las pelotas suficientes para confesar que me amas, que quieres estar conmigo, que eres un hombre normal, como los demás.

—Sabes que mi vocación está primero.

—Te estás mintiendo a ti mismo, eso es lo peor. Te crees superior y eres como todo el mundo.

—No nos despidamos así, por favor.

—Vete a la mierda. Me has decepcionado. No me llames y no me vayas a escribir cartas que tiraré a la basura apenas vea el remitente —dijo ella furiosa y le cerró la puerta en las narices.

El padre Ernesto se detiene, saca el pene y le dice a Irene:

—Voltéate.

Ella se arrodilla y coloca las manos sobre la sábana, al borde de la cama, y le contesta con la voz agitada, emocionada:

—Así me excito más, mi amor...

Él la penetra de nuevo y los gemidos de Irene suben de tono y retumban contra las paredes de la habitación.

Los años en Bogotá estuvieron llenos de dudas y su situación espiritual se deterioró hasta la melancolía y la depresión. No podía arrancarse el recuerdo permanente de Camila. Una noche, a punto de retirarse ya del seminario, se emborrachó en una taberna del centro de la ciudad y se refugió en un burdel en brazos de una jovencita anónima. Lo peor de la situación era que por un lado se sentía como una alimaña repugnante, como un pecador despreciable que no hacía nada por regenerarse, y por el otro una parte de su ser estaba plena, radiante, a punto de gritar de felicidad. Era como estar dividido en dos, fragmentado, escindido, roto.

Su consejero dentro del seminario le recomendó una serie de consultas con un psicoanalista especializado. El joven Ernesto fue tranquilizándose, fue aprendiendo a controlarse, a reprimirse sin angustiarse, a depositar esa energía en su trabajo cotidiano con la comunidad. Y las imágenes de Camila fueron desapareciendo como si estuvieran hechas de humo y se desvanecieran en el aire del pasado.

—Mi amor, no puedo más —dice Irene con la voz temblorosa.

—Juntos, al tiempo —propone el sacerdote con el rostro congestionado y sudoroso.

Luego conoció a Irene y las pasiones juveniles estallaron de nuevo, con mayor fuerza aún, imponiéndose, avasallándolo. Era una muchacha tan dulce, tan sincera, tan inocente en su amor por él, tan hermosa y deseable. Le pareció una bendición de la vida poder tener ese cuerpo entre sus brazos, esa piel lisa y brillante, esas piernas largas y perfectas, esas nalgas firmes y bien levantadas. No lo pudo evitar: se entregó a ella como quien se lanza a un precipicio sin pensar en las consecuencias.

—Ya casi, ya casi —grita Irene.

—Yo también —confirma el sacerdote.

La primera noche que había pasado con ella se acercó a la ventana y se puso a llorar. ¿Por qué esta felicidad le había sido negada? ¿Cómo era posible que la vida fuera tan extraordinaria y que él hubiera sido excluido de tanta magnificencia y tanto esplendor? ¿No era cruel que él predicara sobre un sentimiento del cual tenía que alejarse por mandato de los jerarcas eclesiásticos: el amor mismo?

—¿Por qué llora, padre? —le había preguntado Irene aquella noche.

—De emoción, de gratitud.

Sin embargo, no había podido hacer a un lado la culpa, y el combate entre los dos polos de su conciencia se había vuelto a presentar. Estaba pecando, manchando su investidura como sacerdote. Se sintió peor que antes pero no quiso confesarse, esta vez no se acercó a solicitar ayuda. Lo único que la joven le había rogado era que no la fuera a echar de la iglesia, que necesitaba el trabajo para mantener a su madre y a sus hermanos.

—Cómo crees que yo voy a ser capaz de eso —le había dicho él.

Y ahora está seguro: no la dejará, no abandonará lo mejor que la vida le ha regalado. Aprieta las manos en las caderas de Irene y siente su semen salir al exterior en impetuosas oleadas, en chorros abundantes y generosos. Grita:

—Te quiero, Irene, te quiero...

—Mi amor, mi corazón —gime ella mientras alcanza la plenitud de su orgasmo.

Andrés coloca los óleos y los pinceles sobre la mesa, introduce *La victoria de Wellington* de Beethoven en el equipo de sonido y se arroja en uno de los sillones a contemplar, como de costumbre, las verdes montañas bogotanas. No puede pintar, no puede concentrarse en lo que está haciendo. La conversación con Angélica está ahí, latente, y no le permite reunir sus fuerzas para crear, para trabajar en la tela sin distracciones ni descuidos. Sabe por experiencia que el ejercicio del arte exige una atención extrema, exagerada, y que cualquier indisposición, por mínima que sea, bloquea, incomunica, interrumpe ese extraño diálogo entre el artista y sus zonas de conciencia más recónditas y oscuras. Y en este caso no se trata de un asunto superfluo, sino de la vida de la mujer que él más ha querido, de su destino trágico y fatal.

Lo primero que lo obsesionó al descender en el teleférico con Angélica a su lado, fue la escena misma con ella en Monserrate, su confesión dolorosa, su aspecto enfermo y trasnochado, su llanto enternecedor. Había algo curioso en el hecho de haberse puesto una cita justo en ese lugar, en la cúspide de una montaña, lejos de la ciudad, en una iglesia milagrosa construida entre la persistente niebla que le otorgaba al sitio un aura de misterio e irrealidad. Luego, ya en su taller, había evocado una y otra vez, con malsana insistencia, las palabras de ella aceptando sus múltiples relaciones sexuales con otros hombres: *terminaba en la cama con el primero que me lo propusiera. Como estaba tomando pastillas anticonceptivas me daba lo mismo que el tipo usara condón o no. La mayoría de las veces estaba borracha o drogada. Llegué a estar con dos y tres hombres en un mismo día.* ¿Cómo era posible que ella hubiera llegado a un estado tan lamentable? ¿No era él, acaso, el culpable de semejante degradación, la causa de tanta autodestrucción? La imaginaba en brazos de amantes impetuosos, solícita, diligente, entregada, y algo en su interior se retorcía, una parte de él rechazaba la idea de una Angélica prostituida y abyecta. Y finalmente reconoció lo peor de la situación, lo que le esperaba a ella en los meses por venir: la convivencia con la enfermedad, el deterioro moral y físico, la marginación, la tristeza de tener que despedirse de la vida entre dolencias infames y lastimosos estados de ánimo.

Andrés se levanta y abre una de las ventanas para que entre aire fresco. Se dice mentalmente: *Lo importante es estar con ella, que sienta mi respaldo y mi afecto, que sepa que soy consciente de la responsabilidad que tengo en todo esto, que la sigo queriendo.*

Se acerca al teléfono y marca el número de la casa de Angélica. Reconoce su voz al otro lado de la línea:

—¿Aló?

—Quihubo, con Andrés.

—Hola, ¿cómo estás?

—Llamaba a preguntar cómo te fue en los exámenes.

—Ya estoy en una fase avanzada.

—¿Eso qué significa?

—Voy a tomarme las drogas que me recetaron y tengo que llevar un régimen de alimentación especial.

—Y no trasnochar, no beber licor y esas cosas.

—Sí, tengo que cuidarme mucho.

—¿Y así puedes ir controlando la enfermedad?

—Ellos dicen que cada organismo responde diferente, que no se sabe qué va a suceder.

—¿Y tú qué piensas?

—¿De qué, Andrés?

—¿Tienes ganas de luchar, de enfrentar todo esto?

—Qué quieres que te diga.

—La verdad, cómo te sientes.

Angélica guarda silencio unos segundos, su respiración se escucha a través del aparato, y al fin dice:

—A veces sí y a veces no. Hay momentos en que quisiera morirme ya, la depresión me acaba y no me deja pensar. Y tengo días mejores, un poco más positivos.

—No te vayas a rendir sin dar la pelea.

—Es fácil decirlo.

—Yo sé que no estoy en tu pellejo, Angélica, sólo intento decirte que estoy ahí, contigo, y que puedes llamarme para lo que sea.

—Te estás sintiendo culpable.

—No es eso...

—Sí, sí es eso —dice ella interrumpiéndolo—. Hace unas semanas yo no existía para ti, no respondías mis mensajes, no me llamaste el día de mi cumpleaños, nada. Y ahora de pronto resulta que eres mi mejor amigo y andas pendiente de mí. ¿Cómo se llama eso? Culpa, Andrés, remordimiento.

—No te voy a negar que me estoy sintiendo fatal, que estoy implicado, que sé que soy responsable en parte de lo que sucedió.

—No me vengas ahora con ese sermón de chico bueno.

—Déjame terminar.

—Es que me aburres.

—Por encima del arrepentimiento sigo sintiendo un gran afecto por ti, un cariño de verdad, sincero.

—No te creo. Te sientes culpable, eso es todo.

—No te envenenes contra mí.

—Mira, Andrés, yo sé bien lo que me pasa: tengo sida y me voy a morir. Así que no me vengas con discursos.

—No me vayas a alejar de ti.

—Qué raro, yo te supliqué lo mismo hace un tiempo y no te importó.

—Te estás vengando.

—Deja la cantaleta. Te estoy mostrando lo cruel que fuiste conmigo, lo injusto que has sido, nada más.

—Yo sé que actué...

—Eso no significa, Andrés, que seas responsable de mi enfermedad. Tú no tienes nada que ver. Aquí la única que asume las consecuencias de sus actos (y lo estoy haciendo) soy yo.

—Ya, no más, dejemos de pelear.

—No estamos peleando, sino aclarando la situación.

—Está bien, okey.

—De todos modos yo te agradezco tu preocupación.

—Cambiemos de tema. ¿Ya hablaste con tu familia?

—No, no me atrevo.

—¿Saben que estás enferma?

—Pero no saben de qué.

—Ya.

—Yo creo que si les digo los mato —dice ella con el tono de voz más tranquilo—. No puedo hacer eso.

—¿Y tienes citas fijas para el médico?

—Tengo un control de dos citas semanales.

—¿Quieres que te acompañe?

—Ocasionalmente, cuando puedas.

—La próxima es...

—Pasado mañana.

—¿A qué hora?

—A las diez de la mañana.

—Te recojo a las nueve, ¿te parece?

—Gracias.

—Y después vamos a almorzar.

—No puedo comer comida chatarra.

—Entonces te cocino aquí algo bien rico.

—Está bien. Chao.

—A las nueve, chao.

Andrés coloca el auricular sobre la base del teléfono y piensa en la falta que debe estar haciéndole a Angélica su padre, el viejo Antonio, que la había amado con el amor incondicional de un patriarca bondadoso y abnegado. Era un hombre apuesto, de barba blanca, de piel delicada y adolescente, que había manifestado siempre una enorme pasión por su hija. El drama de su vida era que desde muy joven había padecido una psicosis maníaco-depresiva que lo había convertido en paciente ocasional de clínicas e instituciones psiquiátricas. Para Angélica, ver a su padre cómo la amaba desde el fondo de una enfermedad que lo iba minando día tras día, era un proceso que la hacía acercarse más a él, que la obligaba a convertirse no sólo en su hija bienamada, sino en su cómplice y en su confidente. En la fase maníaca, cuando el cerebro estaba trabajando a un ritmo desbocado, el viejo no dormía, permanecía hiperactivo desde la madrugada hasta bien entrada la noche, hacía planes para volverse millonario, llamaba por teléfono de manera compulsiva, agredía a los vecinos sin ser consciente de lo que decía o hacía, y Angélica le había contado que en una ocasión había llegado incluso a viajar hasta las estribaciones del Amazonas en busca de los tesoros del Dorado. La fase maníaca era una pesadilla para los parientes y conocidos, que no sabían cómo controlarlo y vigilarlo, pero era el período positivo para él, el turno para la irreverencia y la alegría, para los sueños en grande y las ganas de vivir. El problema era que después venía la fase depresiva: semanas enteras en que no quería bañarse, ni abrir las cortinas ni salir de la habitación. Un hundimiento central en los mecanismos cerebrales que hacía ver la realidad como algo insulso y desagradable. Una tristeza agobiante, demoledora, una permanente sensación de fracaso que lo mantenía cabizbajo, silencioso, aplastado por un peso interior misterioso e incomprensible. Para los psiquiatras y los familiares era un período de tranquilidad, de descanso, poco tensionante y fácil, pero para el paciente era el peor estado, un infierno inenarrable que lo acercaba peligrosamente a la idea del suicidio y de la muerte.

Lo increíble de la ciclotimia del viejo Antonio era que el amor formidable que sentía por su hija se mantenía intacto bien fuera en una fase o en la otra. Como le sucedía a otros pacientes de la misma enfermedad, los afectos podían volverse aversiones o incluso odios que se expresaban en frases y gestos agresivos. Por eso herían a quienes más amaban. Pero en este caso no, Angélica era siempre su niña consentida, la chiquita mimada que le daba ánimos para seguir luchando contra una dolencia oscura e insondable.

Andrés sigue recordando que durante su relación con ella el viejo lo había tratado con afecto y simpatía. Conversaban, iban a la finca juntos y compartían su inclinación por el arte y la literatura. En pocos meses Andrés se había dado cuenta de que era imposible querer a Angélica sin querer a su padre. Estaban tan unidos que eran indivisibles, no eran dos personas separadas sino una energía común, un campo magnético bien cerrado y compacto.

Una tarde ella le había dicho:

—Ven, acompáñame.

—¿Adónde vamos?

—A visitar a mi padre a la clínica.

Cogieron un taxi que los dejó a la entrada de un edificio de ladrillo rodeado por una reja metálica y por muchos arbustos que impedían observar desde afuera las dependencias interiores. En la sala de espera, sentados con la cabeza hundida en el pecho, o caminando nerviosamente de un lado para el otro, había varios pacientes aguardando su llamada para la consulta. Venían acompañados por un pariente cercano o un amigo íntimo. Tenían siempre un ademán que los delataba: un tic, una mueca que repetían contra su voluntad, un temblor en las piernas y en las manos que los hacía moverse como muñecos acartonados, o unos pasitos cortos y tembleques que eran el efecto palpable de las drogas psiquiátricas recetadas por los doctores.

Dos enfermeros vestidos de blanco les indicaron que ya podían entrar. Dejaron un documento de identidad e ingresaron al pabellón de maníaco-depresivos. El espectáculo no pudo ser más escalofriante: aquí y allá hombres y mujeres se retorcían contra las paredes, hablaban solos, babeaban, se reían a carcajadas o sencillamente se quedaban contra los muros como si fueran momias petrificadas, sin mover ningún músculo del cuerpo, con los párpados caídos y casi sin respirar. El viejo Antonio estaba en un rincón contemplando el vacío. Angélica lo abrazó con fuerza y lo colmó de besos. El viejo permaneció impasible, respirando con la boca abierta, con los brazos caídos y la mirada extraviada. Se veía que estaba haciendo un gran esfuerzo por recuperar el control de sí mismo. Al fin pudo balbucear:

—Déjame solo con Andrés.

Ella asintió y se retiró llorando unos cuantos pasos. Él se acercó al viejo, sentados ambos hombro a hombro. Tartamudeando y con la voz gangosa, le dijo:

—Llévatela. No quiero que me vea así.

Iba a responderle algo cuando el viejo remató:

—Ésta es la última vez.

No fue capaz de contradecirlo. Le cogió la mano y le dijo:

—Sí, señor.

Luego se puso de pie, caminó hasta donde estaba Angélica, la agarró del antebrazo y le dijo:

—Tenemos que irnos.

—Pero si acabamos de llegar.

—No quiere que lo molestemos.

Ella se negaba a retirarse. Preguntó:

—¿Qué te dijo?

—Que lo dejáramos solo.

—Pero por qué.

—No lo sé.

—Voy a despedirme.

Él la retuvo con decisión.

—Angélica, por favor, déjalo tranquilo.

—Es mi padre —gimió ella secándose las lágrimas con la manga del saco.

—Quiere estar solo. Tiene derecho.

Ella se quedó un segundo observando la figura estática del viejo, se dio la vuelta en medio de un nuevo ataque de llanto y salió sin mirar atrás.

Esa misma noche Angélica recibió una llamada de la clínica psiquiátrica, anunciándole que su padre había muerto de un paro cardíaco mientras dormía.

Andrés va hasta la cocina y se prepara un café. *Sí, piensa con nostalgia, cuánta falta debe estar haciéndole ahora el amor de su padre.* Regresa al estudio y saca de la biblioteca un volumen grueso con reproducciones de Caravaggio. Busca el cuadro titulado *La crucifixión de San Pedro* y se asombra del parecido que hay entre el apóstol de la pintura y el padre de Angélica. El pintor no representó una crucifixión heroica, valiente, sino una ejecución nocturna en la cual tres hombres desaliñados y mal vestidos se ensañan contra un abuelo indefenso. Pedro no aparece aquí sacrificado por sus creencias, como un apóstol que da una demostración de fe y de firmeza, no, el enfoque es más bien el de un vil asesinato en el que el discípulo de Jesús, ya canoso y con el rostro lleno de arrugas, no puede luchar por su vida y, con temor, se da cuenta de que una muerte indigna y muy poco intrépida, sin ningún tipo de hazañas o proezas, está próxima a cumplirse. Además, los tres esbirros van a crucificarlo con los pies en alto, y el rostro de Pedro indica la impotencia de no poder rebelarse ante semejante castigo. Los clavos ya lo tienen unido a la cruz y no hay nada que hacer. Andrés observa la lámina de cerca y de lejos, y llega a urdir una hipótesis sobre la obra: más que pintar una muerte específica (la del apóstol Pedro), Caravaggio inmortalizó en ese lienzo la imposibilidad de defendernos de un final que nos coge por sorpresa y nos recuerda en nuestros últimos días la bajeza de nuestra infortunada condición humana.

Cierra el libro, lo devuelve a la biblioteca, y llegan a su memoria, inesperadamente, las palabras que cruzó con Angélica el día del entierro del viejo Antonio, cuando ya se habían cumplido los oficios religiosos y el ataúd había quedado bajo tierra.

—Tú sabías que él se iba a morir —le dijo ella caminando por el cementerio, solos, pues Angélica se había negado a irse con los demás familiares.

—¿De dónde sacas eso?

—Él te dijo algo en la clínica.

—Que quería estar solo, nada más.

—Él nunca había actuado de esa manera.

—Tal vez lo intuyó, Angélica, es normal, mucha gente adivina que la muerte está cerca. Si eso fue así, él tenía todo el derecho de quedarse solo y de que no lo vieras en ese estado, sin poder combatir, sin ganas ya de luchar, vencido por la enfermedad.

Ella reflexionó unos minutos, luego giró la cabeza y afirmó:

—Tengo que decirte una cosa.

—¿Qué?

—Necesito estar contigo hoy —le dijo ella en voz

baja, abrazándolo y pegándose a él con movimientos insinuantes y descarados.

Él la besó en la boca, la agarró de las caderas para traerla junto a sí, y alcanzó a pensar: *Necesita sentirse viva y afirmar su presencia en este mundo.*

María ve al hombre con la cabeza entre las manos, confundido, abrumado por el ruido de la discoteca, sin entender por qué se siente así, mareado, borracho. Es el dueño y gerente de una empresa de computadores, y se ha comportado con ella decentemente, sin sobrepasarse. *Pero qué le vamos a hacer*, piensa ella, *trabajo es trabajo*.

—Me sentó mal el whisky —dice el ejecutivo con la frente cubierta de sudor.

—Bebiste mucho —comenta ella con aburrimiento.

—Se me bajó la tensión y tengo taquicardia.

—Recuesta la cabeza sobre la mesa, de pronto es una sensación momentánea.

—Me siento muy mal.

—Ya vengo.

—¿Adónde vas?

—Al baño.

—Voy a ir al hospital, estoy asustado.

—Espera que regrese y llamamos desde el teléfono del bar.

—No te demores.

Como de costumbre, cumpliendo con rigor los pasos de una rutina que se lleva a cabo sin excepciones, María se acerca al rincón donde están los baños de la discoteca. Ahí está Pablo haciendo parte del grupo de jóvenes que están esperando para entrar al baño de hombres. Él se acerca a hablarle con las manos entre los bolsillos:

—¿Qué tal?

—Listo —dice ella asintiendo con la cabeza.

—¿No hubo problema?

—Está sintiéndose muy mal.

—¿Cómo así?

—Se le bajó la tensión y tiene taquicardia —dice ella en voz baja, cuidándose de no ser escuchada.

—Debe ser algo pasajero.

—Quería llamar a un hospital.

—¿Para qué?

—Para que le enviaran una ambulancia, supongo.

—Qué exagerado. Estos ricos no pueden sentir un dolor de cabeza porque de una se ponen a llorar. ¿Tú qué le dijiste?

—Que me esperara y llamábamos juntos.

—Ya debe estar fuera de combate.

—Yo creo.

—Hablamos más tarde.

—Por la mañana.

—Qué te pasa.

—Creo que me va a dar gripa.

—Listo.

—Suerte con el tipo.

—Que duermas bien. Te llamamos por la mañana.

María sale a la calle y camina un par de cuadras hasta la avenida principal. Estira el brazo y un taxi se detiene junto a ella para recogerla. Abre la puerta trasera y se sienta con las rodillas unidas y el bolso sobre el regazo.

—Carrera Quince con Calle Setenta y Seis, por favor.

—Claro, muñeca —dice una voz amable y juvenil.

Cierra la puerta del taxi y observa por primera vez el aspecto del taxista. Es un hombre de unos veinticuatro años, vestido con unos jeans y una camiseta deportiva, que la observa de vez en cuando a través del espejo retrovisor. María se da cuenta de que el asiento del copiloto está inclinado hacia adelante, permitiéndole al pasajero estirar las piernas a su antojo.

El taxi rueda por la Avenida Diecinueve hacia el sur. En el semáforo de la Calle Cien, en lugar de girar a la izquierda para buscar la Carrera Once, el conductor voltea a la derecha, hacia la Autopista Norte. María nota el error:

—¿Para dónde va?

—La llevo por la autopista.

—¿Por qué no coge la Carrera Once?

—Por aquí es más rápido.

El taxi sube el puente de la Calle Cien con Autopista, luego hace el círculo a mano derecha y toma en efecto la autopista hacia el sur. El taxista la mira cada vez con mayor insistencia por el retrovisor.

—Tranquila, muñeca, no le va a pasar nada —le dice mostrándole unas encías caninas y unos dientes grandes y amarillos.

—Era más fácil por la Once.

—¿Está nerviosa?

—No, ¿por qué?

—¿Le pasó algo?

—No.

—Ah, me parecía.

El taxi pasa la Calle Noventa y Dos y sigue derecho. El hombre conduce a media marcha, sin afán, como si disfrutara la tensión creciente que se presenta dentro del automóvil.

—Es muy poco conversadora, muñeca.

—Necesito llegar rápido.

—Así son las niñas ricas, no les gusta hablar con los pobres.

—Yo no soy ninguna niña rica.

—Déjese de pendejadas, monita —el tono es ahora agresivo, duro, intimidatorio—. Si fuera pobre no estaría rumbiando en el norte, ni viviría donde vive ni llevaría la ropa que lleva.

—Se equivoca...

—Cállese la boca, monita, que me estoy poniendo de mal genio.

—Hágame el favor y pare. Me voy a bajar.

—¿Ah sí?

—Pare aquí, por favor.

—Usted cree que puede dar órdenes. No, hermanita, se equivocó. Aquí las órdenes las doy yo.

En un determinado momento, el asiento del copiloto se levanta, y, de la parte delantera del carro, un hombre que estaba agazapado y bien escondido aparece como en un acto de magia y prestidigitación. Es de la misma edad que el conductor y lleva una navaja en la mano derecha.

—¿Qué es esto? —dice María con el corazón latiéndole de prisa.

—Sorpresa —dice el hombre con una voz chillona—, yo soy el conejo que estaba dentro del sombrero.

—Por favor déjenme aquí.

—De ahora en adelante usted se va a quedar callada, monita —le dice el conductor.

El copiloto se pasa al asiento trasero y la amenaza con la navaja en alto:

—Tranquilita, sin escenas. No me gustaría dañarle esa carita tan linda.

El taxi gira a la derecha en la estación de gasolina de Los Héroes y desciende por la Calle Ochenta directo hacia el occidente. El hombre acelera hasta que el velocímetro marca ciento veinte kilómetros por hora.

—Vamos a terminar la fiesta juntos —dice el hombre de la navaja pasándose la lengua por los labios.

—No me vayan a hacer nada.

—Sólo cositas ricas.

—Por favor...

—No pensé que estuvieras tan buena, mi amor.

—Me quiero bajar...

—Te vamos a poner a gozar bien rico. Mi amigo y yo somos expertos —la navaja se acerca al cuello de María y roza su piel como si fuera una caricia.

El auto cruza la Carrera Treinta, la Avenida Sesenta y Ocho y la Avenida Boyacá y se detiene en un potrero vacío en las afueras de Bogotá. El conductor apaga el motor. El silencio de la noche es total. Uno o dos carros ocasionales se escuchan a veces a lo lejos. El copiloto ordena:

—Vamos para abajo, monita.

María siente que las piernas no le responden muy bien. El miedo la tiene paralizada, con los músculos inmovilizados y entumecidos.

—¿No me oyó, monita? Despiértese.

Por fin logra abrir la puerta y bajarse del auto con torpeza. Observa con pánico los números de la placa pintados en el costado del taxi. Los dos hombres descienden sonrientes y se le acercan frotándose las manos. El que venía conduciendo saca una moneda y le pregunta al otro:

—¿Cara o sello?

—Sello —contesta el de la navaja.

La moneda da vueltas en el aire y cae sobre la palma de la mano del conductor.

—Cara —dice éste—. Me toca a mí primero.

Se acerca a María y le ordena:

—Vamos, mi amor.

—Por favor, no me hagan nada.

—Vamos —vuelve a decir el hombre, la empuja hasta dejarla recostada en el sillón trasero del carro, se sienta al lado de ella y cierra la puerta—. Venga, le quito la blusita para cogerle esas tetas.

—Se lo ruego...

—No me obligue a dañarle esa cara de muñequita. Si sigue jodiendo se la voy a romper —y le pega un bofetón que la sacude contra el espaldar del asiento.

Le quita la chaqueta con brusquedad, de un tirón, le rompe la blusa y la arroja sobre el piso del auto, sube el sostén y empieza a besarle y a acariciarle los senos respirando como un animal.

—Qué par de tetas tan ricas, muñequita.

María no puede moverse ni decir nada. Ve al hombre besarla y manosearla pero no siente ningún asomo de placer, es como si su cuerpo perteneciera a otra mujer y ella estuviera presenciando su violación.

—Y ahora sí vamos a lo rico —dice el conductor con los labios babosos, excitado.

Le quita los zapatos y le arranca los pantalones con violencia. Luego le baja los calzones hasta los pies y los deja sobre el asiento.

—Huy, qué cosota, mi amor. ¿Todo eso es para mí?

Se desviste rápidamente y, con el miembro erecto, se inclina sobre el cuerpo de María.

—Abre las piernas, muñequita.

Le separa las piernas a las malas y la penetra con fuerza, con la respiración entrecortada, como si estuviera ahogándose. Repite como un autómata mientras mueve las caderas de arriba abajo:

—Puta, puta, puta...

María no siente nada. Mira el techo del auto con la mirada perdida, ida, desconectada de la realidad. El hombre emite un gemido largo, se queda quieto un instante y se sienta de nuevo junto al cuerpo de la muchacha. Entonces nota las manchas de sangre en las piernas de ella, en el sillón, en su pene —ahora flácido— y en sus testículos.

—Mi amor, no me dijiste que eras virgen.

Se viste y abre la puerta del auto. El hombre de la navaja está recostado en el baúl pasándose la navaja de una mano a la otra.

—Hermano, la muñequita era virgen.

—¿Sí?

—Le quité el virguito, imagínese la delicia.

—Ábrase, hermano, que me toca a mí —dice el copiloto entrándose al taxi de sopetón.

Cierra la puerta, deja la navaja en el suelo y se quita la ropa sin pronunciar palabra. Coge a María por los hombros y le da la vuelta hasta ponerla boca abajo.

—Voy a quitarte el otro virguito, muñeca, el del culito.

Separa las nalgas abultadas de ella con la mano izquierda, se agarra el miembro con la derecha y lo introduce poco a poco por el ano de María hasta sentirlo bien abierto y dilatado. No alcanza a durar cinco segundos y eyacula con los ojos cerrados. Es un acto breve, precoz. María llora con la cara hundida en el sillón. El tipo se levanta, se viste, agarra la navaja, le da una palmada en el trasero a María y le dice:

—Gracias por ese culo, muñeca.

Desciende del automóvil y se dirige a su compinche:

—Listo, maestro.

—¿Qué tal? —dice el conductor acercándose.

—Rico, le di por el culo.

—Otra desvirgada.

—Sí, hermano, quedó sangrando por delante y por detrás.

—Misión cumplida, vámonos.

Bajan a su víctima y la dejan tirada en el prado con la ropa junto a ella. El taxi se pierde en la oscuridad.

Un viento frío y helado obliga a María a volver en sí. Se viste con las manos agarrotadas por la baja temperatura y se pone los zapatos. Un dolor agudo, tenaz, le atraviesa el cuerpo entero. Caminando con dificultad se acerca a la avenida para pedir ayuda. Arriba, en el cielo, una luna llena ilumina la noche como si fuera un gigantesco reflector cortando las tinieblas.

CAPÍTULO V

DIARIO DE UN FUTURO ASESINO

OCTUBRE 12: *El inicio de un diario es un ejercicio cotidiano de introspección y certifica la inmensa soledad de quien lo escribe. Y sí, eso es lo que soy, un solitario sin remedio, porque por más que intento acercarme a los otros y entablar con ellos alguna relación duradera, no lo logro. No sé qué es lo que pasa conmigo. Yo veo que los demás tienen amigos, novias, compañeros de trabajo, y me pregunto cómo harán para relacionarse y entrar a hacer parte del conglomerado social. Mi sensación es la contraria: estoy por fuera, flotante, periférico, y observo desde mi lejanía el comportamiento de aquellos que me rodean y no me identifico con ellos. Los veo como bichos de otra especie, como animales raros cuya conducta no deja de sorprenderme.*

Ayer, por ejemplo, una de mis vecinas tocó el timbre de mi apartamento:

—Buenos días —me dijo la señora con una sonrisa amplia que intentaba ser simpática.

—Buenos días —contesté con seriedad, seco.

—*Queríamos pedirle un favor.*

—*Dígame.*

Sacó un folleto informativo y lo desplegó frente a mí:

—*Pertenezco a una fundación que ayuda a los desplazados de la guerra. Es gente que tiene que abandonar sus hogares, sus parcelas de tierra y sus animales, y que llega a la ciudad sin nada: son personas que no tienen dónde vivir, no tienen trabajo y mucho menos un plato de comida para sus hijos. Cualquier colaboración que usted pueda prestar, el país se la agradecerá.*

—*No, gracias.*

—*¿Cómo?*

—*Que no me interesa, gracias.*

—*¿Pero por qué, señor?*

—*Porque me tiene sin cuidado y punto.*

—*Son compatriotas suyos.*

—*Me da igual.*

—*No puede ser tan cruel.*

—*Si no pueden sobrevivir es mejor que se mueran.*

—*Pero de qué está hablando usted.*

—*De que somos muchos, señora, hay exceso de población, y lo mejor que puede pasar es que se mueran unos cuantos.*

—*No puede ser tan miserable.*

—*La miserable es usted, que está mendigando para unos incapaces.*

—*Ojalá nunca necesite ayuda porque nadie se la va a prestar.*

—*Si no puedo vivir por mis propios medios, la espicho sin quejarme, señora, sin lloriqueos.*

—*Qué hijo de puta —dijo doblando el folleto y dándose la vuelta para bajar las escaleras.*

—*Encima de bruta, grosera —dije cerrando la puerta.*

Escenas por el estilo me suceden a cada rato, todos los días. No entiendo la forma de pensar de la gente que me rodea, no comprendo sus ideas y sus argumentos. Siempre terminan odiándome, retirándose en medio de insultos y blasfemias. Qué le vamos a hacer.

OCTUBRE 13: *Hay una estirpe de individuos que no soporto: los pordioseros. Esos sinvergüenzas que andan por ahí mostrando sus muñones, sus cicatrices, sus hijos famélicos y desnutridos, no me producen sino asco y ganas de estrangularlos. Y cuando digo asco no me refiero a su pobreza extrema, a que me disguste su olor o sus harapos, sino su actitud de bajeza y de autoconmiseración. Me repugna que alguien convierta su propia debilidad en un espectáculo, y que encima de eso obligue a otros a degradarse dándole una limosna. Es el colmo.*

Pero qué se puede esperar de un país donde todo el mundo tiene mentalidad de limosnero. Los políticos piden contribuciones a sus electores, los sacerdotes son unos vagos que viven del bolsillo ajeno, los colegios piden una ayuda extra cada año a los padres de familia, los hospitales suelen inventarse pretextos para mendigar tales como «el día del niño diferente» (un eufemismo que se refiere a tarados mentales, mongólicos y oligofrénicos), «el día del cáncer» o «el día de la poliomielitis», y hasta el mismo Presidente de la República se la pasa como un indigente rogando que las naciones desarrolladas le tiren unos cuantos pesos. Los noticieros de televisión nos informan cada mes que «el señor Presidente se entrevistó con el Banco Mundial para concretar la ayuda para Colombia», o que «el señor Presidente está de visita en Madrid para recordarle a España la importancia de sus donaciones al problema del narcotráfico». Qué ejemplo recibe una nación que ve a su principal mandatario de rodillas suplicando unas cuantas monedas. Colombia no es un país, sino una orden mendicante.

OCTUBRE 14: *La constitución consagra el derecho a la diferencia y al desarrollo de la libre personalidad. Pero es letra muerta. La sociedad no soporta a aquel que se aleja de las reglas del rebaño. La tendencia a masificar ideas y conductas hace del diferente un individuo indeseable, como si fuera un elemento peligroso para el desenvolvimiento de la máquina social. Así me siento: excluido, rechazado, como un leproso medieval, como si estuviera contagiado de una enfermedad que pudiera generar una pandemia.*

Hoy, en las horas de la mañana, entré en una tienda de víveres que está frente a mi edificio para comprar pan y una bolsa de leche. En la caja registradora pregunté el precio, y el dueño, ignorándome a propósito, se quedó viendo televisión.

—¿Cuánto es?, por favor —repetí con unos billetes en la mano.

El tipo siguió concentrado en su programa televisivo.

—Hey, señor, por favor —dije subiendo la voz para captar su atención.

Sin desviar la mirada del aparato, el tendero dijo:

—¿Qué le pasa?

—Necesito pagar estos dos productos.

—Ordeñe una vaca y construya un horno de pan en su casa —dijo el hombrecillo con los brazos cruzados en el pecho, sin mirarme, pendiente de su televisor.

—¿Cómo?

—Ya oyó lo que le dije.

—De qué me está hablando.

—Usted no necesita de nadie.

—Quiero comprar estas dos cosas, ¿cuál es el problema?

—Que yo no quiero vendérselas.

—¿Por qué?

—Usted es una persona autosuficiente, que no necesita de los demás, entonces arrégleselas como pueda.

—Yo a usted no le he hecho nada.

—Los tipos como usted deberían vivir en las montañas, en cavernas, apartados.

—¿Por qué me está diciendo todo esto?

—Si somos un estorbo para usted, ¿por qué no se larga a vivir a la selva?

—Sigo sin entender nada.

—Mejor. Deje eso sobre el mostrador y váyase de mi tienda.

—¿Por qué me trata así?

—Porque así trata usted a los demás.

—Yo nunca he entrado a su tienda a insultarlo.

—No hace falta.

—Entonces, ¿qué le pasa?, ¿qué tiene contra mí?

—Es al revés, es usted el que tiene algo contra nosotros.

Puse la leche y el pan sobre el mostrador, levanté los brazos y grité:

—¡Qué es lo que está pasando aquí, no joda!

Por primera vez volteó la cabeza y me miró cara a cara:

—Mi hermano es un desplazado de la guerra. Los paramilitares asesinaron a su esposa y a sus dos hijos. Está en Bogotá buscando trabajo en lo que salga. Vive gracias a una pensión mensual que le da la fundación «Amigos por Colombia». Usted fue el único vecino que insultó a los desplazados, que los trató como si fueran una mierda. Otra gente no colaboró porque no tenía fondos o porque *tenía dudas sobre el manejo que la fundación iba a darle a su dinero. Es comprensible. Pero el único arrogante y engreído que trató a los desplazados como vagos, limosneros e incapaces, fue usted. Así que haga el favor de largarse y no vuelva a poner los pies por aquí. Ya sabe que no es bienvenido en mi tienda.*

Salí sin decir nada. Era inútil ponerme a discutir y a dar explicaciones. En la puerta del edificio me tropecé con la encargada del aseo y la saludé:

—Buenos días.

No me devolvió el saludo. Me detuve y repetí:

—Buenos días, señora.

—Siga derecho, por favor.

—¿Qué?

—Siga derecho, déjeme en paz.

—Sólo la saludé, qué hay de malo en ello.

—Mejor no lo haga.

—Pero qué carajos está pasando.

La señora levantó la cara y, con la escoba en la mano, me increpó:

—Doña Beatriz me consiguió este trabajo y quiero aclararle que ella no es ninguna ladrona ni embustera. Usted no puede insultarla y quedarse tan campante, como si no hubiera pasado nada. Qué descaro.

Me dio la espalda y siguió barriendo el corredor. No tuve más remedio que subir a mi apartamento y encerrarme a maldecir sin testigos.

OCTUBRE 15: Estoy asistiendo a la universidad y dentro de poco terminaré la carrera de Lenguas Modernas. Soy el único adulto entre los estudiantes, quienes oscilan entre los dieciocho y los veinticinco años. Podrían ser mis hijos. Sin embargo, esta mañana, en la cafetería de la universi-

dad, una muchacha de mi semestre se me acercó y me dijo en la fila, mientras esperábamos que nos atendieran:

—Tú siempre andas solo.

—Soy un poco mayor que todos ustedes —expliqué.

—A mí me gustan los hombres mayores. Detesto meterme con niños.

—¿Sí?

—Son inmaduros y tontos.

—Podríamos salir un día a tomar algo.

—¿Cuándo?

—Cuando quieras.

—Hoy, después de clases —dijo ella entusiasmada.

—¿Y adónde quieres ir?

—¿Tienes carro?

—No.

—Ahh... —suspiró con evidente desilusión.

—Podemos irnos en bus o en taxi.

—Sí —dijo sin ganas, como si yo hubiera cometido alguna falta grave.

—¿Cuál es el problema?

—Hay unos restaurantes en el norte deliciosos. Con carro todo es más fácil. Además, después tienes que ir a dejarme a mi casa. Qué pensarán mis papás si me ven llegar en un taxi sola.

—Tienes razón, mejor dejémoslo así. Consíguete un chofer en otra parte —dije saliéndome de la fila y dirigiéndome a la biblioteca.

Lo peor de esta situación es que se repite en mi vida una y otra vez. Cada vez que salgo con una mujer me tropiezo con su arribismo, con sus siniestros intereses económicos, y me aburro hasta el punto de tener que dejarlas plantadas en los restaurantes o donde sea que esté con ellas. Me enferma su actitud capitalista, clasista, de una superficialidad asfixiante e insoportable. He terminado por odiarlas, por aborrecer sus conversaciones banales, su maquillaje ridículo, sus perfumes de mal gusto y las baratijas que se cuelgan como si fueran joyas de primera calidad. No las soporto.

El otro día estaba comiendo con una amiga en un restaurante normal de clase media, en Chapinero. Nos sirvieron un menú casero, nada especial, pero bien preparado y condimentado. Apenas probó la comida su cara se transformó en una mueca de asco y dejó los cubiertos sobre la mesa.

—¿Qué pasa? —pregunté entre bocado y bocado.

—Nada.

—¿No te gusta la crema de cebolla?

—No.

—¿Y el pollo frito tampoco?

—No.

—Puedo pedir que te lo cambien por otra cosa.

—No, gracias.

—¿Estás enferma?

—No, no es eso.

—Entonces...

—Este lugar, no sé...

—¿Qué sucede con el sitio?

—Pensé que me ibas a llevar a otra parte.

—Aquí la comida es deliciosa, y barata.

—No estoy acostumbrada a estos lugares.

—Pero éste es un restaurante decente.

—No me siento bien aquí, lo siento.

Decidí poner las cartas sobre la mesa, sin ambigüedades:

—Si esto es muy poco para ti, es mejor que te vayas. Puedo terminar mi comida solo.

Se levantó, cogió el bolso y salió a la calle. Descansé.

*El problema de todas estas imbéciles es que no han cono-
cido la necesidad, el hambre, la ausencia durante días de
un mendrugo de pan o de un vaso de agua. Sus ínfulas de
grandeza revelan su bajeza.*

OCTUBRE 16: *Hace un tiempo la falta de sexo me
exasperaba, me deprimía, me amargaba, me hacía ver la
realidad oscura y sin gracia. Intenté acudir a un burdel y
el experimento fracasó por completo. No pude estar con la
mujer que elegí para subir a las habitaciones, un sentido
del aseo y del exceso de limpieza me lo impidió. Tengo una
manía por la asepsia y la pulcritud corporal que me impide acercarme a mujeres de esa índole.*

*Eran las diez y media de la noche, las dos pistas de
baile estaban atiborradas de parejas alegres y eufóricas, y
las chicas del local iban de un lado para el otro con sus
blusas bien escotadas y su andar vacilante y cadencioso.
Llamé a una rubia alta, de piernas largas, delgada. Se
sentó a mi mesa con una sonrisa que hacía alarde de una
dentadura brillante e impecable.*

—¿Quieres un trago? —le pregunté.

—Sí, gracias.

—¿Te gusta el whisky?

—Me encanta.

—¿Con hielo?

—Por favor.

*La cortesía de la muchacha me agradó, sus buenos
modales, su finura. Le entregué el vaso y brindamos:*

—¿Cómo te llamas? —me preguntó.

—Campo Elías.

—Yo me llamo Valeria —y alzó el whisky sobre la
mesa—. Por el placer de conocerte, Campo Elías.

—Lo mismo digo.

Chocamos los vasos y bebimos. Las luces fueron bajando, el sonido de la música se hizo menos estridente y las parejas regresaron a las mesas y tomaron asiento.

—¿En qué trabajas? —me preguntó.

—Ahora estoy estudiando Lenguas Modernas.

—¿Y antes?

—Estuve en el ejército varios años.

—¿Te retiraste?

—Se puede decir así, sí.

—Te aburriste.

—No exactamente.

—Qué pena, me estoy metiendo en tu vida privada.

—No, no es eso, no te preocupes. Lo que ocurre es que estuve en el ejército norteamericano, no aquí.

—¿En Estados Unidos?

—Estuve en las tropas que enviaron a Vietnam.

—¿En la guerra? —dijo con los ojos bien abiertos.

—Sí.

—Increíble.

—Estuve dos veces. En el sesenta y nueve y en el setenta y uno. Hace mucho tiempo ya de eso.

—¿Tuviste algún rango especial?

—Fui sargento de primera clase.

—¿Y recibes una pensión o algo así?

—Una mensualidad de la Asociación de Veteranos. Hasta hace poco. Ya no.

—Increíble —repitió la chica con el vaso de whisky en la mano—. Estoy sentada con un héroe de guerra.

La conversación fluyó entre bromas y chistes que nos lanzábamos de lado a lado. Valeria no sólo era una joven atractiva y simpática, sino que me hacía sentir a gusto, cómodo, como si fuéramos viejos amigos. Por eso cuando terminamos la botella me atreví a sugerirle:

—*Podríamos subir a las habitaciones, si quieres.*
Me dijo un precio y me advirtió que contábamos con cuarenta minutos. Estuve de acuerdo.
—*¿Habías venido antes?* —*me preguntó subiendo las escaleras.*
—*Nunca.*
Le entregué unos billetes, entramos en una habitación que estaba con la luz apagada y Valeria cerró la puerta con seguro.
—*¿Quieres que prenda la luz?*
—*Sí, no veo nada.*
Y ahí comenzó el problema. Apenas vi la cama de madera sin pulir, el cobertor barato, arrugado y mal tendido, el piso manchado y las cortinas rasgadas, un malestar general se apoderó de mí. Para rematar, el olor frutal de algún líquido que habían usado para aromatizar se mezclaba en el aire con unos efluvios nauseabundos que salían del baño, produciendo una atmósfera insana y asfixiante. Valeria se desnudó y yo apenas me atreví a tocarla. Imaginé una secreta comunicación entre los hedores del cuarto y su carne prostituida. No podía concentrarme en su cuerpo escultural ni en su rostro delicado ni en su cabellera exuberante. Quería respirar aire puro, nada más. Decidí largarme de allí cuanto antes:
—*Lo siento, no puedo.*
—*Estás muy tenso, relájate.*
—*Creo que no es el día, lo siento.*
Abrí la puerta, bajé las escaleras del negocio y sólo descansé cuando alcancé la calle y respiré a pleno pulmón.
Desde entonces prefiero comprar la revista Playboy *y masturbarme tranquilamente en la soledad de mi habitación. Quién iba a creer que yo terminaría convertido en un onanista retraído y misógino.*

OCTUBRE 17:   *Tengo intacta en el recuerdo esa madrugada calurosa y polvorienta. Una vecina tocó el timbre de la casa y me dijo:*

—A su papá le pasó algo. Está en la plaza, vaya a ver.

Es difícil sospechar a los catorce años la inminencia de una desgracia familiar. Sin embargo, hubo un signo en la mirada de la mujer, una señal, un aviso cruel que parecía decir: acércate y comprueba tu destino cara a cara. Crucé corriendo las calles vacías del pueblo, ansioso, con ganas de enterarme de una vez por todas qué era lo que le había sucedido a mi padre. Cuando llegué a la plaza, ya un gentío de vecinos y conocidos estaba reunido alrededor de un árbol gigantesco, justo frente a la iglesia. Una mujer intentó impedirme el paso.

—No mires, Campo Elías —me dijo agarrándome de la camiseta y tapándome los ojos con sus manos.

—¿Qué pasó? —pregunté.

—No te acerques, mi amor, vete —dijo ella.

Me solté a las malas, empujé esos cuerpos adultos que no me permitían avanzar y por fin alcancé la primera fila de curiosos que, con la cabeza levantada, contemplaban hacia arriba un espectáculo grotesco: el cadáver amoratado y con los ojos abiertos de un hombre que se bamboleaba con una soga al cuello. Era mi padre. Las primeras luces de la mañana atravesaban el follaje e iluminaban el lazo hundido entre los pliegues de la garganta.

—Hay que bajarlo. Que alguien consiga una escalera y un machete —gritó el sacerdote bajando las escalinatas de la iglesia.

Una beata comentó:

—No podemos enterrarlo en el cementerio. Los suicidas no tienen perdón de Dios.

Octubre 18:   Mi vida no tiene ningún ingrediente esperanzador. Está compuesta por una rutina desagradable y sin sentido. Tal vez lo peor de mi situación es que tengo que soportar la presencia fastidiosa e irritante de mi madre, una anciana decrépita, sucia, envidiosa y tacaña cuyo cuarto apesta a sudor acumulado y carne descompuesta. Vive con las piernas llagadas y cubiertas de heridas que supuran de día y de noche. Es una momia que no se baña nunca, degenerada y despeinada, que no sabe masticar ni comer sin hacer ruido.

Esta mañana nos tropezamos en la cocina y le pedí un préstamo irrisorio de dinero mientras me pagan unas clases de inglés que dicté la semana pasada.

—No tengo —me respondió con su voz gruesa y desagradable.

—Es sólo por unos días.

—Ya le dije que no tengo.

—En unos días le regreso la plata.

—¿Usted es sordo o qué?

—Qué le cuesta hacer un favor.

Se inclinó sobre el lavaplatos y escupió con fuerza. Me pareció intolerable, le pegué un manotón en la espalda y le grité:

—¿Cuántas veces le he dicho que no haga esas porquerías? ¡Vieja bruja!

—No me vaya a pegar —dijo con miedo, asustada.

Le di un empujón que la lanzó contra los cajones de la alacena, me dirigí hasta su alcoba, me tapé las narices, abrí el cajón de la mesa de noche y cogí unos cuantos billetes. Antes de salir del apartamento le dije:

—Ahora entiendo por qué se mató mi papá.

OCTUBRE 19: *La entrevista con el sujeto se llevó a cabo en unos billares de la Carrera Décima con la Calle Quince, en el centro de la ciudad. Nos hicimos al fondo del local, un poco retirados de los jugadores que procuraban demostrar sus capacidades con los tacos en la mano. El enlace había sido un capitán del ejército amigo mío.*

—Cuénteme —dijo el hombre alisándose unos bigotes largos que le daban a su rostro aindiado un aire malévolo y rufianesco.

—Necesito un trabajito.

—¿Como qué será?

—Eliminar a una anciana de ochenta años.

—¿Con quién vive ella?

—Con un hijo que está afuera casi todo el día. Se la pasa sola en un apartamento.

—¿Hay celaduría en el edificio?

—No.

—¿Tiene guardaespaldas o seguridad privada?

—No, no, para nada.

—¿Alguien la acompaña cuando sale a la calle?

—No sale nunca.

—¿El apartamento tiene cerraduras de seguridad?

—No.

—Toca violentar la puerta del edificio y después la del apartamento. No es fácil.

—Puedo facilitarle copias de las llaves.

—Quedaría como el primer sospechoso.

—¿Entonces? —pregunté con las manos sudorosas, acalorado.

—Me toca ir con un amigo y que él se encargue de las puertas.

—¿Es de confianza?

—*Fresco, hermano, hemos trabajado juntos varias veces.*

—*Necesito que las cosas salgan a la perfección, sin errores.*

—*Cómo quiere el trabajo.*

—*Cómo así.*

—*Quiere una paliza antes, quiere que sea a puñal, con revólver, quiere que parezca un accidente o un suicidio, quiere que nos llevemos los objetos de valor para que crean que fue un robo...*

—*Un robo es lo mejor, sí.*

—*Eso le vale doscientos mil pesos, hermano.*

—*¿Cómo?*

—*Doscientos mil.*

—*No pensé que fuera tan costoso.*

—*Somos profesionales, maestro, no aficionados.*

—*Tiene que darme un tiempo mientras reúno el dinero.*

—*Nos paga de una, en efectivo, y no nos volvemos a ver. Búsqueme cuando tenga la plata.*

El bigotudo se levantó y desapareció entre los jugadores del salón. Esperé un par de minutos y salí a la calle sintiendo las mejillas rojas y los ojos ardientes a causa del humo de los fumadores.

OCTUBRE 20: *Esta mañana mi alumna privada en la clase de inglés me sorprendió con un comentario ingenioso. Es una joven de catorce años. Estoy enseñándole el idioma a través de la novela de Robert Louis Stevenson, El extraño caso del Doctor Jekyll y Mister Hyde. Con el libro sobre las rodillas, me dijo:*

—*A usted le gusta mucho este libro.*

—*Sí —reconocí.*

—*Me lo dio a leer no sólo para enseñarme inglés, ¿verdad?*

—*No te entiendo.*

—*Hay algo más.*

Me sonreí. Ella continuó:

—*La historia de Jekyll es la de todo hombre.*

—*¿Tú crees?*

—*La suya, la mía, la de cualquiera.*

—*¿Tanto así?*

—*Somos ángeles y demonios al mismo tiempo. No somos una sola persona, sino una contradicción, una complejidad de fuerzas que luchan dentro de nosotros.*

—*Tal vez, sí.*

—*Somos cobardes y heroicos, santos y pecadores, buenos y malos. Todo depende de esa lucha de fuerzas, ¿no cree usted?*

—*Quizás, sí* —*dije asombrado de escuchar una opinión tan inteligente en una muchacha de esa edad.*

—*Yo sí creo. No existe el bien y el mal separados, cada uno por su lado, sino unidos, pegados. Y a veces se confunden.*

OCTUBRE 21: *No soporto el ruido de los autos, los pitos, los taladros, los aviones surcando el cielo de la ciudad constantemente, las fábricas y las máquinas de construcción. A veces me levanto a medianoche y percibo la alarma de un carro atravesando mi cerebro, y sé que no se trata de un robo, sino de algún imbécil que ha decidido fingir una imprudencia para torturar a sus vecinos. Entonces cargo mi revólver y me dan ganas de salir a la calle a darle una buena balacera a los cretinos que hacen escándalo sin pensar en los demás.*

OCTUBRE 22: *Odio también las luces potentes y los reflectores. Detesto estar sentado en un restaurante o en una cafetería y que un conductor me ponga las luces de su auto de frente, sin importarle la violencia que está ejerciendo sobre mí al obligarme a bajar la cara para no encandilarme.*

Otra cosa que no aguanto es la lentitud, la parsimonia, la gente lerda y atolondrada. Hacer la fila en un banco o a la entrada de un teatro es para mí un auténtico suplicio.

OCTUBRE 23: *Hoy me encontré en las escaleras con la señorona que recoge dinero para los desplazados. Me dijo:*

—¿Ya recapacitó?

—¿Cómo dice?

—Que si ya pensó mejor las cosas.

—¿Qué cosas? —dije haciéndome el idiota.

—¿Se acuerda que estuve en su apartamento hace unos días?

—No —dije con el ceño fruncido, como intentando recordar.

—Fui a pedirle una colaboración para los desplazados por la guerra.

—Ah, ya me acuerdo...

—¿Ahora sí quiere colaborar? —me dijo con cara de «¿ya aprendió la lección, miserable?».

—No, no quiero.

—¿No? —dijo abriendo los ojos y quedándose sin palabras.

Me acerqué a ella lo que más pude, bajé la voz y dije mirándola a la cara:

—Escúcheme bien, menopáusica hijueputa: me importan un culo los desplazados, usted y sus aparentes obras de caridad. Y donde siga jodiéndome o predisponiendo a los vecinos contra mí, le voy a abrir la cabeza a plomo o le voy a sacar las tripas a cuchilladas.

Terminé de bajar las escaleras sonriente, silbando alegremente, dichoso.

OCTUBRE 24: *El 24 de octubre de 1970 llegué a Nueva York. Me puse en contacto con unos amigos que trabajaban en la CIA. Ellos me recomendaron un apoyo espiritual: la Organización Rosacruz, con sede en California. Varios ex combatientes de Vietnam, agentes del FBI y de la CIA pertenecían a esta gigantesca orden internacional. Gracias a este acercamiento descubrí que mi vida actual no es más que el pálido reflejo de mi vida pasada.*

Una noche, un maestro rosacruz me dijo:

—*No es ésta la primera vez que está usted en el mundo.*

—*Sospecho algo así —comenté.*

—*¿Has tenido visiones?*

—*Sueños.*

—*¿De guerra?*

—*Recorro campos de batalla llenos de cadáveres.*

—*¿Te gusta estar solo?*

—*Mucho.*

—*¿Tienes facilidad para las armas de fuego y los puñales?*

—*Fui el mejor de mi división.*

—*¿Disfrutas los combates?*

—*Me siento bien cuando hay acción.*

—*No sientes miedo cuando estás frente al enemigo...*

—*Ninguno.*

—*Tú estás llamado a cumplir un destino militar. Ven, cierra los ojos y relájate un minuto —me ordenó.*

El maestro me hizo entrar en trance. Mi cuerpo se quedó quieto en el presente mientras mi mente viajaba hacia atrás atravesando siglos en cuestión de segundos. Vi soldados luchando cuerpo a cuerpo, entre espadas y escudos que reflejaban los rayos del sol. Los heridos elevaban oraciones a sus dioses en lenguas diversas e incomprensibles. Yo estaba sangrando por una leve herida en las costillas. El hombre que estaba a mi lado era Alejandro Magno.

Un mes después de esta visión decidí regresar a Vietnam.

OCTUBRE 25: En la oscuridad de mi habitación veo los helicópteros levantando polvaredas en las pistas de aterrizaje de los campamentos. El sol inclemente quemando nuestros cuerpos, el olor magnífico de la marihuana antes de dormir, el sabor de los fríjoles en lata y de los cartones de jugo de fruta con suplementos vitamínicos. Para los soldados occidentales Vietnam no fue un país o una zona de guerra, sino un estado psicológico, una atmósfera que incluía mosquitos, insomnio, sed, paranoia constante, deseos de sobrevivir, melancolía, ansiedad, y sobre todo unas ganas frenéticas de matar a esos amarillos enanos y contrahechos que en cualquier momento salían de la selva con sus bayonetas listas, sus dardos de madera pulidos y sus cuchillos bien afilados. Cochinos orientales que eran capaces de caminar kilómetros enteros sin fatigarse, en absoluto silencio, sin dormir, atentos siempre al más mínimo crujido que indicara la presencia del enemigo.

En alguna oportunidad me tropecé con un compañero puertorriqueño que había servido conmigo en la misma división, y el tipo, después de unas copas en un bar, me preguntó:

—¿Pudiste olvidar?

—No —contesté sin pensar.

—Hay noches en las que me despierto con la boca reseca, agitado, y presiento la inminencia de un ataque —el soldado tomó aire y terminó su trago de un solo sorbo—. Entonces me levanto con el revólver cargado y reviso toda la casa con calma, con sigilo, listo para cualquier sorpresa. ¿Me entiendes lo que te digo?

—Sí.

—¿Te pasa lo mismo?

—Peor —bajé la voz para que ningún desconocido pudiera oírme—. Extraño la acción, las emboscadas, los disparos, la sangre de esos cabrones, las aldeas arrasadas, los innumerables muertos que dejábamos a nuestro paso. No creo que aguante ahora un empleo normal, una familia, unos vecinos amigables y un cheque al final del mes. Me moriría de tedio.

—Por eso me volví a alistar.

—¿Volviste?

—Voy a lo de Nicaragua. Estoy feliz.

—De pronto nos vemos por allá.

—Es una buena oportunidad, no la desaproveches.

OCTUBRE 26: *En mi segunda visita a Vietnam alcancé a estar una semana en Saigón y en las playas de Vung Tau. Luego me trasladaron a una compañía especial en Houng Hoa, muy cerca de la frontera con Laos. Una noche, el recluta John Morris y yo nos perdimos en los alrededores de Dong Nai. Nuestra división tenía que patrullar todo el sector hasta Quang Thri, en las proximidades del paralelo 17, en plena zona roja. Nos desviamos unos pocos metros de la ruta original y eso fue suficiente para desorientarnos. El recluta estaba muerto de pánico y repetía en voz baja:*

—*Nos van a capturar.*

La frase era muy reveladora: Morris no le tenía miedo a la muerte, sino a la tortura.

A las tres de la madrugada, sedientos y cansados, vislumbramos un bohío en medio de una explanada. Entramos con las armas listas para disparar. No había ningún hombre a la vista, se trataba de una familia compuesta por una abuela desdentada, una muchacha de edad indefinible y un niño de cuatro o cinco años de edad. Los atamos de pies y manos y les metimos unos pañuelos en la boca para que no gritaran.

—*Tenemos que descansar al menos un par de horas. No puedo más* —*me dijo Morris exhausto, sin poderse mover.*

—*Primero hay que arreglar este problema.*

—*Esta gente está indefensa.*

—*No podemos confiarnos. Son del Vietcong, seguro.*

—*No estará pensando en...*

—*Sí, Morris, hay que hacerlo.*

—*¿Y el niño?*

—*También.*

—*No me pida que haga eso.*

—*Lo haré yo, tranquilo.*

—*Si dispara llamará la atención.*

—*Los pasaré a cuchillo.*

Aún recuerdo la sangre caliente saliendo de sus gargantas y corriendo por mis antebrazos. Parecían mansos corderitos degollados entre el canto de los pájaros y las primeras luces de la mañana. Morris tuvo que salir del bohío para vomitar.

Alcanzamos sin tropiezos a nuestra compañía en Quang Thri.

OCTUBRE 27: *Mi segunda estadía en Nueva York estuvo marcada por un suceso desalentador. Regresaba a altas horas de la noche a la residencia militar donde estaba hospedado cuando dos individuos negros me salieron al paso. Sus rostros sin afeitar y sus movimientos acelerados delataban el comportamiento característico de los drogadictos. El más pequeño me puso un revólver a la altura del estómago y me dijo:*

—Lo que tenga, rápido.

—Tranquilízate, muchacho —le dije con calma, sin alterarme.

—No me diga que me tranquilice. El dinero, muévase.

—Ya, ya, no hay problema.

Hice el ademán de enviar la mano hacia el bolsillo trasero del pantalón para coger la billetera y en realidad agarré el revólver y lo traje al frente en fracciones de segundo. Apunté a la cabeza del atracador. Con voz firme, le dije:

—Nadie va a salir herido. Baja el revólver.

—No, no lo hagas, este cabrón nos va a matar —le dijo el amigo.

—Bájelo usted —me dijo el negro nervioso, con el brazo temblando.

—No te voy a disparar, bájalo.

—Vámonos, hermano —le dijo el amigo dándole un golpecito en la espalda.

—No, este hijo de puta cree que yo le tengo miedo.

—Déjalo, vámonos.

—No le tengo miedo.

—Yo sé que no le tienes miedo, vámonos.

—Le quitaremos el dinero y el revólver.

—No hagas estupideces, larguémonos de aquí.

El negro volvió a dirigirse a mí:

—Entrégueme el dinero y el revólver, rápido.

—No hagas tonterías —contesté—, baja el revólver y lárgate con tu amigo.

—Si no hace lo que le digo voy a dispararle.

—Vas a salir mal de ésta, muchacho —le dije mirándolo a los ojos y con el brazo firme.

«Let's go, let's go», le repetía en inglés el otro negro dándole golpecitos en la chaqueta con la palma de la mano. Pero él no quería retirarse y había tomado el asunto como una prueba de hombría y de valor. En un leve movimiento de sus párpados para entrecerrar los ojos adiviné que iba a disparar. Alcancé a tirarme hacia un lado y accioné mi arma apuntándole al centro de la cara. La bala de él me hirió en el costado derecho. El muchacho se desplomó con un agujero en la frente. El amigo emprendió la huida enseguida. Desde el piso apunté y volví a disparar. Le di en la parte lumbar, en la espalda, arriba del coxis. Cayó al suelo y se arrastraba maldiciendo. Cuando llegó la policía aún estaba con vida y consciente. Supe que iba a quedar paralítico de por vida.

Estuve una semana en el hospital y me recuperé satisfactoriamente. La bala no tocó ningún órgano vital. Los médicos me dijeron que tenía una salud de hierro.

OCTUBRE 28: *He vuelto a tener pesadillas de guerra, sueños en los cuales aparecen personas sangrantes y mutiladas. Me levanto ahogado y con la frente llena de sudor. Y lo peor es que cuando me dirijo a la cocina para buscar un vaso de agua, escucho los ronquidos de oso de esa vieja bruja que duerme sin importarle nada ni nadie. No sé por qué no tengo el valor suficiente para pegarle un tiro en el cráneo.*

OCTUBRE 29: *Oigo voces en sueños que me ordenan disparar. Voces de mando que gritan: «Dispara, dispara.» Tengo un insomnio recurrente que me impide dormir y descansar. No lo logro ni siquiera masturbándome dos y tres veces.*

OCTUBRE 30: *Estoy harto de todo. Mi vida no tiene ninguna esperanza. Ya es tarde para hacerme ilusiones. Detesto la existencia que llevo, no hay nada alrededor mío que me entusiasme, que me dé confianza en el futuro, que me obligue a luchar para salir de los infiernos.*

Estoy sufriendo de depresiones agudas que me obligan a encerrarme en mi habitación durante horas. Cuando estoy frente al espejo sólo veo un pedazo de mierda.

OCTUBRE 31: *Qué casualidad, justo hoy, el día de las brujas, recibí un mensaje de mi maestro rosacruz que dice: «Eres un soldado, recuérdalo bien. Estás entrenado para combatir, eres una máquina de guerra y no otra cosa. No puedes eludir tu destino.»*

NOVIEMBRE 1: *Anoche tuve un espasmo muscular en la espalda, un dolor agudo que me baja por el centro de la columna vertebral y que me obliga a caminar inclinado, como si estuviera agobiado por el peso de una joroba enorme. Esta mañana la bruja se quedó mirándome en la cocina. Le dije:*

—¿Qué me mira?

—Está enfermo.

—Y si estoy enfermo qué.

Detecté una leve sonrisa en su rostro, un gesto de satisfacción que parecía insinuar «pues se lo tiene bien me-

recido». Le pegué dos patadas en las piernas y salió corriendo a buscar refugio en su alcoba. Un día me liberaré de ella y me la quitaré de encima para siempre.

NOVIEMBRE 2: Hoy tuve una ocurrencia extraña, completamente fuera de lugar: estaba caminando por el centro de la ciudad, por la parte oriental, y de pronto, al pasar frente a una iglesia, sentí la necesidad de entrar. No soy creyente y aborrezco las actitudes amaneradas y la hipocresía cobarde de los sacerdotes. Sin embargo, caminé hasta la puerta del templo e ingresé sin estar muy seguro de lo que estaba haciendo. No había nadie y la luz del atardecer se filtraba por unos vitrales redondos en la parte alta de la edificación, cerca del techo. Me senté en uno de los bancos y me quedé mirando el altar. Desde que era adolescente y estudiaba en mi pueblo no hacía algo semejante. Y toda mi vida se me vino encima sin darme tiempo para defenderme. Una vida vacía y sin sentido, cruel, inhumana, llena de odio y resentimiento. Bajé la cabeza y empecé a llorar como si fuera un niño indefenso.

Un hombre vestido de negro se hizo a mi lado y me preguntó:

—¿Puedo ayudarte en algo, hijo?

Levanté la cara y vi al sacerdote contemplándome con preocupación. Se sentó en el banco de adelante, de medio lado para poder conversar conmigo, y volvió a preguntarme:

—¿Quieres hablar conmigo?

—No soy creyente, padre —dije secándome las lágrimas con un pañuelo.

—No importa. No tienes que ser creyente para necesitar ayuda espiritual.

—Me siento muy solo, nada más.

—¿Estás casado, tienes hijos?

—No.

—¿Amigos, novias, amantes? —dijo el hombre con dulzura, como si fuéramos dos amigos conversando en la barra de un bar.

—No.

—¿No tienes a nadie?

El hombre me inspiró confianza y sentí deseos de sincerarme con él:

—Vivo con mi madre y la detesto. No veo la hora de que se muera.

—Y por qué estás tan solo.

—Odio las ansias de dinero, la codicia, la banalidad del resto de la gente. Me molesta el ritmo de vida que llevan los demás. Me siento ajeno a todo, padre, como un pingüino entre una manada de elefantes. No sé si me entiende.

—Hemos perdido a Dios —sentenció el sacerdote.

—Lo que más me angustia es que últimamente tengo ideas raras, imágenes que me atormentan, que me persiguen a todas partes.

—Ideas como de qué.

—De crímenes, de asesinatos, padre.

—¿Cómo? —dijo él abriendo los ojos y arrugando la frente.

—Veo cadáveres, cuerpos sangrando, víctimas suplicando, quejándose y arrastrándose por el piso.

—¿Y qué sientes cuando tienes esas visiones?

—Ganas de rematarlos, padre, porque yo soy el asesino, yo soy el que los hiere y los extermina.

—Necesitas ayuda, hijo, no puedes seguir así —el sacerdote sacó un pedazo de papel y un bolígrafo y anotó un nombre y unos números—. Yo soy el padre Ernesto y

éstos son mis números telefónicos. Ten. Llámame a la hora
que sea, no importa. Pero no vayas a hacer una locura.

—Gracias —dije cogiendo el pedazo de papel.

—Hace poco un hombre mató a su esposa y a sus dos
hijas —comentó—. Su error fue quedarse solo, aislado de
los demás. No cometas el mismo error. Déjame ayudarte.

—Gracias, padre.

—¿Quieres que vayamos a mi estudio y nos tomemos
un café? Tengo tiempo, la misa es a las siete.

—No padre, gracias, tengo que irme —dije poniéndo-
me de pie.

—¿Cómo es tu nombre?

—Campo Elías.

—Fue un placer conocerte, Campo Elías —y me es-
trechó la mano—. Te espero por aquí cuando quieras.
Siempre serás bienvenido.

—Gracias, padre.

Salí de la iglesia y caminé durante horas por la ciu-
dad. Hacía mucho que no sentía un remanso de tranqui-
lidad en mi interior.

NOVIEMBRE 10: *No sé para quién escribe uno un*
diario, si para uno mismo o para un lector imaginario.
Durante años yo quise ser un escritor y soñé con escribir
novelas y largos ensayos. Pero la verdad es que escribir me
aburre y me parece una tarea absurda. Al fin y al cabo yo
nunca he sido un hombre de reflexión, sino de acción. Y
llegó el momento de actuar.

CAPÍTULO VI

FUERZAS DESCOMUNALES

La luz atraviesa la gruesa tela de la cortina e ilumina la habitación escasamente, como si fuera el destello agónico de un atardecer capitalino. Un aguacero estruendoso y prolongado acaba de terminarse, dejando en el aire esa límpida humedad que refresca los pulmones. María está recostada en la cama con unos cojines gruesos sosteniéndole la espalda. Pablo está a su lado, sentado en una silla con los brazos cruzados en el pecho. La voz de María refleja aún su debilidad física, es una voz que no se despliega hacia afuera sino que parece hundirse en el pecho, atorarse, quedarse a medio camino:

—¿No tengo nada?

—Los exámenes salieron bien, no te contagiaron ninguna enfermedad.

—¿Y el de embarazo?

—Negativo también.

—Menos mal.

—Ahora tienes que reposar y recuperarte —aconseja Pablo—. En unas semanas estarás bien.

—El cuerpo tal vez estará bien...

—¿Quieres que te consiga un psicólogo?

—No, no quiero hablar de esto con nadie.

—De pronto si te desahogas puedes superarlo más rápido, no sé.

—Ése no es el punto.

—No te encierres en ti misma.

—Tú qué sabes...

—Busco ayudarte, nada más.

—No parece.

—Ahora no me ataques a mí, María, yo no tengo la culpa de lo que te pasó.

—Yo no estoy culpando a nadie.

—Entonces por qué me dices eso.

—Porque me hablas tan tranquilo, como si nada hubiera pasado.

—Intento pensar qué es lo mejor para ti. Tal vez un psicólogo te ayude a...

—Tú no entiendes nada.

—¿Por qué me hablas así?

—Imagínatelo al revés.

—¿Qué?

—Imagínate que unos tipos te agarraron descuidado una noche, te llevaron a un potrero y te violaron. ¿Tú buscarías después la ayuda de un psicólogo?

—Es distinto...

—Es igual, Pablo. Y contéstame la verdad: en qué pensarías de día y de noche...

—No sé...

—Si eres mi amigo, si en algo me estimas, dime la verdad: ¿en qué pensarías?

Pablo deja caer los brazos sobre las piernas y dice con dureza:

—En vengarme.

María cierra los ojos y asiente con la cabeza. Él continúa:

—En hacerles pagar todo lo que me hicieron.

—Yo no quiero una terapia, Pablo, quiero venganza.

—El problema es que no tenemos cómo ubicar los tipos.

—Memoricé la placa, la repetí mentalmente durante horas.

—¿En serio?

—Ésa era mi única arma para desquitarme después.

—Eso cambia las cosas.

María se sienta hasta quedar en un ángulo ortogonal y eleva la voz un poco, como si dejara de monologar consigo misma y quisiera ser escuchada por un auditorio:

—¿Me ayudarás?

—¿Quieres rastrearlos?

—Quiero matarlos, Pablo, y quiero estar ahí cuando eso suceda.

—No sé si Alberto se le mida a una cosa así.

—¿Puedo confiar en ti plenamente?

—Obvio.

—Yo era virgen, Pablo —dice María sollozando—. Yo no me había acostado con nadie.

Pablo se levanta, camina por la habitación y se coge la cabeza con ambas manos. Los insultos le brotan con una ira súbita:

—Malparidos, hijueputas, claro que los vamos a quebrar.

—¿Sí me vas a ayudar?

Él se acerca y le acaricia el cabello con una mano:

—Si Alberto no quiere, pues que se haga a un lado y listo. Yo me encargo de todo, vas a ver.

—Gracias, Pablo.

Unos días después entran Pablo y Alberto en el apartamento de María. Ella está vestida deportivamente, con una camiseta estampada y unos jeans ajustados, y camina con pasos cortos y lentos, evitando cualquier tipo de movimiento agitado o violento. Los tres se sientan en la sala luego de los saludos de rigor.

—Vamos al grano —dice Pablo abriendo una carpeta con fotografías y documentos organizados en hojas rectangulares—. Ya dimos con el taxi. El hombre que lo maneja en el turno de noche se llama Alfredo Cortés, tiene veintitrés años y estuvo una vez arrestado por hurto calificado. Quiero que mires bien estas fotos y que me digas si él fue el agresor principal, el que iba manejando el carro esa noche.

María echa un vistazo y no duda en responder:

—Sí, éste es.

—¿Segura? —pregunta Pablo.

—Completamente. No olvidaré esa cara el resto de mi vida.

—Bien, perfecto.

—¿Cómo lograste las fotos y los datos sobre él? —dice María intrigada.

—Contratamos a dos profesionales. Queremos que las cosas salgan bien.

—Si hay que pagar mucho yo tengo una plata ahorrada.

—Por dinero no hay problema.

—No sé cómo agradecerles lo que están haciendo por mí —María mira a Alberto para incluirlo en la conversación y para saber también cuál es su posición frente al asunto.

—Te mereces esto y mucho más —dice Alberto.

—Bueno —sigue explicando Pablo—, el otro tipo parece que es un compinche de Alfredo Cortés que se llama John Freddy Márquez, veintiocho años y electricista. Trabaja a veces para una banda de apartamenteros en el barrio Quiroga. Es un tipo drogadicto y desequilibrado. Dime si lo reconoces.

María ve las fotos y dice enseguida:

—Sí, Pablo, él es.

—¿No hay dudas, no?

—No.

—Bien, tenemos sus direcciones, sus teléfonos, los datos de sus familiares, sus ocupaciones, sus horarios, todo. Sólo nos queda por definir el plan de ataque.

—¿Van a hacerlo ustedes? —pregunta María.

—No tenemos que ensuciarnos ninguno de nosotros, María —dice Alberto con ademanes de catedrático—. Para eso hemos contratado a dos profesionales.

—¿Ustedes no van a actuar?

—No —repite Alberto.

—No es necesario, María —afirma Pablo—. Hay gente más calificada que nosotros para este trabajo. Recuerda que nosotros no somos asesinos.

—Hay un inconveniente —dice María.

—Qué —dice Alberto.

—Yo quiero estar ahí.

—Pero María... —comienza a decir Alberto.

—Yo quiero estar presente.

—Hay otras formas de...

—No, Alberto, la única manera de liberarme de tanto odio es estar ahí, ver cuando los maten. Por favor.

—Y si los tipos que contratamos se niegan, qué hacemos, María —dice Pablo.

—Contratamos a otros o lo hacemos nosotros mismos.

—Es fácil decirlo —comenta Alberto.

—Pablo, tú me lo prometiste —dice María mirando a Pablo a la cara.

—Vamos a hacer lo que se pueda —asegura Pablo levantando los brazos—. Hablaremos con ellos y les diremos que éste es un caso especial. Si se niegan intentaremos conseguir a otros.

—Diles que sólo quiero estar presente, que me dejen estar ahí, cerca de ellos.

—Les diremos a ver qué pasa —afirma Pablo.

—Yo no voy a molestar, no voy a tirarme el plan.

—Vamos a ver qué dicen estos tipos —dice Alberto—. Pero no te prometemos nada.

—Gracias, de verdad —dice María intentando sonreír.

—¿Y cómo te has sentido? —pregunta Pablo cambiando de tema.

—Ahí voy.

—Tienes buen semblante —asegura Alberto.

—Gracias.

—Nosotros nos vamos —dice Pablo—. Mañana te llamamos para contarte qué ha pasado.

—Estaré esperando.

—Chao —dice Alberto a manera de despedida—. Si necesitas algo, avísanos.

—Chao, que les vaya bien.

María se queda sentada y los dos jóvenes se levantan y se marchan sin decir nada más.

Al día siguiente, en efecto, entra la llamada de Pablo:

—Quihubo, ¿cómo estás?

—Hola, Pablo, ¿qué tal?

—Listo, todo está arreglado.

—¿De veras?

—Los tipos no pusieron problema.

—Gracias —dice ella con un suspiro, como quitándose un peso de encima.

—¿Estás segura de lo que vas a hacer?

—Sí, tranquilo.

—Puedes quedar muy afectada después de una cosa así.

—Fresco, yo sé lo que estoy haciendo.

—Te recojo pasado mañana a las seis de la tarde.

—¿Van a ir ustedes conmigo?

—Sólo yo.

—¿A las seis en punto?

—Sí.

—Estaré lista.

—¿Cómo sigues, bien?

—Sí, mejorando.

—Nos vemos pasado mañana, entonces.

—Chao, Pablo, gracias por todo.

El día señalado, a la hora exacta, Pablo recoge a María en la portería del edificio. María está vestida con unos pantalones negros de pana y una chaqueta de cuero negra, de luto, como si se estuviera dirigiendo a una funeraria o a un entierro. Pablo conduce el Renault 12 por la Avenida Circunvalar hasta llegar al centro de la ciudad, hasta el barrio Germania, colindando con las montañas. Apaga el carro a diez metros de la esquina de un callejón oscuro y poco concurrido.

—Aquí es la cita —dice concentrado mirando hacia adelante.

—¿Aquí? —pregunta María.

—Entre las siete y media y las ocho Alfredo Cortés

pasa por la casa azul —Pablo señala hacia un costado—, para irse con su amigo por ahí en busca de alguna víctima. Todos los viernes hacen lo mismo. Vamos a cogerlos a los dos al tiempo.

—¿El tal John Freddy vive aquí?

—Tiene una pieza alquilada.

—¿Y dónde está la gente que contrataste?

—Llegarán en cualquier momento.

Quince minutos más tarde un taxi se detiene (María lo reconoce apenas lo ve) frente a la casa azul y Alfredo Cortés se baja de él y golpea a la puerta. A los pocos segundos sale John Freddy vestido con una chaqueta roja, cierra la puerta de la casa y se saluda con su amigo chocando los nudillos de la mano derecha. Cuando van a entrar al auto aparece un jeep y frena justo detrás del taxi. Tres hombres con pistolas se bajan corriendo y los encañonan sin decir nada. Es un operativo relámpago, que no les da tiempo ni siquiera para correr. Les colocan unas esposas y los introducen en la parte trasera del jeep. Un hombre enciende el motor del taxi, arranca y se pierde en la esquina del callejón. Los otros dos le hacen una señal a Pablo y parten en el jeep con los dos prisioneros atrás. Todo sucede en cuarenta y cinco segundos, en silencio, sin testigos.

Pablo conduce primero por la Carrera Décima hacia el sur, y luego por la Caracas, siempre siguiendo al jeep. Dejan atrás la Escuela de Artillería y la Cárcel Picota de Bogotá, cruzan el barrio La Aurora y después voltean a mano izquierda y ascienden la loma de un conjunto de edificios de tres pisos en el humilde suburbio de Monte Blanco. Al pasar por el paradero de buses María lee los carteles que dicen «Monte Blanco-Bella Vista». Finalmente se detienen en un descampado que limita con un basurero cuyos hedores contaminan el aire de los alrededores. Pablo apaga el carro y pregunta:

—¿Estás segura de que quieres ver esto?

—No deseo otra cosa.

—Está bien —asiente Pablo con resignación.

—¿Los van a ejecutar aquí?

—Sí.

Los dos hombres del jeep bajan a los esposados y los hacen arrodillarse detrás de unos matorrales. Pablo se voltea y le dice a María:

—Es el momento. Si quieres, puedes ir.

—¿Vienes conmigo?

—Yo te espero aquí.

Ella desciende del auto y camina hasta donde están los dos violadores arrodillados. Oye las súplicas y los ruegos desesperados:

—No nos vayan a matar, por favor, por favor...

—Ya se quedaron con el carro, hermanos, no nos hagan nada...

María se da cuenta de que los dos delincuentes creen que se trata de un robo y no de una venganza. La ira le enciende las mejillas. Siente el corazón palpitándole de prisa. Le parece bien aclarar la situación, se hace frente a ellos y les pregunta:

—¿Se acuerdan de mí?

Los dos hombres armados no intervienen, se limitan a observar y a escuchar sin participar en la conversación. Los dos delincuentes miran a María estupefactos, temblando, tragando saliva.

—Les hice una pregunta.

—Monita, perdón, no nos vayan a matar —dice el chofer del taxi reconociéndola con el rostro congestionado por el pánico.

—Perdónenos, mona, perdónenos —repite el de la chaqueta roja.

María recuerda de improviso los besos babosos en el cuello, los manoseos libidinosos, el dolor punzante en la vagina y en el ano, la bofetada amenazadora. Controlando la ira gracias a un exceso de voluntad, les ordena a los pistoleros:

—Lentamente, por favor.

Chillidos y bramidos invaden la noche:

—Noo, nooooo, por favor...

—Noooo, tengan piedad, nooooo...

Los hombres disparan a los brazos, a las piernas y a los genitales, apuntando bien, con el pulso firme. La sangre mana a borbotones de los cuerpos heridos. Alfredo Cortés y John Freddy Márquez se retuercen en el piso dando aullidos, llorando y suplicando a gritos. Por último, los alzan del cabello y les pegan un tiro en la nuca.

María cierra los ojos y ve a su hermana Alix que le dice antes de fugarse: *Espera unos días y vengo por ti.*

El padre Enrique sirve dos vasos de limonada con hielo, añade un poco de azúcar y regresa al estudio de su parroquia, donde está esperándolo el padre Ernesto.

—Ahora sí dime qué te trae por acá —dice mientras le entrega el vaso al sacerdote.

—Gracias, me muero de sed —dice el padre Ernesto recibiendo la limonada y bebiendo con ansiedad—. Está deliciosa.

—Esa manía tuya de ir a pie a todas partes...

—Es bueno para la salud.

—Y para el bolsillo.

—No lo hago por tacañería. Me encanta caminar.

—Bueno, ¿cómo va todo?

—Más o menos.

—¿Qué ha pasado con el tipo de la cárcel?

—Asegura que gracias a la confesión que tuvo conmigo logró el asesinato.

—¿Qué?

—Así como lo oyes. El tipo me considera una especie de cómplice.

—No joda, eso es el colmo.

—Dice que sin mí no hubiera sido capaz.

—Quiere manipularte la culpa, comprometerte para hacerte daño.

—Sí —afirma el padre Ernesto terminando de beberse la limonada y poniendo el vaso en la mesita de la sala.

—¿Quieres más?

—No, gracias.

—No irás a caer en esa trampa, Ernesto.

—No he vuelto a visitarlo. Me pareció muy perverso que me atacara de esa manera.

—El tipo es un cabrón y punto.

—Hay algo en él que es terrible, que me atemoriza cuando estoy a su lado. No sé cómo explicarte esa sensación. Le brillan los ojos, se sonríe como si estuviera disfrutando la situación, como si el crimen que cometió contra su familia no fuera sino un juego, un pasatiempo para entretener el aburrimiento.

—Tú sabes que la mayoría de estos asesinos son muy inteligentes.

—No sé cómo ayudarlo y rescatarlo.

—Creo que más bien deberías alejarte.

—¿Y él?

—No quiere la ayuda, Ernesto, hazte a esa idea. Hay

gente que necesita estar hundida, que busca el descenso para purificar quién sabe qué cosas. Uno sólo ayuda a los que quieren que los ayuden. El resto es una pérdida de tiempo.

—Tú siempre tan práctico.

—Es verdad lo que estoy diciendo. Tampoco se trata de jugar el papel de salvador y de padre protector.

—Hay que ir más allá de sí mismo.

—Ése es un idealismo que termina mal, tú lo sabes.

—No se puede ser tan frío con la gente, tan racional y calculador.

—No comencemos.

—En fin, no sé lo que voy a hacer con este pobre hombre. Lo peor del asunto es que el otro día apareció por la iglesia un tipo con ideas parecidas.

—¿Otro bicho raro?

—Peor aún.

—Cuéntame.

—La iglesia estaba vacía y crucé por el presbiterio para dirigirme por la puerta de atrás hacia mi estudio. Entonces lo vi. Estaba ausente y lloraba de una manera curiosa, infantil, como los niños cuando lloran solos en el patio del colegio.

—Cómo era físicamente.

—Un tipo con el cabello cortado a ras, como un soldado, de unos cuarenta y cinco años, de estatura mediana, tal vez uno setenta y cuatro, delgado, y de rasgos comunes y corrientes. Nada especial.

—Y qué te dijo.

—Me acerqué y le pregunté si necesitaba ayuda, si quería hablar conmigo. Me dijo que él no era creyente.

—Por lo menos éste es más sincero.

—Le hice un par de preguntas y el tipo está en la

más absoluta soledad, cansado de todo, hastiado. Eso me conmovió.

—¿Y cómo sabes que se parece al que está en la cárcel?

—Me contó que tenía visiones en las que asesinaba a mucha gente.

—Pero, ¿de dónde sacas tú estos especímenes tan raros?

—Él mismo dijo eso.

—¿Qué?

—Que se sentía como un pingüino entre una manada de elefantes.

—Por Dios —exclama el padre Enrique dejando el vaso de limonada sobre una repisa de la biblioteca—. Lo que me pregunto es por qué te buscan a ti, hombre.

—No, este fulano no quería hablar conmigo. Creo que quería estar en un sitio propicio para meditar, para pensar un poco sobre lo que había sido su vida. Estaba como en un momento de reflexión cuando lo interrumpí.

—¿Y qué le dijiste cuando te contó lo de los crímenes?

—Lo invité a tomarse un café en mi estudio y no quiso. Le dejé mis datos para que me ubicara cuando fuera necesario.

—Qué vaina tan extraña.

—¿Sabes una cosa? Volví a sentir con él lo mismo que sentí con el otro.

—¿En qué sentido?

—Creo que hay una maldad que lo tiene aprisionado, que no lo va a dejar escaparse tan fácilmente. Parece como una marioneta gobernada desde las sombras. Me asusta tanto, no te imaginas.

—¿Tienes dónde ubicarlo?

—No quise que se sintiera presionado. Tú sabes que a veces uno genera el efecto contrario y la gente se va. Sólo sé que se llama Campo Elías.

—Esperar a ver qué pasa.

—Lo que más me preocupa es que hay dos posiciones frente a esto: una es decir que el tipo está loco, que es un psicópata, que tiene problemas mentales y resentimientos que lo convierten en un trastornado con tendencias homicidas. Si uno piensa así, Enrique, queda tranquilo, con la conciencia en paz, y señala con el dedo al individuo y dice: «Esta persona no es como nosotros, los normales, pobrecito.» Esa posición me parece cómoda y fácil, no hay que hacer un gran esfuerzo ni pensar mucho.

—Ya estás comenzando a retorcerlo todo.

—La otra posición es aceptar que gente común y corriente es lanzada a situaciones extremas y delirantes como consecuencia del ritmo de vida que estamos llevando. ¿Me entiendes? Sólo importa el dinero, la clase social, nadie habla ya con sus vecinos, la familia está desintegrada, no hay empleo, vivimos en grandes ciudades y entre multitudes pero sin amigos y cada vez más solos. Hasta que alguien, como si fuera un termómetro social que mide la irracionalidad general, estalla, mata, atraca un banco o se lanza desde un puente. Si pensamos de esta manera, la responsabilidad de esos delitos es nuestra, de todos, pues estamos construyendo un monstruo que va a terminar tragándonos y destruyéndonos.

—Creo que exageras, como siempre. Porque la presión es la misma para todo el mundo. Entonces por qué hay unos que estudian y trabajan y llevan una vida normal, y otros que terminan secuestrando o masacrando a sus congéneres.

—Grados de sensibilidad. Unos se dejan embrutecer con facilidad, y los otros, que son más sensibles y a veces más inteligentes, no pueden más y explotan.

—No seas miserable, Ernesto, eso pone el mundo patas arriba. Ahora resulta que la gente buena y trabajadora es imbécil e insignificante, y que los hampones y los genocidas son brillantes y sensibles. Si sigues pensando así vas a terminar muy mal.

—Sí, suena fatal.

—Pues claro, hombre, eso es pensar las cosas al revés.

—No sé, era sólo una idea.

—Muy mala, por cierto.

—Y no te he contado lo peor.

—¿Más?

—Me llegó un caso de posesión demoníaca.

El padre Enrique se pone de pie y se recuesta en el escritorio de la biblioteca. Dice con cansancio:

—Ya conoces lo que pienso al respecto. Remite la persona de inmediato a un psiquiatra.

—Sí, mejor ni te cuento.

—Terminaríamos discutiendo seguro.

—No sé qué es lo que está pasando de un tiempo para acá. Sospecho que la humanidad se desmorona, que está siendo vencida y derrotada por fuerzas descomunales. Y me siento en el centro del huracán.

—Creo que estás pasando por una crisis severa.

—Es verdad.

—Tómate unas vacaciones, viaja, descansa de tanta presión.

—Presiento que es más grave.

—A qué te refieres.

—¿Alguna vez has perdido la fe?

—He dudado, Ernesto, para qué lo voy a negar. Pero eso nos pasa a todos.

—¿Nunca has sentido que ya no quieres ser sacerdote?

—No, eso no. Tú sabes que yo tengo una visión política de mi sacerdocio. Es un convencimiento vertical, sin dudas de ninguna clase.

—Yo no tengo esa seguridad tuya.

—¿Estás pensando en retirarte?

—Sí.

—¿En serio?

—Sí, Enrique.

—Pero a tu edad...

—No importa, algo se me ocurrirá.

—Pero por qué.

—Perdí la fe y las ganas de ser sacerdote.

—Tú siempre has sido un modelo para los demás, los sacerdotes jóvenes te admiran.

—Hay una altivez en nuestro ministerio, una especie como de superioridad idiota, no sé cómo explicarte. No somos como los demás, nos creemos distintos, llevamos un ritmo de vida que nos impide mezclarnos y padecer con la gente de igual a igual. Somos como una raza de privilegiados que se hacen los humildes.

—Otra vez empiezas a exagerar.

—Sería bueno enamorarme de una mujer, tener hijos, buscar un empleo y bajar del pedestal en el que he vivido hasta ahora. Por qué no.

—La verdad es que no hay nada de malo en ello.

—La vida sacerdotal es estéril, muerta. De ahí esa arrogancia que nos caracteriza, nos creemos más porque en el fondo sabemos que somos menos.

—Eso ya es discutible.

—No me hagas caso. Lo que pasa es que tengo que retirarme, y pronto.

—Sería una lástima.

—Lo mío no es una crisis, es un conflicto definitivo.

—Piénsatelo bien.

El padre Ernesto se pone de pie y se estrecha la mano con el padre Enrique.

—Gracias por escucharme.

—Avísame si de verdad vas a retirarte.

—Yo te llamo.

Se despiden y el padre Ernesto sale a la calle. El viento arrecia desde las montañas y un frío invernal recorre las calles de Bogotá. Camina con las manos metidas en la gabardina, mirando el piso e inclinado un poco hacia adelante para contrarrestar la potencia de la ventisca que golpea los objetos y los cuerpos con una persistencia que parece deliberada. Mientras recorre las avenidas, los almacenes y los restaurantes del centro de la ciudad, piensa en Irene, en la forma como ella se entrega sin reservas, sin guardar nada para sí misma. Hay mujeres que aman protegiéndose la espalda, como si estuvieran seguras de que los hombres que las acompañan tarde o temprano serán sus enemigos. Ese amor, por lo tanto, sólo puede expresarse en presente, y siempre vigilando al otro para adivinar sus movimientos, para intuir la traición antes de que se presente. Y cualquier desconfianza, por mínima que sea, prepara la ruptura. Son afectos sinceros pero paranoicos, llenos de miedo, que dejan a esas mujeres cansadas y al borde mismo de la desesperanza. Pero por fortuna están las otras mujeres, piensa el sacerdote, las que depositan su cariño sin esperar nada a cambio, las que son felices brindándole al otro la plenitud de su experiencia interior. Y ese sentimiento de sobreabundancia espiritual se hace cuerpo, se nota en cada pliegue de su piel durante el acto sexual. *Irene es así*, se dice el padre Ernesto mentalmente, *me quiere con seguridad, con la certeza de que yo soy el hombre que la hace feliz.*

Llega a la Plaza de Bolívar y, al pasar frente a las escalinatas de la Catedral, ve a un niño de unos seis años de edad acurrucado a la entrada. Tiembla de frío y se abraza las piernas recogidas buscando un poco de calor. La imagen no tiene nada de novedoso, pero hay un desamparo tan grande en la mirada del niño, una expresión de desvalimiento y orfandad, que el sacerdote se acerca, se quita la gabardina y se la entrega al muchacho que lo mira con los ojos desorbitados.

—Ten, esto te abrigará un poco.

Un hombre aparece por el costado izquierdo. Está vestido con harapos y tiene las mejillas cubiertas por unas llagas amarillentas y rosáceas, como si estuviera contagiado de una lepra en estado muy avanzado. Tiende la mano y dice con una voz gruesa y sonora:

—Una ayuda, patroncito.

El padre Ernesto no alcanza a hacer o a decir nada, cuando una vieja desdentada y apoyada en un bastón surge a su derecha y le dice:

—Una limosnita, por el amor de Dios.

Va a dar un paso atrás para guardar distancia y tropieza con otro cuerpo. Se da la vuelta y un anciano de barba blanca con las cuencas de los ojos vacías le impide la salida y le susurra:

—Apiádese de los pobres, jefecito.

La frase no es una súplica sino una amenaza. Está pronunciada con ira, con resentimiento, como advirtiéndole de un ataque que está a punto de presentarse.

Abre los brazos, empuja al ciego haciéndolo caer y pega un salto hasta quedar por fuera del cerco que acaban de tenderle los pordioseros. Sin mirar hacia atrás empieza a correr por el andén oriental y gira a la izquierda por la Calle Décima para internarse en el barrio de La Candelaria. Dos cuadras más arriba se detiene y un soldado que está haciendo guardia frente al Museo Militar lo reconoce y lo saluda:

—Buenas, padre.

—Qué tal, hijo —responde el sacerdote.

—¿Le sucede algo, padre?

—No, hijo, gracias, tengo afán.

Y sigue su camino con paso rápido, respirando con agitación, como si quisiera alejarse definitivamente de una presencia nefasta que lo persiguiera con oscuros propósitos.

Andrés camina por los jardines de la Fundación para Enfermos de Sida. Un sol radiante atraviesa el follaje de unos sauces llorones e ilumina el césped de un patio interno donde algunos enfermos conversan con psicólogos, médicos y trabajadores sociales. Piensa en los fuertes celos que ha estado sintiendo desde que Angélica le comentó su conducta desordenada y promiscua. Unos celos absurdos, se dice Andrés sin dejar de caminar, no sólo porque los celos sean absurdos en sí mismos, sino porque en este caso son hacia el pasado, hacia atrás, hacia hechos irremediables que sucedieron cuando ella estaba sola y por fuera de la relación sentimental con él. Sin embargo, también lo atormenta pensar que esa manera de comportarse no se haya presentado sólo cuando la relación terminó, sino durante la relación misma.

Recuerda llamadas extrañas a altas horas de la noche, amigos que aparecían sin avisar por la casa de ella para invitarla a salir un viernes o un sábado después de la comida, regalos (un reloj, un saco) a los cuales ella les restaba importancia diciendo que Fulano o Mengano eran para ella viejos compañeros de colegio, casi hermanos. ¿No se acostaba ya desde ese entonces con varios hombres? ¿No era su apariencia de jovencita casta y solitaria una máscara que escondía detrás una hembra entregada al sexo desenfrenado y lujurioso?

Andrés se detiene debajo de uno de los sauces y se sienta a esperar. Arranca pequeños trozos de pasto mientras sigue pensando abstraído y meditabundo.

Una noche que estaban solos en la casa de ella, recuerda, sonó el timbre de la calle. Andrés ya se disponía a abrir la puerta cuando Angélica le dijo:

—No, no abras.

—Por qué.

—Espera. Miro primero a ver quién es.

Subió las escaleras y observó hacia la calle desde una de las ventanas del segundo piso. Luego bajó y dijo:

—Es Camilo, uno de mis amigos de colegio. No quiero hablar con él ahora.

—Pues dile que estás ocupada.

—No, es un pesado, dejemos que se vaya.

El timbre seguía sonando con insistencia, como si Camilo supiera que ella estaba dentro de la casa y no quería recibirlo. Andrés volvió a decir:

—Esto es ridículo. Por qué no sales y le dices que se vean mañana.

—No, deja que se canse y que se vaya.

—Si quieres salgo yo y le explico.

—No, no, deja así, ya se va a ir.

Finalmente el timbre dejó de sonar y todo volvió a la normalidad. Andrés se olvidó del asunto y no le dio mayor importancia. Pero ahora, revisando el pasado, la sospecha le carcome las entrañas y lo hace sufrir de una manera cruel y dolorosa. ¿Por qué había sido tan ingenuo? ¿Por qué no se había dado cuenta de que ella tenía actitudes y comportamientos típicos de una mitómana, de una mujer que miente aquí y allá (a veces sobre cuestiones nimias e insignificantes) hasta perderse en el laberinto de sus propias mentiras? ¿Por qué una persona enamorada no ve, no piensa con normalidad, no intuye y no recela aunque tenga las evidencias frente a sus narices? Y cuando lo hace ya es tarde, porque el mitómano ha tenido tiempo de recomponer la estructura de falacias y de hacer encajar las partes que habían quedado sueltas. Sí, cómo le molesta ahora imaginarse como el novio bueno y engañado, el lado limpio de la vida de Angélica, el joven estudioso y crédulo a quien timaban con facilidad, como si se tratara de un niño englobado y despistado. ¿No había sido Angélica siempre un lobo con piel de oveja?

Otro día ella contestó el teléfono y comenzó a hablar con monosílabos y frases evasivas. No pronunció el nombre de su interlocutor ni una sola vez y por eso Andrés no pudo adivinar con quién estaba conversando.

—¿Con quién hablabas? —preguntó cuando ella colgó.

—Con Marta, mi amiga.

—¿Y qué te dijo?

—Está deprimida y se siente mal. No quise darle mucha cuerda y por eso la corté en seco. Después hablo con ella.

—¿No es un poco cruel dejarla así?

—No quiero que me amargue el día contigo. Esta noche la llamo, te lo prometo.

—Allá tú —había dicho él con resignación.

—Yo quiero estar contigo, bobo, y divertirnos hoy un poco —le dijo Angélica abrazándolo y dándole besitos en las mejillas y en el cuello.

¿Por qué no había dudado de ella nunca? ¿Por qué no se había dado cuenta de que le estaban metiendo los dedos a la boca? Y lo peor es no estar seguro de nada, se dice Andrés mentalmente, no haber sido testigo de un hecho grave e irremediable, sino tener que vivir a punta de suposiciones, hipótesis y conjeturas. Acaso sea ésa la razón por la cual el celoso se vuelve un detective, un policía que va en busca de una verdad sombría, dañina y escurridiza. No obstante, más allá de sus celos personales, se pregunta por las bases que sostienen el apego de un cuerpo a otro cuerpo. ¿Por qué quedamos atrapados, presos, en la piel de quien amamos? ¿Por qué creemos que alguien puede ser nuestro, como si fuera un objeto adquirido en un almacén o en un supermercado? ¿Por qué sufrimos tanto imaginándonos al otro gozando en brazos ajenos? ¿No es responsabilidad de cada quien lo que hace o deja de hacer con su cuerpo? De todos modos, Andrés no puede evitar que una serie de imágenes se incrusten en su cerebro sin saber cómo ni por qué: Angélica acostándose con sus amigos en moteles, insinuante y descarada; Angélica desnuda en un carro acariciándose con su amante de turno; Angélica llegando al orgasmo en el apartamento de algún compañero, sudorosa, lúbrica y vulgar. Son imágenes que intenta alejar de sí, expulsar, pero que no puede hacerlo porque se da cuenta de que en el fondo, muy adentro, le gustan. Es una situación doble: por un lado está al borde de la desesperación, y por el otro las imágenes lo excitan y lo hacen desear a Angélica aún más, como si al estar con otros hombres se convirtiera en una mujer más llamativa, encantadora y atractiva. De algún modo, termina diciéndose Andrés, es como desearla a través del deseo de los otros.

De pronto levanta la mirada y ve a Angélica que viene caminando hacia él. Los granos de la cara han desaparecido y ella parece una muchacha normal, sana y con toda una vida por delante. Andrés tira un puñado de pasto al piso y se pone de pie.

—Quihubo, ¿te aburriste mucho? —lo saluda ella dándole un beso en la mejilla.

—No, para nada.

—Qué lindo día.

—El sol está delicioso. ¿Cómo te fue en la terapia?

—Bien.

Comienzan a andar hacia el parqueadero.

—¿Tienes tiempo? —pregunta Andrés pasándole el brazo por la espalda.

—Para qué.

—Tienes o no tienes.

—Sí, sí tengo —dice ella sonriéndose.

Suben al auto y salen de la Fundación después de mostrar la contraseña. El tráfico, como de costumbre, obliga a una marcha lenta y parsimoniosa.

—¿Para dónde vamos? —pregunta Angélica.

—Imagínate.

—No sé.

El carro desciende por la Calle Veintiséis y la congestión disminuye permitiendo aumentar la velocidad. Angélica cambia el tono de voz y pregunta entre nerviosa y preocupada:

—Dime para dónde vamos.

—¿No te lo imaginas?

—No.

—Quiero estar contigo.

—¿Qué? —dice ella volteándose y mirándolo de frente.

—Quiero que estemos juntos.

—¿Estás loco o qué?

—¿Por qué?

—Tengo sida, Andrés, ¿no te das cuenta?

—Y qué.

—No te hagas el imbécil.

—Usamos condón y no pasa nada.

—El riesgo es muy alto, tú estás loco.

—Necesito estar contigo, no puedo más.

—Y si yo no quiero...

—Sí quieres.

—Cómo lo sabes.

—Porque sigues sintiendo, porque sigues deseando.

—No quiero hacerte daño —dice ella con la voz apagada, amigable, cariñosa.

—Tendremos cuidado, no te afanes.

—Si te contagio es como asesinarte.

—Te deseo tanto, Angélica...

—Me muero de miedo.

—No va a pasar nada, tranquila.

Voltea a mano derecha e ingresa el auto en un motel con un cartel fosforescente que anuncia: *Galaxia 2000*. Un joven le indica que estacione en el pequeño garaje de una cabaña independiente. Luego se acerca, le explica a Andrés el precio y los servicios del lugar, recibe el dinero más una propina y entrega un recibo que sirve como boleto de salida. Se despide y desaparece con una libreta de facturas en la mano.

Entran, cierran la puerta y se abrazan.

—¿Por qué no fuimos a tu estudio? —le susurra Angélica al oído.

—Quería que fuera aquí, con espejos y todo.

Ella se ríe y le pregunta:

—¿Te puedo besar en la boca?

—Claro que sí, eso no contagia —y él le busca la boca y la besa con lentitud, introduciéndole la lengua poco a poco.

Entonces ahí, en el momento menos esperado, llegan las imágenes: ella con sus amantes tocándose y cogiéndose en medio de la ebriedad de las drogas y el alcohol, ella esperando ser poseída entre bromas y risas, ella besándose y hablando en voz baja en cuartos alquilados de moteles populares. Andrés siente que él no es él, sino los otros, los muchos rostros anónimos que gozaron de una cercanía física con Angélica. Es como desdoblarse, como multiplicarse en varios seres desconocidos, como salir de sí para desearla desde una muchedumbre que avasalla su cerebro poderosamente. Y así, en estado de trance, ido, mutante, sufriendo transformaciones internas vertiginosas, la desnuda, la acaricia, se pone el condón y la penetra con otro rostro y otra identidad. Hace el amor con ella experimentando a cada segundo una metamorfosis que lo hace verla y sentirla de manera diferente. Le brinda placer llamándose Carlos, Jairo, Álvaro y un sinfín de nombres más que estuvieron a su lado, que disfrutaron de sus senos y su sexo así como él está disfrutando ahora. Y sin saber muy bien lo que está haciendo, como invadido por una fuerza superior, voltea a Angélica y sigue penetrándola así, de espaldas, sin que ella pueda ver lo que él está planeando, y se quita el condón e introduce su miembro en la vagina sin ninguna protección, arrojándose al abismo con los ojos cerrados, saltando al precipicio sin meditarlo, metiéndose en la boca del lobo sin medir las consecuencias, caminando entre las brasas sin importarle las quemaduras, viajando a través de un país indómito, agreste y selvático, entre tribus salvajes y caníbales. Angélica grita, él la agarra de las caderas con fuerza y eyacula mirándose sin reconocerse en un espejo que tiene frente a sí, observando ese rostro alucinado y bestial con la absoluta certeza de que no es el suyo, de que no tiene nada que ver con él. Luego se recuesta sobre la espalda de Angélica, respira con la boca abierta y comienza a recordar lentamente que se llama Andrés y que acaba de suicidarse sin conocer aún los resultados definitivos.

CAPÍTULO VII

LA VIDA ES ASÍ

El padre Ernesto respira hondo el aroma de las flores del patio y le pregunta a la señora Esther, que lo mira con respeto y veneración:

—¿Cómo sigue ella?

—Igual, padre.

—¿Está yendo al colegio?

—No, padre, la retiré para evitar rumores y chismes. Las compañeritas ya empezaron a comentar cosas y a hacerle preguntas. Usted sabe cómo son las niñas a esa edad.

—¿Permanece todo el día en la habitación?

—Sí.

—¿Come normalmente?

—A veces sí y a veces no come nada. Según.

—¿Está siempre en trance?

—No, padre, que Dios se apiade de nosotras, eso sería lo peor. Por lo general las voces llegan en las horas de la noche.

—Y qué dicen las voces.

—Usted ya las escuchó, padre.

—¿Hablan de mí?

—Sí, padre.

—¿Qué dicen?

—Que tiene miedo, que sabe que va a perder, que es un cobarde.

—Qué más.

—Y que está sucio, que está en pecado. Pero yo sé que todas son calumnias, padre, no vaya a pensar que nosotras creemos esas cosas de usted.

—¿Alguien más sabe de esto?

—La muchacha que está conmigo ayudándome. Somos las tres.

—¿Qué dice su hija durante las horas del día?

—No recuerda, es como si fueran dos personas diferentes que llevaran dos vidas separadas. Me dice que quiere volver al colegio y tener una vida normal. Me parte el corazón verla así, pobrecita.

—¿Y ha notado en ella algún cambio físico?

—Sí, padre, tiene la menstruación constantemente. No se le quita.

—¿Sangra todos los días?

—Sí, padre.

—Esta pregunta que le voy a hacer es muy importante, doña Esther: ¿ha escuchado que su hija hable en otros idiomas?

—No sé, padre, hay días en que no le entendemos lo que dice, pero no sabría decirle si es otro idioma o no. Por qué.

—Voy a escribir un informe para mis superiores y necesito saber con exactitud ese dato.

—¿Sí van a exorcizarla?

—No se lo puedo asegurar.

—¿Pero es que no la vio usted mismo, padre?

—Sí, pero...

—¿No se dio cuenta de su estado?

—Sí, doña Esther, pero...

—Mi hija no está loca, padre, o esquizofrénica. Está poseída, usted lo sabe.

—Doña Esther, yo no tengo el poder de ordenar un exorcismo. Tengo que respetar los conductos jerárquicos de la Iglesia.

—Mientras ustedes dejan pasar el tiempo, mi hija se muere —dice la señora Esther sollozando angustiada.

—Tranquilícese, por favor.

—No puedo más, tengo los nervios destruidos —la entonación de su voz es sincera y refleja una auténtica desesperación.

—Voy a pedir que envíen pronto a un sacerdote experto para que se haga cargo del caso de su hija.

—¿No lo va a hacer usted mismo?

—Ya le dije que yo no tengo experiencia en estas cosas.

—No es por eso, sino porque se va a retirar.

—¿Cómo dice? —el padre Ernesto afina los oídos para estar seguro de que no lo han engañado.

—Eso también lo dijeron las voces, que usted era un hombre débil y que había sucumbido a la tentación.

—¿Eso dijeron?

—Sí, padre, dijeron que su fe había fallado y que no sería sacerdote por mucho tiempo.

—Conque ésas tenemos.

—¿Es verdad?

—Mire, doña Esther, lo importante es que ahora nos concentremos en su hija, que yo escriba el informe y que la Iglesia le brinde la ayuda que usted está esperando.

—Yo sólo le pido que sea rápido, padre, que mi niña no se me vaya a morir. Mire que es lo único que tengo.

—Estoy haciendo lo que puedo, doña Esther.

—Que no se me muera, no le pido más —afirma doña Esther sacando un pañuelo y sonándose.

La noche se apodera de la atmósfera del patio y el aroma de las flores se hace más intenso, más penetrante, como si el olor se desplegara con mayor comodidad entre las sombras y la creciente oscuridad.

—Bueno, voy a subir a verla —dice el padre Ernesto.

—¿Va a entrar? —pregunta doña Esther.

—Sí, señora.

—Pensé que no quería verla.

—Es preciso una segunda entrevista con ella.

—Tiene que tener cuidado, padre, está un poco más agresiva.

—¿Ha herido a alguien?

—Todavía no, padre. Pero arroja cosas, escupe y vomita.

—Va a tener que amarrarla, doña Esther.

—No, eso no.

—Es por el bien de ella, por el suyo y por el de la empleada.

—Ya sufre demasiado así como está para que yo la trate como un animal.

—Es por su seguridad.

—No, ella no va a hacer nada contra mí.

—De pronto atenta contra ella misma.

—Si necesita controlarla, avíseme, padre. Yo me quedo aquí en el patio y estaré pendiente.

—Bueno.

El sacerdote sube las escaleras y en la medida en que

va acercándose el hedor lo obliga a caminar más despacio, como si un obstáculo invisible le interrumpiera el paso, como si un grupo de fantasmas lo estuviera atajando en cada intento que hace por avanzar. Así, venciendo la distancia con lentitud pasmosa, llega hasta el picaporte y abre la puerta. Su nariz es recorrida por un nuevo olor que sobresale sobre los demás: el olor a flujo vaginal, un olor a sexo de mujer que se extiende por el aire y lo hace repetirse mentalmente: *esta vez no voy a caer, no voy a permitir que me domine.* Separa los labios y comienza a respirar por la boca. La joven está recostada con una manta delgada sobre las piernas. Como la primera vez, ella abre los párpados y clava su mirada azul en los ojos del sacerdote.

—Volviste, lindo —dice la voz original de la muchacha, una voz adolescente y pausada.

—Quiero hacerte unas preguntas —el padre Ernesto toma asiento en la silla que está junto a la cama.

—Estás muy serio.

—No vine a perder el tiempo.

—Relájate, cariño.

—Tampoco quiero que me faltes al respeto más.

—Mi mamá está abajo y no se dará cuenta de nada.

—Ya, para.

—La vez pasada me quedé con las ganas.

—Si sigues así, me voy.

—¿No me vas a hacer nada?

—Parece que éste no es el momento para que hablemos.

—Yo te diré cuándo es el momento y cuándo no.

Y antes de que el padre Ernesto mueva cualquier músculo para levantarse, la mano de la joven lo agarra por el brazo y lo tira hacia ella hasta dejarlo arrodillado en el piso con la cama a la altura del bajo vientre.

—¿Qué estás haciendo? —dice el sacerdote.

—Ya sé que quieres tocarme. Voy a ayudarte.

Intenta zafar el brazo para emprender la retirada, pero no puede, la fuerza que lo atenaza es infinitamente superior a él, es como si fuera un pájaro diminuto intentando liberar un ala de la pisada de un elefante.

—Suéltame.

—Ven, mi amor.

Con la mano izquierda la chica corre la manta hacia un lado y se sube el camisón hasta las axilas. El esplendor de un cuerpo perfecto y lleno de voluptuosidad ciega por un segundo al sacerdote. Con la mano derecha ella conduce la mano prisionera hasta sus senos.

—Cógeme los pezones, corazón —dice en voz baja, en secreto, como si fueran dos novios que temieran ser descubiertos.

—No, por favor —suplica el padre Ernesto entre quejidos.

—Eso, así, acaríciame.

—No, no...

—¿Te gustan mis tetas, amor?

El hombre abre la mano y siente la piel de los senos tersa, suave y delicada. Sigue de rodillas y su pene roza peligrosamente el armazón de la cama.

—Apriétame los pezones, vamos —la voz es un susurro insinuante.

—No, no hagas esto —gime él moviendo la cabeza hacia los lados, negando.

—Eso, acaríciame ahí, despacito.

Siente el miembro erecto chocando contra la cama y lucha por alejar las imágenes sexuales que atraviesan su cerebro en desorden, mezclándose unas con otras, superponiéndose. A manera de escudo, para protegerse de la excitación, empieza a recitar entre jadeos, en voz baja, sin mucha convicción:

—Padre nuestro que estás en el cielo...

—Eso, háblame, corazón, sígueme tocando...

—... santificado sea tu nombre...

—Ahora vas a probar algo más rico, mira —la mano desciende hasta un torbellino de vellos rubios que cubren la vulva—. ¿Te gustan así, jovencitas como yo?

—... danos hoy el pan nuestro de cada día...

—¿Quieres que abra las piernas? Mira, todo esto es tuyo, sólo para ti...

—... perdona nuestras ofensas...

—¿Me vas a hacer venir, corazón? —la voz es un lamento sensual desparramándose en la oscuridad.

—... no nos dejes caer en tentación...

—Ya casi, mi amor, ya casi... —la mano prisionera se mueve de arriba abajo con destreza, rítmicamente.

—... y líbranos del mal...

—Todo esto es para ti...

—... amén...

—Ahhhhhh... —la joven despide una espiración larga y sin pausas, como si un grito potente se estuviera quedando estancado en el centro del pecho y saliera a la superficie disminuido, apenas audible en una prolongación ininterrumpida y musical.

El brazo queda libre y el padre Ernesto cae al suelo con los ojos cerrados, llorando y rendido de cansancio. Una mancha oscura le ensucia el pantalón en medio de las piernas y es la prueba concluyente de su vergüenza y de su humillación.

Unos segundos más tarde se levanta con torpeza y

regresa a la silla. Recupera fuerzas y decide no aceptar la derrota con tanta prontitud.

—¿Quién eres?, dime quién eres —exige con la voz ahogada.

La muchacha sonríe y contesta en un tono bajo, profundo, totalmente masculino:

—Estoy en muchas partes, mi nombre es muchos nombres, mis rostros son muchos rostros.

—¿Quién eres? —se limpia las lágrimas con la mano liberada.

—Me divido, me multiplico, prolifero.

—¿Quién eres?

—Soy materia fértil y fecunda.

—Pero, ¿quién?

—Cundo, me propago, pululo.

—Contesta, ¿quién?

—Soy manada, cardumen, bandada, piara, rebaño.

—¿Quién?, dame un nombre.

—Yo soy legión.

—Responde.

—Soy cuadrilla, grupo, tropa, conjunto, multitud.

—Tienes que ser alguien.

—Jauría es mi nombre.

—No puede ser.

—Crezco, me tomo el mundo, soy el señor y el dueño.

—No soporto más.

—No hay sitio fijo para mí. Mi nombre es ubicuidad —una carcajada retumba contra las paredes de la habitación.

—Tengo que irme.

El padre Ernesto, trastabillando, aturdido, como si estuviera bajo el efecto de un poderoso sedante, logra abrir la puerta y salir al corredor. Camina unos pasos y baja las escaleras apoyándose con las dos manos en la barandilla. Parece un herido de guerra, un moribundo al que le quedaran pocos minutos de vida, un sobreviviente después de un cruel bombardeo de muchas horas. En el último escalón se desvanece y cae al suelo dócilmente, sin hacer ruido. La señora Esther llama a la empleada y ambas mujeres auxilian al sacerdote.

Cuando vuelve en sí siente el aroma de las flores del patio.

—¿Qué me pasó? —pregunta dándose cuenta de que tiene la cabeza sobre las piernas de la señora Esther.

—Perdió el conocimiento.

—Qué pena con ustedes.

—Tranquilo, padre.

—Ya estoy bien —intenta ponerse de pie pero un dolor agudo le penetra el cráneo.

—Poco a poco, padre, déjeme ayudarlo.

—Gracias.

—¿Quiere que llame a un médico?

—No hace falta, gracias.

Las dos mujeres se hacen a los lados previendo un nuevo desmayo.

—Estoy bien, no se preocupen.

—Qué le pasó ahí, padre —la empleada señala la mancha entre las piernas.

—Ella me vomitó —miente el sacerdote antes de que la pregunta alcance a levantar sospechas.

—¿Quiere que le limpiemos el pantalón, padre? —dice la señora Esther—. No nos demoramos, es cuestión de unos minutos.

—No, gracias, de verdad.

—No debería irse así como está.

—Ya estoy bien, seguro.

—Si quiere lo acompaño.

—Quédese tranquila. Sólo le pido un favor: que nadie se entere de lo que pasó hoy. No es bueno que la gente empiece a inventar cosas que no son. Usted sabe cómo vuelan los chismes por aquí.

—Lo mismo le digo a ésta todos los días —la señora Esther mira a la empleada con el ceño fruncido.

—Tengo que irme, hasta luego.

—Adiós, padre —dicen las dos mujeres a dúo.

El sacerdote sale a la calle y una ráfaga de viento le enfría el rostro y la piel de las manos. Se pasa la lengua por los labios cuarteados y comienza a caminar por los andenes vacíos de La Candelaria con el paso inseguro y vacilante, como un individuo convaleciente que acabara de abandonar un hospital luego de una larga y complicada enfermedad.

Andrés se sienta en la Plaza de Bolívar y contempla a los transeúntes que atraviesan el lugar en todas las direcciones. Son las cinco de la tarde y las palomas ya se han refugiado en la Catedral y en las edificaciones vecinas. Mira hacia el norte y recuerda las antiguas instalaciones del Palacio de Justicia antes de la toma fatídica por el movimiento guerrillero M19. Una imponente construcción que fue incendiada y arruinada por la demencia incontrolada de los militares. Aún está en la memoria de los colombianos, se dice Andrés, las filmaciones que hizo la televisión sobre los tanques del ejército disparando a la fachada principal, los batallones entrando a sangre y fuego, la masacre de los jueces y de los más altos juristas del país, la carnicería, la cantidad de desaparecidos que quedaron registrados en fotografías y en informes de telediarios y que fueron detenidos para ser interrogados, hombres y mujeres que nunca regresaron para dar testimonio de las brutales torturas a las que fueron sometidos. ¿Dónde estaba entonces el Presidente?, se pregunta Andrés. Ese hombre de libros que posaba de poeta y de individuo de vasta cultura, ¿qué se hizo durante las largas horas que duró la matanza? ¿Por qué no dio la cara, por qué no impidió el genocidio? Como siempre, el país tuvo que conformarse con las poses melifluas y las declaraciones hipócritas y sin carácter de sus dirigentes. Ese mismo año fue la erupción del volcán de Armero, sigue recordando Andrés, la muerte de miles de familias que fueron sepultadas por las avalanchas de lodo. La historia de Omaira, la niña que agonizó varios días atrapada en la inundación, y que dio la vuelta al mundo en periódicos, revistas y programas de radio y de televisión. Una niña que, mientras iba muriendo sin que los organismos de socorro pudieran hacer nada por ella, contaba ante los micrófonos y las cámaras sus sueños, sus anhelos, sus aspiraciones, el amor incalculable que sentía por la vida. Andrés patea las losas del piso. ¿Qué es lo que pasa en este país que parece irremediablemente condenado a la ruina y la desdicha? ¿Por qué no mejoramos, por qué no avanzamos? ¿Qué complot siniestro nos tiene hundidos en el desorden generalizado, en la corrupción y en la entropía social? ¿Por qué los políticos y los grandes empresarios continúan ordeñando la nación sin darle un respiro, sin otorgarle una posibilidad para reorganizarse y buscar la redención? *Qué mierda*, se dice Andrés en voz baja, *lo peor es que yo soy proporcional al país: sólo tiendo a empeorar.*

Baja por la Calle Décima y en un almacén de zapatos descubre un teléfono público. Marca el número de Angélica y, apenas descuelgan al otro lado de la línea, él introduce la moneda.

—Aló, ¿Angélica, por favor?

—Soy yo.

—Quihubo.

—¿Dónde estás?

—Caminando por el centro un rato.

—Te dije que no me llamaras.

—No puedo, necesito verte.

—No quiero saber más de esta relación, Andrés.

—Angélica...

—Nos estamos haciendo daño. Yo te estoy haciendo daño. No sabemos si tienes ya la enfermedad.

—Yo sólo quiero estar contigo.

—Fuiste muy irresponsable el otro día.

—Pero qué hay de malo en estar juntos.

—Me estás chantajeando. Esto no es amor, sino una mezcla de culpas y remordimientos.

—Yo sí te amo, tú lo sabes.

—Tú te sientes culpable, que es una cosa muy distinta.

Suena un pito agudo. Andrés advierte:

—Espera, voy a meter otra moneda —y deja caer el dinero a través de la ranura.

—¿Ya? —pregunta ella.

—Sí, listo.

—Mira, Andrés, yo no quiero joderte más la vida. Necesito estar sola, hacerme los tratamientos, pensar qué voy a hacer de aquí en adelante.

—¿De verdad no quieres que nos volvamos a ver?

—No, Andrés, no quiero. Todo esto fue un error.

—No puedo obligarte.

—Quiero estar tranquila, lo siento.

—Te prometo que no te vuelvo a llamar.

—Chao, Andrés.

—Adiós.

Cuelga y siente deseos de echarse a llorar, de arrojarse en una esquina como cualquier mendigo anónimo y dejarse morir de hambre. No sabe en qué instante en particular volvió a enamorarse de Angélica. Fue un afecto que renació de pronto, sin calcularlo, de manera irracional, sin procesos ni gradaciones regulares. De un momento a otro comenzó a imaginarla en brazos de otros hombres y sintió dolor, pena, celos, como si le estuvieran arrebatando la parte más significativa e importante de su vida.

El cielo se oscurece y al fondo, por encima de los almacenes y las compraventas de la Carrera Décima, unas nubes rojizas y púrpuras son las últimas huellas de unos rayos de luz que se difuminan en el occidente. Varias prostitutas humildes y mal vestidas abordan a los caminantes que las observan con curiosidad. Los recicladores de basura empujan sus carros de madera y de vez en cuando tienden la mano y piden una limosna a las personas que esperan un bus o una buseta para regresar a sus casas. Andrés camina entre la multitud como si estuviera en otra dimensión, ajeno al ruido y al trajín de la calle. Quisiera salir corriendo para la casa de Angélica y suplicarle que no lo abandone ahora, cuando más la necesita, rogarle que se quede a su lado, que tenga confianza en él y en la franqueza de sus sentimientos. Pero sabe que una acción semejante no sirve para nada. *Las mujeres aborrecen a los hombres postrados y sin dignidad*, se dice mentalmente. Evoca el cuadro *El martirio de San Juan Evangelista* de Charles Le Brun, en el cual el discípulo de Jesús está a punto de ser sometido a una crueldad inhumana: un baño en un caldero enorme de aceite hirviendo. Arrodillado en el suelo, un hombre atiza el fuego mientras los demás preparan la inmersión. San Juan Evangelista está en el más completo desvalimiento físico, amarrado, vencido, sin poderse defender. Sin embargo, la pintura muestra el instante justo en el que unos ángeles le anuncian que, gracias a su fe, será protegido contra los horrores del martirio. Cuando todo está perdido y la vida parece desembocar en un final trágico y funesto, asoma la esperanza, el mensaje de confianza en un futuro prometedor. Andrés se siente igual, solo, inerme, desvalido, abatido, sin saber cómo escapar del sufrimiento que lo rodea y lo asfixia, impotente ante tanta miseria interior que lo desborda y le impide recobrar algo de su antiguo equilibrio y de su acostumbrada normalidad. Pero a diferencia de la escena del lienzo, él no tiene una voz que le devuelva la ilusión y la seguridad en sí mismo y en el mundo.

Llega hasta la Calle Veinte y decide entrar en un bar oscuro y tenebroso en la esquina de la Carrera Once. Dos mujeres gordas con rasgos aindiados y ropas vulgares atienden a las mesas. La clientela son albañiles, vendedores de droga de poca monta y trabajadores humildes que buscan refrescar la garganta después de una jornada de trabajo duro y agotador. Andrés se sienta y pide media botella de aguardiente: *algo fuerte*, se dice, *algo que me haga revivir.*

—¿Con qué lo quieres? —pregunta la mesera sonriéndole con coquetería.

—¿Qué hay?

—Naranja Postobón, Ginger o soda.

—Una soda, por favor.

—¿Y quieres compañía, bebé?

—Tal vez más tarde.

—Me avisas y me siento contigo.

—Gracias.

—No vayas a llamar a otra.

—No, tranquila.

—Apenas te descubran se te van a lanzar como chulos.

La mujer se aleja contoneándose, alista en la barra una bandeja con la media botella de aguardiente, una copa pequeña y cuadrada, varias rodajas de limón, un vaso y la botella de soda. Regresa y deja todo sobre la mesa.

—Son tres mil pesos, mi amor.

Andrés saca unos billetes y unas monedas que suman tres mil quinientos pesos, y se los entrega dándole las gracias.

—Más tarde nos vemos —dice ella satisfecha con la propina.

El licor le hace bien. Siente cómo baja el aguardiente hasta el estómago quemándolo, incendiándolo. Piensa en Angélica una y otra vez, como una idea fija, obsesiva, como si alguien le hubiera inoculado una información en el cerebro y le quedara imposible desprenderse de ella. Si ha tenido el valor de alejarse de él de esa manera fría y definitiva, se dice Andrés, es porque mantiene todavía vínculos afectivos con alguno de sus amantes. Tal vez la enfermedad le fue contagiada por alguien que ella conocía de cerca, alguien que sí la quiere y que fue capaz de retenerla a su lado. Seguramente lo buscó a él sólo por amistad, se trató de un ejercicio de acercamiento fraternal e inofensivo, como quien después de un tiempo encuentra a un hermano o a un viejo amigo y siente que el círculo se cierra cicatrizando heridas y componiendo antiguos resquemores y remotas aversiones. A veces ir hacia atrás pule el pasado, lo limpia, lo desinfecta. Quizás lo que Angélica buscaba era sólo eso: purificar y perdonar para continuar su vida sin reproches ni recuerdos malsanos que entorpecieran su porvenir. *El caso mío es al revés*, se dice Andrés, *un viaje en el tiempo para embadurnar y contaminar todo el pasado.* Un hombre lo interrumpe en sus cavilaciones:

—Excúseme, no quiero molestarlo.

—¿Sí?

—Usted es pintor, ¿verdad?

—Sí, cómo no.

—Lo reconocí porque el otro día lo vi en una revista. Usted se ganó un premio nacional el año pasado, o algo así.

—Sí, exactamente.

—Mucho gusto, Campo Elías —dice el hombre y le tiende la mano.

—Qué tal, Andrés —contesta él levantándose y estrechándole la mano al desconocido—. ¿Quiere tomar asiento?

—Gracias.

—Estoy bebiendo aguardiente, no sé si le guste.

—Lo acompaño un par de minutos.

Andrés llama a la mesera y la mujer, sin oír el pedido, adivinando, deja una copa más sobre la mesa y la llena de aguardiente. Luego coloca otro vaso y se va.

—Es raro ver a una persona como usted por acá —dice el hombre levantando la copa y bebiendo de ella un sorbo corto y breve.

—¿Por qué?

—No es el prototipo del lugar.

—Nunca había venido —reconoce Andrés.

—Yo tampoco, sólo pasé por el andén y lo vi ahí sentado.

—Y entonces se acordó de la revista.

—Sí, los cuadros que salieron con el artículo me gustaron mucho. Por eso me acordé.

—No me diga que es usted también pintor.

—No, soy profesor de inglés.

—¿En un colegio o en alguna universidad?

—No, privado, los alumnos me llaman y les dicto las clases en sus casas.

Andrés detalla al hombre: estatura mediana, flaco, recio, corte militar en el cabello y una edad difícil de precisar, una de esas personas que puede estar entre los treinta y cinco y los cincuenta años. Además, hay un aire extraño en el individuo, una especie de desadaptación general que lo delata: la mirada extraviada, las manos inquietas sobre la mesa, un tic en el labio superior y la vestimenta ligera (zapatillas deportivas, pantalón de paño y camiseta recortada a la altura de los hombros) que no encaja con la profesión que pregona. *Qué me importa*, piensa Andrés, *tampoco yo soy ningún modelo de cordura ni de ecuanimidad. Aquí estoy en un bar de mala muerte, como cualquier beodo solitario y marginal.*

—¿Y se guía por textos específicos, discos y esas cosas?

—No, tengo un método propio.

—¿Un libro escrito por usted?

—Me gusta enseñar inglés con una novela que se llama *El extraño caso del Doctor Jekyll y Mister Hyde.* ¿La conoce?

—La leí hace muchos años, en el colegio tal vez.

—Es la historia de un hombre que son dos hombres.

—Sí, conozco la trama, es muy famosa.

Al citar el libro, Andrés se da cuenta de que el intruso se pone melancólico, pensativo, como si su mente se hubiera trasladado a otro lugar y a otro tiempo. Cambia de estados de ánimo por una alusión, una frase o un comentario, como si fuese hipersensible a las opiniones de los demás. En este caso, la causa de su exagerada introspección está en el libro, en la historia de ese hombre que tiene que vivir con el doble monstruoso de sí mismo.

—Creo que todos somos dos —afirma el hombre rompiendo el silencio.

—Puede ser —admite Andrés.

—Le pongo un caso, si usted tuviera que pintarme, no podría pintar sólo lo que está viendo. Tendría que intuir y vislumbrar a otro hombre que hay en mí.

—¿Usted cree?

—Tendría que pintar una combinación de dos identidades, como si fuéramos unos gemelos bipolares, como si yo estuviera presenciando en un espejo mi imagen deformada.

Andrés hace el ejercicio mental de imaginar un retrato del desconocido. Su cerebro le trae rápidamente una imagen alarmante: sangre, humo, sudor, muerte, disparos entrando en la carne saludable del hombre y dejando en ella agujeros imborrables. Corre la silla y se pone de pie.

—Lo siento, tengo que irme —dice angustiado, con el pulso acelerado.

—¿Qué pasa?

—Tengo una cita urgente.

—Sí, claro —se pone de pie también él.

—Lamento tener que salir así —se excusa Andrés.

—Fue un placer conocerlo —dice el hombre mientras le estrecha la mano con efusividad.

—Lo mismo, hasta luego.

—Que esté bien.

Sale del lugar casi corriendo. El efecto del alcohol desaparece y observa las calles y los edificios sin percibir en sus sentidos ninguna alteración. Recuerda la voz de Angélica diciéndole en el teléfono a manera de despedida: *Yo te estoy haciendo daño. No sabemos si tienes ya la enfermedad.*

—Quería agradecerte todo lo que hiciste por mí —dice María con la mirada baja, ocultando la tristeza de sus ojos.

—Cualquiera hubiera hecho lo mismo —responde Pablo con los brazos sobre la mesa, resignado.

Son las seis de la tarde. Una llovizna fina, apenas visible, corta el aire enrarecido y contaminado de la Carrera Séptima. Se han encontrado en el restaurante Salerno, muy cerca de la Calle Diecinueve, para tomar café, probar los bizcochos y los panecillos de la casa, y despedirse como dos buenos amigos. A través de la puerta principal, Pablo mira el pavimento gris y desgastado de la calle, los vendedores ambulantes recogiendo sus productos para protegerlos de la lluvia, los autos y los buses cruzándose y cerrándose en el acostumbrado desorden de siempre, y la gran masa de trabajadores y oficinistas que corren en busca de transporte para llegar a sus hogares.

—¿Estás segura? —pregunta sintiendo un vacío por dentro, como si alguien le hubiera abierto un agujero en el centro del pecho.

—Sí.

—¿No quieres seguir trabajando con nosotros?

—No, Pablo, ya te dije que no puedo continuar en esto.

—Nos vas a hacer mucha falta.

—Es fácil encontrarme un reemplazo.

—Nos gustaba tu seriedad.

—Les va a ir bien, seguro.

—¿Tienes plata?

—Abrí una cuenta de ahorros. Tengo suficiente.

—¿Y para dónde vas a coger?

—Voy a buscar un apartamento modesto y barato, y a intentar llevar una vida normal, como todo el mundo.

—Cualquier cosa que necesites, llámame.

—Les entrego el apartamento a fin de mes. Supongo que lo necesitarán para la nueva chica.

—No te afanes.

—Yo consigo un sitio rápido y les aviso.

—Si quieres volver a trabajar con nosotros, llámanos y listo.

María levanta la cabeza por primera vez y dice:

—Quiero dejar atrás todo esto, Pablo, tú me entiendes, ¿verdad? Llevar una vida distinta, cambiar, ser la persona que soy en realidad.

—Claro que entiendo.

—Voy a buscar al sacerdote que me sacó de la calle, el que dirigía la fundación donde viví y estudié, ¿te acuerdas que una vez te hablé de él?

—Sí.

—Voy a pedirle su consejo. Es la única persona que tengo.

—Y a mí, no lo olvides —dice Pablo mirándola con dulzura, preguntándose si no estará enamorado de ella, si no será que el hueco que está sintiendo es una señal del amor incondicional que viene creciendo dentro de él y que lo angustia ahora que ella se va, ahora que sabe que no va a volver a verla.

—Gracias, Pablo, gracias de nuevo por todo lo que has hecho —se inclina sobre la mesa y le da un beso en la mejilla.

—Esto parece una despedida definitiva.

—Dile a Alberto que también le agradezco mucho. Apenas me vaya de ahí los llamo para avisarles. Sólo tengo que empacar mi ropa y mis utensilios de aseo. Los muebles y los cuadros están intactos. Las llaves se las dejo en la portería.

—Cualquier cosa, acuérdate, ahí estoy.

—Chao, que les vaya bien.

María sale del restaurante y se abotona la chaqueta de cuero hasta el cuello. Se dirige hacia el sur, atraviesa la Calle Diecinueve y coge una buseta que anuncia un recorrido por la parte alta del centro de la ciudad: Germania-La Candelaria-Belén. En la Avenida Jiménez, frente al Parque de los Periodistas, el tráfico no permite avanzar y ella prefiere bajar y seguir a pie por la Carrera Cuarta. Al llegar a la Biblioteca Luis Ángel Arango voltea a la izquierda para tomar la Carrera Segunda. Frente a la Universidad de la Salle un hombre con el cabello largo, pantalones descoloridos y camiseta negra, se le acerca y le ofrece:

—Tengo el juguete que quiera, monita.

—No, gracias.

—Anfetaminas del color que quiera, mona. También tengo perica, bareta y bazuko a la lata.

—No, no.

—Usted se lo pierde, mona.

María sigue caminando unas cuadras más hasta llegar a la iglesia del padre Ernesto. Ya es de noche y las bombillas del alumbrado público iluminan con nitidez las casas antiguas y los techos de teja de barro. Entra en la nave principal y asiste a misa de siete en la última banca, sin hacerse notar por el sacerdote, vigilándolo desde su anonimato. Le parece que no ha cambiado nada. Sigue siendo un hombre vigoroso, atlético, saludable. Viéndolo, María recuerda sus recomendaciones para hacerla estudiar, sus lecturas de cuentos infantiles antes de apagar la luz y salir del dormitorio comunal, los juguetes que le regalaba el día de Navidad, la ropa y los zapatos que el sacerdote compraba para ella en la medida en que la veía crecer y desarrollarse. La verdad es que él había sido su padre, su madre, sus hermanos, sus abuelos, sus tíos. Su única familia. ¿Cómo era posible que hubiera dejado de hablar con él de un día para otro? ¿Por qué se había alejado de esa manera abrupta y desagradecida? ¿No le había dicho él una vez que estarían unidos para siempre? María cierra los ojos y recuerda. Tenía ocho o nueve años de edad, y después de escuchar la historia de Pinocho, le había preguntado al sacerdote:

—¿Será que a mí también me hicieron en un taller?

—Qué estás diciendo, María —había dicho el padre Ernesto con una sonrisa.

—No tengo mamá ni papá, como Pinocho.

—Pero tuviste, María, y los recuerdas perfectamente a ellos y a tu hermana. No están contigo pero los llevas dentro de ti.

—Estoy sola.

—Te he repetido mil veces que no estás sola. Yo estoy contigo.

—¿Usted no me va a abandonar?

—Claro que no, María, nunca te voy a abandonar —y la había abrazado con la misma ternura con que un padre abraza a su hija más querida.

—Júrelo.

Levantó la mano y aseguró con solemnidad:

—Juro que jamás te voy a abandonar, y que si tú lo quieres así, estaremos unidos para siempre.

—¿Seguro?

—Ya te lo juré, María.

—¿Pase lo que pase no se va a ir?

—Seremos inseparables. Pase lo que pase estaremos juntos.

Esas palabras la habían tranquilizado, le habían permitido dejar a un lado el miedo, la desconfianza y el desasosiego que le producía su orfandad. Y lo mejor de todo era que el sacerdote las había cumplido a carta cabal: en ningún momento había dejado de estar pendiente de ella ni le había quitado su protección o su cariño. Si lo había dejado de ver era por decisión propia, porque era una ingrata y una egoísta. Incluso cuando ya se había graduado como bachiller y por reglamento tenía que retirarse de la institución, el sacerdote le había dicho:

—Voy a intentar conseguirte una beca para la universidad.

—¿Sí, padre?

—No es fácil, María, pero vamos a intentarlo. Yo averiguo los requisitos y empezamos a hacer los trámites el año entrante.

Pero ella no había vuelto, se había enredado en estados de ánimo llenos de odio y resentimiento, en anhelos de dinero y posición social que a la larga habían sido su perdición. El sacerdote la había buscado en varias oportunidades y, en lugar de acudir a su llamado, ella había preferido vincularse con Pablo y con Alberto. Y los resultados saltaban a la vista.

La misa se termina y los parroquianos abandonan la iglesia en pequeños grupos de vecinos que se saludan y regresan a sus casas conversando. María espera inmóvil hasta que el padre Ernesto se queda solo, y entonces se da cuenta de que él primero la observa con curiosidad, luego parece detallar ciertos rasgos que le parecen familiares, y finalmente la reconoce en medio de un estallido de júbilo:

—¡No lo puedo creer!

—Pensé que ya me había olvidado, padre.

Él corre hacia ella y la abraza con fuerza.

—Qué alegría verte, María.

—Lo mismo digo, padre. Está igualito.

Se sueltan y se miran a los ojos. Él dice:

—Tú en cambio estás muy cambiada, muy elegante...

—Qué va, padre.

—Dónde diablos te habías metido.

—Es una larga historia.

—Tenemos tiempo de sobra. Vámonos a comer juntos.

—Antes quiero pedirle un favor.

—El que sea, María, estoy tan feliz de verte.

—Escúcheme en confesión, por favor.

—¿Ahora mismo?

—Se lo ruego.

—Ven, cerremos la iglesia, así nadie nos molesta.

María le ayuda a ajustar los enormes portalones y le indica el confesionario:

—Ahí, padre.

—Donde tú quieras.

Ella se arrodilla en la almohadilla exterior mientras el sacerdote se sienta en el interior y corre hacia un lado la pequeña ventanita de madera. El padre Ernesto murmura unas palabras, hace el gesto de la cruz con la mano derecha y anuncia:

—Dime en qué has pecado, hija mía.

—No lo llamé por orgullosa, padre, por engreída, por andar deseando dinero y posición social. Me tentó la plata y caí. No estudié, no luché honestamente, no seguí sus enseñanzas.

—¿Qué hiciste?, hija.

—Me enrolé en una banda y me dediqué a robar ejecutivos, hombres de negocios, gente elegante —dice María a bocajarro.

—Dios mío, María.

—Hicimos mucho dinero así, padre.

—¿Tuviste que matar?

—Espere, vamos por partes. Sólo los drogábamos y les quitábamos el dinero. Yo no creo que hayamos asesinado a nadie, padre. Quedaban mareados, como en un trance, y luego perdían el conocimiento.

—Pero alguien pudo morir y no estás segura.

—Tal vez, pero no lo creo —María toma aire y continúa su discurso atropellado e improvisado—. Las cosas se complicaron porque una noche me recogió un taxista, me llevó con un amigo de él a un potrero, me golpearon y me violaron entre los dos.

—Qué me estás contando, por Dios.

—Yo era virgen, padre. Eso fue lo que más me dolió. Yo no había estado con ningún hombre.

—Yo no te eduqué para ese horror, María.

—Ahora viene lo peor. Mis amigos ubicaron a los tipos y yo di la orden de que los mataran.

—No es cierto lo que estoy oyendo.

—Quería vengarme, padre, sabía que el odio iba a carcomerme las entrañas de por vida. No podía seguir viviendo hasta no cobrarles lo que me habían hecho.

—Yo no te enseñé eso —dice el padre poniéndose la mano derecha en la frente.

—El día que los mataron yo estaba ahí, frente a ellos, y di la orden, feliz, contenta de poderme desquitar. Los vi disminuidos por el pánico, acobardados, sin vergüenza ni dignidad alguna. Pensé en todas las otras víctimas que no habían podido tomar revancha, en las vidas que esos miserables habían destruido, y me dije a mí misma que liquidarlos era lo mínimo que podía hacer. No me dolió, padre, no sentí ninguna culpa. Fue como exterminar cucarachas o ratones.

—Esto no es una confesión, María.

—Por qué.

—Tú no estás arrepentida.

—No, no lo estoy. Si los tuviera aquí volvería a dar la misma orden.

—Acuérdate que no hay perdón sin arrepentimiento.

—Ésa es mi historia, padre. No he hecho sino ensuciarme, hundirme y olvidarme de sus consejos y de la formación que me dio. No valgo nada, soy pura basura, desperdicio, padre.

—Por qué viniste.

—Cómo así.

—Sí, por qué me buscaste, por qué estás aquí contándome todas estas cosas.

María empieza a llorar, y, entre lágrimas, dice:

—Necesitaba verlo, hablarle, pedirle perdón, jurarle

que de ahora en adelante mi vida va a cambiar, decirle que por favor confíe en mí otra vez. Yo no sé si Dios me pueda perdonar o no, pero yo necesito ahora su perdón, padre, el suyo. Yo no soy mala, usted lo sabe, lo que pasa es que la vida es así, la calle es una guerra donde hay que sobrevivir. Pero yo no quiero regresar allá, deme una oportunidad, déjeme demostrarle lo que yo valgo. Por favor, usted es lo único que tengo.

La voz del sacerdote se suaviza, se llena de una cadencia dulce y afectuosa:

—Dios es sólo amor, María, un amor inmenso que no tiene límites. Sería absurdo pensar que yo puedo perdonarte y que Dios no, sería un acto de arrogancia creer que yo puedo tener en mi corazón más amor que el que Dios tiene dentro del suyo. Yo me conmuevo con tu historia, me duelo como religioso y como padre tuyo, pues al fin y al cabo yo te eduqué como a una hija y te amé con el amor más grande que tú te puedas imaginar. Así que, si yo te perdono, ¿cómo no habría de hacerlo Él?

María no puede hablar, los sollozos le atragantan la voz. El sacerdote murmura unas oraciones, le ordena a María un examen de conciencia y un ejercicio legítimo de arrepentimiento, le indica una penitencia y la absuelve de todos sus pecados. Luego sale del confesionario y la abraza. Le dice en voz baja:

—Yo te voy a ayudar, tranquila, vamos a salir de esto juntos.

—Perdón, padre, perdóneme.

CAPÍTULO VIII

CÍRCULOS INFERNALES

Sentado frente a su mesa de trabajo, el padre Ernesto ojea en su estudio los recortes de prensa que guarda en una carpeta estudiantil, archivados por años en una secuencia maldita y nefasta que cubre los dos últimos lustros. Se trata de una serie de artículos, de breves notas de periódico o de fotografías que le llaman la atención y que le indican la gradual descomposición del mundo. Con la mano derecha alza una de las hojas y se detiene en la foto de un muchacho de unos diecisiete años que mira a la cámara con cara de niño asustado mientras tres policías altos y corpulentos intentan esposarlo. El pie de la foto dice: «*Tres revólveres, cinco cajas de municiones, un lanzador de cohetes y siete obuses de mortero fueron encontrados en la habitación de César Padilla, un estudiante de sexto bachillerato. Ante las preguntas de los investigadores, el joven Padilla afirmó: "Sólo quería estar preparado para cualquier eventualidad."*»

Unas hojas más adelante se detiene y lee: «*De acuerdo con Amnistía Internacional, existe una cantidad cada vez mayor de gobiernos que están utilizando la tortura para conservar su poder y los militares están siendo transferidos a la policía como torturadores. En un largo informe, esta organización radicada en Londres informó que la práctica de la tortura se está internacionalizando. Un gobierno proporciona expertos, así como entrenamiento y sofisticados equipos de tortura, para ser utilizados en otros Estados. Las torturas comprenden violación sexual, ahogo, mutilación, disminución de las capacidades sensoriales y técnicas audiovisuales. Se sabe, por ejemplo, que los agentes de la Agencia Central de Inteligencia (CIA) han entrenado y asistido a las fuerzas de policía de diversos países sudamericanos, suministrándoles instrumentos de tortura, especialmente material destinado a producir electroshocks en los testículos.»*

En la parte de abajo de la misma hoja, un despacho internacional de prensa reza: «*La CIA acaba de ofrecer varios miles de dólares por el manual de tortura de los dominicos, comunidad religiosa que sobresalió durante varios siglos por su refinamiento tanto en la tortura física como en la psicológica.»*

El padre Ernesto pasa unas páginas más y se detiene en la fotografía de una muchacha rubia de dieciocho o diecinueve años que es conducida con las muñecas esposadas a una patrulla de policía. El rostro de la joven está tranquilo, reposado, en paz. Al lado de la foto, la redacción del periódico explica: «*La adolescente Carmen Romero mantuvo a sus padres maniatados y a pan y agua durante catorce días en el sótano de la casa donde convivían los tres. En el último minuto, cuando escuchó la llegada de varios agentes de la policía, Carmen estranguló a sus progenitores con sus propias manos. Los cadáveres mostraban magulladuras, quemaduras y fracturas tanto en las extremidades superiores como en las inferiores, lo cual comprueba que la pareja fue brutalmente torturada por su propia hija en el transcurso de las dos semanas de su retención. Al escuchar que uno de los uniformados, impresionado por la escena, comentaba "esto es una locura", Carmen Romero rompió su silencio y aseguró: "Los locos eran ellos, no yo. Mi padre empezó a violarme desde niña con la complicidad de mi mamá. Lo permitió sin decir nada. Muchas veces él me sometió a golpes y a patadas, y ella nunca me protegió, nunca impidió las agresiones. Ellos sufrieron dos semanas. Yo sufrí por más de diez años."»*

En otro recorte, en letras de molde, aparece la siguiente noticia: «*La enfermera Conchita Rubio fue detenida en la casa geriátrica El Abuelo Feliz por haber envenenado a más de catorce ancianos. Al ser interrogada por este diario, la enfermera se defendió argumentando que lo había hecho por compasión, conmovida por la triste situación de los pacientes. "La mayoría de ellos se la pasan llorando, extrañando a sus hijos y a sus nietos. Me pareció que la muerte era una salida decente para ellos", dijo la señora Rubio.*»

En la última hoja el sacerdote reconoce su propia letra. Es una cita de Louis J. Halle copiada a mano con el pulso tembloroso: «*Preveo la extensión de un continuo desorden, con su acompañamiento de inhumanidad y su tendencia hacia una bestialidad creciente. Preveo la barbarie.*»

El padre Ernesto se acerca a la biblioteca y extrae dos libros de uno de los anaqueles: *El enigma de las brujas*, de Fray Leopoldo Santos y *Las huestes de Satán*, de Ezequiel Bautista. Los lleva hasta el escritorio y busca en el primero de ellos los procesos de hechicería correspondientes a la zona de Carcassonne, Toulouse, entre 1330 y 1340. Según recuerda el sacerdote, varias de las hechiceras capturadas exponen allí en sus declaraciones el triunfo seguro de Satanás y su reinado definitivo sobre el planeta. En efecto, en el capítulo IV, Fray Leopoldo Santos transcribe páginas enteras de los documentos originales. Vigilando los renglones con atención exagerada, el padre Ernesto da por fin con uno de los apartados deseados:

Ana María de Georgel ha manifestado a continuación que, durante el largo transcurso de los años pasados desde su posesión hasta su encarcelamiento, no ha dejado de hacer mal y de darse a prácticas abominables, sin que le detuviera el temor de Nuestro Señor. Así, cocía en calderas, sobre un fuego maldito, hierbas envenenadas, sustancias extraídas bien de los animales, bien de cuerpos humanos, que, por una profanación horrible, iba a levantar del reposo de la tierra santa de los cementerios, para servirse de ellos en sus encantamientos; merodeaba durante la noche alrededor de las horcas patibularias, sea para quitar jirones de las vestiduras de los ahorcados, sea para robar la cuerda que los colgaba, o para apoderarse de sus cabellos, uñas o grasa.

Interrogada acerca del símbolo de los Apóstoles y acerca de la creencia que todo fiel debe a nuestra Santa Religión, ha respondido, como hija verdadera de Satanás, que existía una completa igualdad entre Dios y el Diablo, que el primero era el rey del Cielo y el segundo de la Tierra; que todas las almas que éste llegaba a seducir estaban perdidas para el Altísimo, y que vivían a perpetuidad en la Tierra, pasando de un cuerpo a otro a través de los siglos, dañando, maltratando, corrompiendo y haciendo sufrir a las otras almas atormentadas. Al preguntársele dónde quedaba entonces el Infierno, la bruja respondió que la Tierra y el Infierno eran una misma cosa: lugar de padecimiento y de dolor, rincón de desdicha, paraje de infortunio, recinto de desgracia y de miseria.

El padre Ernesto siente las frases como cuchillos, como vidrios cortantes que le abren el pensamiento. Las palabras de la mujer se ajustan a la perfección a las sensaciones que lo vienen invadiendo desde semanas atrás y que le han impedido vivir con tranquilidad y desempeñar cabalmente sus funciones como sacerdote. El triunfo del mal. ¿Por qué no? ¿No bastaba una caminata por la ciudad para darse uno cuenta de que estaba deambulando por entre círculos infernales? ¿No eran los rostros de los mendigos, de los locos, de los solitarios, de los prisioneros, de los suicidas, de los asesinos, de los terroristas, de los hambrientos, testimonios abiertos del reino de las sombras? *Recinto de desgracia y de miseria.* Sí, así era, sin duda.

Cambia de libro y busca en el texto de Bautista una confesión que se refiere a una extraña obra perseguida por el Santo Oficio, y cuyo título *(De tribus impostoribus)* fue consignado como una de las peores herejías de la antigüedad. *Los tres impostores* hace alusión a una hipótesis según la cual la humanidad ha sido engañada por tres grandes mentirosos o embaucadores: Moisés, Jesús y Mahoma. Tres nombres que terminaron siendo los pilares de tres grandes falacias. Tres obras de teatro que escondieron una realidad oculta: el reinado de Satán, el gobierno cada vez más cerrado del Príncipe de las Tinieblas. La cita que trae a colación el autor lo deja absorto. Se trata de una campesina suiza, detenida por la

Inquisición, que increpa a sus captores desde los sótanos de una iglesia donde la conducen para interrogarla:

—*Cristo no es más que uno de los tres grandes impostores que han engañado a los ingenuos e ignorantes. ¿Es que acaso no se dan cuenta de lo que sucede a su alrededor? Belcebú es nuestro señor, nuestro rey, nuestro dueño. Si ahora están ciegos, con el paso de los años se les aclarará la vista. Y si ustedes no pueden ver con claridad, les aseguro que sus bisnietos y tataranietos sí lo harán. El hombre será el peor enemigo del hombre. Hambrunas, pestes y guerras azotarán cada uno de los rincones del planeta. Nadie se apiadará de nadie. Cada quien buscará sólo su propio beneficio. Entonces la angustia y la consternación acabarán con toda esperanza, y se sabrá con certeza quién es el amo y el triunfador de esta gran batalla.*

La profecía es impecable, perfecta, piensa el padre Ernesto mientras cierra el libro y se acerca a la ventana.

—La batalla la perdimos hace rato. Ya no hay redención posible —se dice en voz alta para sí mismo.

Toma aire y respira con resignación, consulta su reloj de pulsera y se prepara para acudir a la cita con el padre Darío de Brigard. Antes de salir introduce unos folios en uno de los bolsillos de su maletín, se cierra la chaqueta para protegerse del frío que baja de las montañas y sale a la calle con paso apresurado y enérgico.

Camina hacia el centro de la ciudad con la cabeza atiborrada de ideas, ensimismado, sin percibir la gente y los carros que se confunden a su alrededor en un desorden inexplicable. El triunfo del mal. ¿Por qué no? La destrucción del planeta, el capitalismo salvaje, la xenofobia acelerada... Incluso pensando en los mismos jerarcas de la Iglesia que intentaron extirpar los aquelarres y los vínculos demoníacos de una sociedad sofocada y en crisis permanente, la hipótesis de una maldad creciente se confirmaba. Porque la Inquisición y el Santo Oficio, ¿qué habían sido sino organismos criminales y asesinos? Potros de tormento, herrajes, cuerdas, cuchillos y máquinas abominables eran las pruebas fehacientes de una Iglesia enferma y delirante que seguía promoviendo la crueldad y la violencia en aras de una moralidad inexistente. Una Iglesia cuya misoginia saltaba a la vista cuando decretaba aquello de «por un hombre diez mil mujeres», refiriéndose al hecho de que por cada varón que tuvieran que sacrificar o torturar, asesinarían o maltratarían a diez mil mujeres. ¿Por qué? Porque ellas eran las lujuriosas y concupiscentes, las que buscaban a toda costa el sexo y la satisfacción de sus cuerpos. La vieja historia del puñado de célibes que le tienen pánico al clítoris y sueñan con extirparlo y hacerlo desaparecer. No había dos bandos opuestos, los buenos y los malos, sino sólo un grupo compacto cerrando filas en torno al odio, la sevicia y la monstruosidad. El triunfo total y pleno de la maldad. No era una suposición tan absurda. *Dios mío, ¿qué fue lo que hice con mi vida todos estos años?*, monologa el sacerdote para sus adentros. *Si yo nunca me sentí a gusto en la Institución, si siempre tuve problemas y detesté la cobardía, la hipocresía y la doble moral de los demás clérigos, ¿por qué no me retiré a tiempo? ¿Por qué no escuché los gritos de libertad que emitía mi propio cuerpo? ¿Por qué?* Y ya en pleno corazón de Bogotá, caminando por la Carrera Séptima, continúa pensando: *Me queda Irene, aún puedo recomponer el camino. Me lanzaré a la vida con los brazos abiertos. Voy a dejar de esconderme y de sentir vergüenza por aquello que debería más bien enorgullecerme. Ella se merece lo mejor de mí. Y si todo esto llega a ser un error, no me importa; vivir intensamente nunca será un motivo de arrepentimiento.*

Así, seguro de su renuncia irrevocable y de los anhelos que tiene de cambiar definitivamente su vida, el padre Ernesto sube las escaleras de la universidad donde el padre De Brigard dicta la cátedra de Teología para los seminaristas avanzados, y llega a una oficina amplia y confortable en la que una secretaria joven y bien maquillada lo anuncia y le da la señal para que abra la puerta e ingrese al recinto donde lo espera, con una sonrisa fingida, el alto prelado.

—Sigue, Ernesto, entra —dice un hombre de estatura media y ojos hundidos, gordinflón, con una calvicie desértica y una papada perruna colgándole por fuera del cuello de la camisa.

—Buenos días, padre De Brigard.

—Siéntate.

—Gracias.

Los muebles de cuero, la biblioteca de madera de cedro y el tapete grueso dan una atmósfera de lujo y opulencia a la oficina.

—¿Cómo van las cosas en tu parroquia?

—Ahí, padre, más o menos.

—¿Problemas?

—Usted sabe, nunca faltan.

—Algo he oído, sí.

—La comunidad está conmocionada con lo del hombre que asesinó a su familia.

—No es para menos.

—La gente está nerviosa, asustada.

El padre De Brigard asiente y la papada se infla y se

desinfla según los movimientos de su cabeza. Mirándolo en detalle no parece un mamífero abultado, sino un reptil en el momento de la digestión, una enorme serpiente luego de haberse engullido un ternero entero.

—¿Quieres tomar algo? —pregunta el ofidio con ademanes amanerados.

—No, gracias.

Una luz tenue y delicada atraviesa el follaje de unos eucaliptos enormes y entra por la ventana iluminando los volúmenes encuadernados de la biblioteca. Afuera, las voces de los estudiantes se escuchan lejanas y distantes, como huellas remotas de un mundo en proceso de extinción. La boa se estira y agudiza la mirada.

—Te hice venir, Ernesto, porque leí tu informe sobre la muchacha posesa y quiero hacerte unas preguntas antes de pedir una intervención del Vaticano.

—Dígame, padre —dice el sacerdote recordando la última escena en el cuarto de la chica, suprimida por supuesto en el informe.

—Tú describes el estado de la joven a la perfección, los estados de trance, los ataques, los olores y demás cosas. Pero no sugieres ni tomas partido. No opinas nada, pareces ausente del problema.

—Es difícil, padre.

—Claro que es difícil, Ernesto, pero es tu deber ayudarnos a tomar la decisión correcta. No olvides que sólo tú la has visitado, sólo tú has estado presente en su habitación, viéndola, hablando con ella. Tu opinión es de máxima importancia.

—Sí, padre, entiendo. Yo me limité a describir lo mejor que pude la situación y no me atreví a insinuar nada porque yo no soy un experto en estos asuntos. Para eso están los peritos y las autoridades del Vaticano.

—Aquí entre nosotros dime la verdad, ¿tú crees que es un caso auténtico de posesión?

—No estoy seguro, padre. Lo que sí creo es que no se trata de un trastorno psiquiátrico corriente, como esquizofrenia o personalidad múltiple. No, hay una fuerza extraña y muy poderosa dentro de esa joven.

—No hay constancia de que haya hablado en arameo, la lengua del Maligno.

—No, señor.

—Tú sabes lo reticente que está el Vaticano a casos de posesión y cuestiones semejantes. El Papa se ha enfrentado personalmente y en varias ocasiones a una joven italiana que ya cumple siete años de tener al Demonio dentro de ella, y ha salido perdedor de todos los exorcismos. Incluso se rumorea que sus dolencias físicas y su deterioro mental son la prueba del poder incalculable de Satanás. Tú lo sabes.

—He oído los comentarios, sí.

—No quieren oír hablar de demonios ni exorcismos. Si no estamos ciento por ciento seguros es mejor dejar las cosas como están y sugerirle a la madre un tratamiento psiquiátrico en una clínica especializada.

—Lo que usted ordene.

—Creo que es lo mejor.

—Está en sus manos, padre.

—Yo mismo me encargaré de comunicarle a esta señora la decisión. Tú despreocúpate, suficientes problemas has tenido últimamente.

—Por cierto, padre, quiero aprovechar esta entrevista para comentarle que pienso abandonar el sacerdocio.

—¿Cómo dices?

—Lo he venido pensando con calma y me parece que lo más correcto es retirarme.

—¿Estás hablando en serio?

El padre Ernesto abre su maletín y saca de uno de los bolsillos laterales unas hojas mecanografiadas. Se las entrega a la víbora y explica:

—Ahí está la carta donde expongo mi situación. Estoy seguro de que no estoy pasando por una crisis, se trata de un conflicto más severo y complejo.

—¿Tiene que ver con el caso que estamos comentando, Ernesto?

—Pienso llevar una vida normal, como la de todo el mundo. Quiero casarme, tener hijos y hacer una familia.

—Te veo muy seguro.

—Lo he pensado con calma, sin afanarme.

—Qué quieres que te diga...

—Gracias por todo, padre De Brigard. Lo que sí le agradecería es que envíe a alguien para reemplazarme mientras nombran un sacerdote definitivo. No me siento autorizado ya para ejercer este cargo. Me sentiría engañando a la gente.

—Yo lo arreglo, no te preocupes. La verdad es que todo esto es tan intempestivo... Estoy sin palabras.

—No le quito más tiempo, padre. Sé que es una persona muy ocupada.

El padre Ernesto se pone de pie, le estrecha la mano al cocodrilo palpando su piel húmeda y fría, y sale de la oficina con una sonrisa de plenitud entre los labios. *Esto debí hacerlo hace muchos años*, se dice mentalmente. Y mientras baja las escaleras de la universidad, una impresión de ligereza se apodera de su cuerpo, una sensación de liviandad, como si hubiera bajado de peso durante la entrevista, como si hubiera dejado allá arriba, en la oficina del padre Darío De Brigard, una carga fastidiosa y extenuante.

Con sus objetos personales empacados en dos maletas grandes y lustrosas, María observa el apartamento con detenimiento. Se siente despidiéndose de un pasado que la avergüenza y la deprime.

—Mañana empezaré una nueva vida —dice en voz alta acercándose al baño y mirándose en el espejo. Camina hasta la cocina, descorcha una botella barata de vino tinto californiano y se bebe un par de tragos directamente, sin copa ni vaso de por medio. El alcohol le refresca la garganta y le produce un suave ardor en el estómago. Por un momento piensa en llamar a Pablo, pero descarta la idea diciéndose que no vale la pena, que él es parte de ese pasado del cual quiere alejarse, que es mejor dejar las cosas tal y como están. Dos tragos más la hacen sonreír y le dejan el cuerpo relajado, laxo, sin tensiones musculares. Mira por la ventana de la cocina y se queda inmóvil contemplando los automóviles que cruzan veloces por la avenida. El timbre del apartamento la hace pegar un salto y la deja asustada, nerviosa, con el corazón latiéndole en las sienes. Pone la botella sobre la estufa, muy cerca del lavaplatos, y abre la puerta con una mezcla de disgusto y curiosidad. Una muchacha de dieciocho o diecinueve años, de cabello liso hasta la mitad de la espalda, cejas arqueadas y ojos felinos, la contempla azorada sin saber muy bien qué decir.

—¿Sí? —pregunta María con algo de indiferencia en el tono de su voz.

—Hola, soy Sandra, tu vecina del 205.

—¿Qué tal?

—Qué pena molestarte. Creo que dejé las llaves adentro y quisiera pedirte permiso para pasar por tu terraza. La expresión de la chica revela turbación y desconcierto. María siente de pronto una ráfaga de solidaridad y comprensión.

—Claro, sigue —y se hace a un lado para que la joven pueda entrar.

—Gracias.

Cierra la puerta y pregunta:

—¿Tienes abierto? Si no, te toca romper el vidrio.

—Yo sí creo. Casi siempre dejo sin seguro.

Salen a la terraza y Sandra, con agilidad sorprendente, trepa sobre un banco de madera que está atornillado sólidamente a los baldosines del piso, alcanza el borde del muro y hace fuerza con los brazos hasta lograr subir una pierna y quedar a caballo sobre la pared de ladrillo, con medio cuerpo de un lado y medio del otro. María sonríe al verla como si fuera un muchacho travieso, un pequeño diablillo revoltoso y alocado. Sandra le regresa la sonrisa y pregunta:

—¿Estás esperando a alguien?

—No.

—¿Tienes algo que hacer?

—Nada, ¿por qué?

—Ven y nos tomamos una cerveza.

—Tengo una botella de vino —dice María sin dejar de sonreír.

—Listo, doy la vuelta y te abro.

—Okey.

Unos minutos más tarde se encuentran en la entrada del apartamento de Sandra. María lleva la botella de vino en una mano y las llaves en la otra.

—Entra —dice la joven abriendo un brazo hacia el corredor.

—Gracias —responde María dando dos pasos y contemplando los cuadros, los muebles y la buena calidad de los tapetes que decoran la entrada y la sala-comedor.

La puerta se cierra y Sandra le indica un sofá que colinda con la salida a la terraza.

—Siéntate, voy por un par de copas.

—¿Sí estaba sin seguro? —pregunta María tomando asiento y guardando las llaves en uno de sus bolsillos.

—Sí, abrí facilísimo.

—Es peligroso dejar esa puerta así, te pueden robar en cualquier momento.

—Sí, tengo que tener más cuidado —dice Sandra apareciendo con las dos copas y sentándose en el sofá junto a María.

María sirve el vino y levanta su copa hasta hacerla chocar con la de Sandra.

—Por el placer de conocerte —dice saboreando el licor.

—Lo mismo digo —responde Sandra bebiendo de su copa con avidez.

Por un segundo las dos se miran a los ojos con regocijo, contentas de haberse tropezado casualmente y disfrutando de una empatía incipiente que las obliga a estrechar los lazos de una posible amistad. Sin dejar la copa sobre la mesita de la sala, más bien apretándola con fuerza, como aferrándose a ella con una convicción exagerada, Sandra comenta:

—Lástima que el placer dure tan poco.

—¿A qué te refieres?

—Vi las maletas en tu apartamento.

—Me voy mañana —dice María asintiendo con la cabeza.

—¿Y eso?

—Conseguí algo más barato. Tengo que ahorrar.

—¿Por aquí cerca?

—No, en Teusaquillo.

—En qué trabajas.

—Trabajaba, en pasado. Era modelo.

—¿Era?

—Me quedé sin empleo y no va a ser fácil conseguir puesto otra vez. Hay mucha competencia.

—Y qué piensas hacer.

—Quisiera entrar a la universidad. No sé si me alcance la plata.

—¿Y tus papás no te ayudan?

—Soy huérfana.

—Lo siento, no sabía.

—Fue hace mucho... Y tú, ¿qué haces?

—Soy un desastre, no sirvo para nada.

—Por qué —dice María sonriéndose ante la súbita sinceridad de su interlocutora.

—Estudio Comunicación Social y ya perdí dos semestres por falta de asistencia a clases. Me aburro, no puedo con los profesores.

—De pronto ésa no es tu carrera.

—Yo quería estudiar Bellas Artes y mi familia no me dejó. Que de qué iba a vivir, que eso no era una profesión... Me hicieron la vida imposible.

Mientras conversan las dos jóvenes, una claridad lunar las alumbra desde el cielo de la terraza, una luz blanca que atraviesa la ventana y que se impone sobre las luces amarillas del interior del apartamento. Ninguna de las dos es consciente de ese resplandor que las estrecha en una misma zona energética. Siguen bebiendo de sus copas pausadamente, sincronizando sus ritmos sin percibir la realidad que hay a su alrededor.

—Qué injusticia —continúa Sandra—, tú sin dinero para estudiar y yo desperdiciando todo lo que tengo.

—Estás estudiando obligada lo que no te gusta.

—Mejor cambiemos de tema.

—¿Vives aquí sola? —pregunta María aceptando la propuesta.

—Sí.

—¿Y tienes novio?

—Otro desastre. Vamos de mal en peor.

—Por qué, cuéntame —dice María divertida.

—Ah, no sé, mis relaciones han sido fatales. Los hombres me parecen hipócritas, inseguros, machistas, prepotentes; últimamente no los soporto.

—Ya somos dos.

—¿Dos? Somos millones... —se queda en suspenso dándose cuenta de que no sabe el nombre de su nueva amiga.

—María.

—No me habías dicho tu nombre.

—No, no sé por qué.

—Te venía diciendo que somos millones, María —sigue hablando Sandra con entusiasmo—, todas estamos hasta la coronilla de la inmadurez y la altanería de esos fulanos. Es que no los necesitamos ni siquiera para tener hijos. Vamos a un banco de semen y elegimos la altura, el color de la piel, el coeficiente intelectual, todo. Que se vayan a la mierda con sus poses de superioridad y sus gestos de macho trasnochado.

—Tienes toda la razón.

—Nuestras abuelas y nuestras mamás los aguantaron porque en ese tiempo las mujeres no estudiaban ni podían trabajar, y los necesitaban para sostener a la familia. Pero la historia ya cambió. Nosotras no tenemos por qué sufrir las mismas humillaciones. Las esclavas se rebelaron hace rato. Que se jodan.

Sandra se levanta y se acerca al equipo de sonido. La voz de Caetano Veloso inunda de pronto el aire y alegra el ambiente con sus melodías pausadas y los acordes rítmicos de su guitarra. La música hace la atmósfera más acogedora, más íntima, como si alguien hubiera encendido el fuego de una chimenea y salir al frío del exterior fuera una situación angustiante y enojosa.

—Y tú, María, ¿tienes novio?

—No, qué va.

—¿Y eso?

—Me ha ido muy mal. Me pasa lo mismo que a ti: desconfío de ellos, recelo, es como si fueran enemigos.

—Traicionan, mienten, agreden, son una mierda completa.

—He sufrido mucho con ellos.

—Nosotras somos más leales, más ingenuas, nos entregamos de verdad.

—Y no agredimos como ellos.

—Además, aquí entre mujeres podemos decirnos la verdad: sexualmente son un desastre.

Sueltan una carcajada y chocan las copas con alegría. María se divierte viendo el desparpajo y la irreverencia juguetona de Sandra, quien remata diciendo:

—Si no son impotentes, son eyaculadores precoces.

Se sirven el último trago de vino y se miran a los ojos felices, radiantes, como dos viejas amigas que acabaran de encontrarse después de muchos años de estar alejadas e incomunicadas. María pregunta:

—¿Sabes qué me disgusta?

—Qué.

—Su brusquedad, sus apretones ordinarios y de mal gusto.

—Son animales, María, no tienen finura ni delicadeza. Nosotras somos más sensibles que ellos.

—Sólo quieren poseer, tener, agarrar. Dan asco...

—No tienen ni idea de lo que es una mujer, del placer que nos causa una frase dulce. Son bestias copulando en un corral.

—Por qué no podrán ser tiernos...

—Y qué tal cuando ya terminan y se recuestan en la cama cansados, pensando en su propio placer y en su propia satisfacción... Son mezquinos,ególatras, no les importa si nosotras disfrutamos o no, si la pasamos bien, no se preguntan cómo nos estamos sintiendo. Creen que ya cumplieron con su deber de machos. Son incapaces de un abrazo, de un beso o de un gesto de cariño.

—Leí en una revista que hay mujeres casadas que nunca han sentido un orgasmo.

—Eso es más común de lo que pensamos.

—Increíble. Qué vida es ésa.

—La que llevan millones de mujeres en el mundo. Humilladas, sometidas, amenazadas.

Sandra se levanta, va hasta la cocina y abre la nevera de par en par. Levanta la voz para que María alcance a escuchar lo que dice:

—Nos toca tomar cerveza. No tengo más.

—Rico —grita María a manera de respuesta.

Sandra regresa a la sala con dos latas de cerveza. Esta vez beben más rápido, apresurándose, como si quisieran borrar de sus cabezas las imágenes de esos hombres malvados, ignorantes y pésimos amantes.

—¿Cuántos años tienes? —pregunta Sandra.

—Diecinueve. ¿Y tú?

—Veinte.

—Somos casi de la misma edad.

—¿Me vas a dejar tu teléfono y tu dirección?

—Pues claro.

—Y vas a venir a verme a menudo...

—Obvio. No tengo más amigas —afirma María con sinceridad.

—¿No?

—Sólo tú.

Sandra vuelve a la cocina y trae otras dos cervezas.

Propone con ojos traviesos e inquietos:

—Tomémonos ésta de una sola vez, sin pausas.

—Dame la mía —dice María poniéndose de pie y aceptando el ofrecimiento.

En pocos segundos terminan las dos cervezas y se ríen con pequeñas manchas de espuma escurriéndoles por las comisuras de los labios. En un momento dado, sin previo aviso, Sandra la abraza, le pasa la mano por la cabeza acariciándole el cabello, y la besa en la boca con suavidad, introduciéndole la lengua de una manera casi imperceptible. En un principio María siente miedo, ganas de salir corriendo, pero es más fuerte el deseo que le inspira su nueva amiga, las ganas de estar a su lado compartiendo su soledad y su desamparo. Caen al tapete y las caricias de Sandra se multiplican y se hacen más intensas, pero siempre sin violentarla, rozándola y besándola como si sus manos y su boca estuvieran hechas de humo. María gime excitada y agradece para sus adentros la forma vaporosa y evanescente como esos dedos la desnudan y la tocan sin maltratarla, la miman sin agredirla, la consienten sin abalanzarse sobre ella ni asaltarla. Siente su cuerpo calentarse desde adentro, como si lo estuvieran llenando de un líquido hirviendo que lentamente empezara a irrigar sus venas y sus arterias.

—Qué linda eres, María.

No puede más y estalla en una convulsión eléctrica que arranca desde el clítoris y le atraviesa la columna vertebral hasta la nuca y la cabeza. Poco después su cuerpo flota en el aire como una brizna de polvo que se negara a aceptar las leyes de la gravedad. Y lo mejor de todo es que no se siente culpable ni pecaminosa. No siente que haya cometido una falta grave o una infracción. Piensa que la dulzura de Sandra no puede ser un descuido, una deficiencia o un defecto. Lo contrario, es un don, un regalo, una dádiva que le ha sido enviada desde el cielo. Con los ojos cerrados todavía, María se abraza a ella con fuerza y respira el aroma de su cuerpo atlético y juvenil, como si temiera perderla, como si estuviera a punto de caerse en un abismo y ella fuera la única posibilidad de mantenerse en equilibrio y con vida.

Recostado en un sillón de su estudio, Andrés ojea catorce láminas de cuadros de Gauguin que vienen empastadas en un delgado ejemplar. Le gusta la fuerza de ese pintor, sus colores, su crítica radical a la sociedad occidental. Pasa las hojas y se detiene en un óleo de 1896: *Autorretrato o En el Gólgota*. Gauguin se pinta como un Cristo atormentado, pero su mirada, en lugar de ser bondadosa y gentil, es dura, cruel, llena de resentimiento. Esos ojos arqueados en una expresión salvaje le confieren al rostro una apariencia animal, de mastín, como si el artista estuviera justo a medio camino entre Jesús y un ataque de licantropía. Es un Mesías-lobo que nos mira desde la oscuridad, rígido, tenso, a punto de saltar sobre nosotros para atacarnos a dentelladas. El elegido ha sido sacrificado, sí, pero no adopta la posición de víctima, sino que se fortalece durante el sacrificio, tiembla todo su ser y lo prepara para soportar el sufrimiento. Al pintor le parece una actitud magnífica, arrogante, de alguien que no está acostumbrado a arrodillarse frente a los demás. El lienzo es la inmolación de un Cristo pagano, de un Jesús guerrero, corpulento y hercúleo. Los valores que se enaltecen en la imagen no son los de la humildad y la obediencia, sino los de la firmeza de carácter y la reciedumbre.

Camina hasta la biblioteca y abre el diario de Gauguin, *Noa-Noa*, más o menos por la misma época del autorretrato. Mientras pasa las hojas recuerda la influencia de ese libro sobre Picasso, la manera como condujo al español al primitivismo y al arte africano. Se detiene en unas líneas que ilustran lo que está buscando: *Quiero acabar mi vida aquí, en la absoluta quietud de mi cabaña. Ah sí, soy un gran delincuente. ¿Y qué?* Más adelante, Andrés vuelve a detenerse: *¿Qué me ha dejado esto? Una completa derrota, enemigos y nada más. La mala suerte me persigue incesantemente desde que vivo; cuanto más avanzo tanto más me hundo.* El exilio y la soledad como única posibilidad de mantener intacta la dignidad personal. Un Mesías sin rebaño, sin discípulos ni muchedumbres que lo admiren y lo aplaudan. Tarde o temprano el artista renuncia y se aleja para reencontrar aquella parte de sí que la sociedad le impide apreciar y reconocer. El pintor como un lobo que se separa de la manada para enfrentarse y poner a prueba sus más altas cualidades animales. Al fin y al cabo, piensa Andrés, ¿no era la sociedad decimonónica un incipiente gentío de superfluos que empezaba ya a alabar las poses triviales de unos pseudoartistas con ínfulas de grandeza? Esa actitud ligera que tanto auge tendría en el arte a lo largo del siglo XX, ¿no la había padecido Gauguin ya desde el mismo momento en que había decidido largarse a vivir con sus indígenas en las islas de los Mares del Sur? Y, como si llegara a reforzar sus ideas, Andrés se tropieza con el siguiente párrafo: *Esta terrible sociedad que permite el triunfo de los mediocres a costa de los grandes, y que no obstante tenemos que tolerar, es nuestro verdadero Calvario.* En efecto, ahí está la clave del autorretrato: la ira del pintor al tener que sacrificar su talento y su grandeza para que un pequeño grupillo de anodinos e insignificantes ineptos alcance las cimas del prestigio y la respetabilidad en medio de un público miope e ignorante. Qué vulgaridad y qué bajeza. Lo peor del asunto, piensa Andrés, es que la situación es ahora más grave que en la época del francés. Los medios masivos de comunicación, el dinero, los marchantes para quienes una tela es sólo una transacción comercial, las relaciones públicas, la ley del mercado...

—Qué arte ni qué arte —dice Andrés cerrando el diario—, lo que existe hoy en día es basura bien dosificada que se le arroja a una piara de cerdos.

De repente sus meditaciones se ven interrumpidas por el recuerdo de Angélica. No puede controlarse, se acerca al teléfono y marca el número de su casa. Ella misma levanta el auricular y pregunta:

—Aló, ¿con quién hablo?

Andrés espera dos segundos y dice:

—Quihubo, con Andrés.

—Ah, eres tú.

—Lo dices en un tono...

—En qué quedamos, Andrés.

—Puedo llamarte en plan de amigos.

—Tú sabes que eso no funciona.

—Por qué no.

—Tal vez después, en un tiempo, cuando ya no sintamos nada.

—Me hace falta saber de ti.

—Andrés, por favor.

—Qué.

—No empecemos, ¿sí?

—Qué tiene de malo sentir afecto por alguien. No veo por qué pretendes que yo me sienta mal por eso.

—Ése es tu problema. Yo estoy exigiendo un derecho a mi privacidad y a mi independencia.

—Conversar conmigo no te hace perder independencia..

—No puedes obligar a la gente a que haga lo que tú quieras.

—No exageres.

—Lo digo en serio. No puedes ir por ahí imponiéndole tu presencia a los demás con el argumento de que sencillamente te da la gana y punto.

—Yo sólo quiero saber cómo estás. No dramaticemos más.

—Mira, Andrés, estoy bien, estoy asistiendo a mis tratamientos, y así será por mucho tiempo. Lo que quiero que entiendas es que no me gusta sentirme presionada. No quiero hablar contigo, y estoy en todo el derecho de alejarme de ti.

—Es que...

—Cuando tú exigiste tu libertad yo no estuve ahí dándote lata. Entendí y me retiré. Así que hazme el favor de respetarme. No me vuelvas a llamar.

—¿Tienes a alguien?

—¿De qué me estás hablando?

—Estás saliendo con alguien, estoy seguro.

—Y si así fuera qué, estoy en todo el derecho.

—Todo este tiempo has tenido otras relaciones y no has sido capaz de decirme nada.

—Yo no tengo ningún compromiso contigo.

—Siempre tuviste otras relaciones, callada, sin hablar del asunto, y yo como un imbécil convencido de que era el único.

—Si llamaste para hacer una escenita de celos, te equivocaste, es un poco tarde para eso.

—Eres promiscua y mitómana.

—Al fin en qué quedamos: ¿me amas y estás preocupado por mí, o me detestas y estás esperando cualquier oportunidad para insultarme y ofenderme?

Andrés siente que una ira sorda se va apoderando de él, que ha llegado el momento de decirle ciertas verdades a esta muchachita engreída y arrogante. Eleva el tono de la voz en el teléfono:

—¿Tú crees que todo el mundo es estúpido, que puedes engañar a los demás con tus mentiritas adolescentes?

—Ahora la pose es de hombre engañado...

—Mientes aquí, mientes allá, y vas manipulando a los hombres que se acercan a ti como si estuvieras vengándote de algo que te hicieron en el pasado. A ver, por primera vez en tu vida di la verdad, ¿qué fue lo que te hicimos, quién te maltrató cuando estabas pequeña?

—Estás completamente loco —la voz de Angélica está alterada, temblorosa, ha perdido su aplomo inicial.

—¿Cuál es el odio que tienes contra nosotros?

—Estás delirando.

—Engañas y dominas para después ver al otro sufriendo, angustiado, llorando, implorándote. Entonces te sientes poderosa, dueña de la situación, y tu ego se alimenta con el dolor del otro. Eres una alimaña asquerosa, un bicho repugnante.

—No más...

—La primera vez que no te funcionó tu estrategia de destrucción fue conmigo. Te cogió por sorpresa que yo quisiera irme, que tuviera una base sólida y que no me descompusiera afectivamente. En un comienzo creí que tu tristeza y tu amargura eran auténticas, por mí. Ahora entiendo que no, que era el ataque de una ególatra que no puede controlar la situación. Te estabas castigando por no ser lo suficientemente fuerte como para desgastarme y arruinarme.

—No es así...

—Tú sólo sabes someter y esclavizar al otro, nada más. Crees que las relaciones afectivas son un campo de batalla donde hay que reducir y subyugar a quien te quiere con sinceridad.

—Estás equivocado...

—¿De qué te proteges con tanto cuidado? ¿A qué le tienes tanto miedo?

—Por favor...

—En el fondo me das pena, no tienes la culpa de lo que haces porque no te entiendes, porque no sabes las razones que te impulsan a actuar así.

—Ya... —la voz se ahoga, se desvanece para darle campo a un llanto apagado y silencioso.

—Necesitas ayuda, Angélica. Porque el dolor que le causas a los otros no es nada comparado con el dolor que te causas a ti misma. Tú eres la única derrotada en toda esta historia.

—Andrés...

—Y estás equivocada si piensas que voy a arrodillarme y que voy a arrastrarme por el suelo suplicándote para que hables conmigo. Sólo quería estar a tu lado, ayudarte, acompañarte como un buen amigo, porque yo sí te quise con el corazón, sin engaños. Si después me alejé fue por otras razones.

—Andrés...

—Así que quédate sola con tus mentiras y rodeada por unos amantes que en el futuro serán tus esclavos y tus víctimas.

—Espera...

—Tú no soportas el amor. Eres un animal de presa. Necesitas carne donde hincar los dientes, sangre caliente, aullidos.

—No...

—Afila tus garras para la siguiente liebre.

—Déjame decirte algo...

—No vas a volver a saber de mí. No pienso entrar en tu juego. Ya veré cómo soluciono mis problemas. Tú regrésate al reino de las bestias, que es adonde perteneces. Adiós.

Andrés tira el teléfono con fuerza, sin titubeos, y siente un alivio inmenso en el pecho y en la columna vertebral, desde la nuca hasta el coxis, como si le acabaran de extirpar un tumor maligno que le impidiera respirar con normalidad.

Consulta en su agenda el número telefónico de su tío Ernesto, el sacerdote que había dirigido los oficios religiosos en el entierro de su abuela, y el encargado en general de bautizos, primeras comuniones, matrimonios, funerales y consejos espirituales de la familia, y marca los dígitos correspondientes. La llamada entra enseguida.

—¿Diga? —pregunta una voz de mujer joven.

—El padre Ernesto, por favor.

—Quién lo solicita.

—Soy su sobrino, Andrés.

—Un momento, por favor.

Oye a través de la línea ruidos de pasos y puertas que se abren y se cierran. Reconoce la voz del sacerdote diciendo:

—¿Sí?

—Hola, tío, con Andrés.

—Resucitaste, carajo.

—Necesito hablar con usted.

—¿Te pasó algo grave?

—No, tranquilo, quiero que hablemos un poco. ¿Está muy ocupado mañana en la tarde?

—Por qué no vienes aquí a eso de las tres.

—Gracias, tío, allá nos vemos.

—Te espero, chao.

Cuelga y se acerca de nuevo al estudio. El autorretrato de Gauguin continúa allí, observándolo con fijeza y determinación. Andrés trae un espejo y lo pone sobre el escritorio. Se mira en él y hace el ejercicio de imaginar su propio autorretrato. Observa con detenimiento la línea de sus cejas, las curvaturas de su boca, su cara alargada con la piel templada y limpia. Y la imagen siguiente lo coge por sorpresa, con la guardia baja: el cuello manchado de rojo, la expresión de pánico en los ojos y dos impactos de bala en la frente que le abren dos orificios sanguinolentos, como si su rostro se hubiera convertido de repente en una máscara pavorosa y terrorífica. Pega un salto hacia atrás y el espejo estalla en el suelo en mil pedazos.

CAPÍTULO IX

BUSCAR E INVENTAR DE NUEVO

El padre Ernesto observa las formas perfectas de la espalda de Irene, desde los hombros torneados y amplios hasta la estrecha cintura que anticipa la amplitud generosa de unas caderas firmes y protuberantes. Pasa su mano por esa piel tersa y sudorosa, y se da cuenta de que es la primera vez que toca a su amante sin culpa, sin remordimiento, sin avergonzarse por la contundencia de sus pasiones.

—Te tengo una sorpresa —dice el sacerdote sin dejar de acariciar la espalda de la muchacha.

—Buena o mala —dice Irene boca abajo, relajada, regocijándose con la delicadeza de la mano de él.

—Muy buena.

—Dígamela.

—Renuncié.

Ella se da vuelta con una expresión de asombro en el rostro, y se cubre con la sábana los senos, el sexo y la parte alta de las piernas.

—¿Qué?

—Sí, renuncié, y estoy feliz.

—¿De verdad, padre?

—Ya no tienes que decirme así. De ahora en adelante soy Ernesto a secas.

—¿Por qué no me dijo nada?

—Te lo estoy diciendo.

—No puede ser —Irene está con los ojos muy abiertos, atónita.

—Te dije que esta vez iba a ser en serio. Apenas llegue mi reemplazo nos vamos de aquí.

—¿Y qué le dijeron?

—Nada, qué iban a decirme. Es mi vida y yo hago con ella lo que quiera.

—¿No les pareció raro?

—Pues sí, un poco, pero no pueden impedirlo.

—¿Usted les dijo que se iba conmigo?

—Eso no les interesa. Les dije que yo había cambiado, que quería casarme, tener hijos y hacer una familia.

—Me imagino la cara que habrán puesto.

—No importa, que digan lo que quieran.

—¿No siente miedo?

—De qué, Irene.

—De salir a la calle así, como un hombre cualquiera.

—Estoy feliz, no te imaginas la alegría que me da irme contigo, lejos de todo esto.

—¿Y si se arrepiente después?

—Uno se arrepiente de cualquier cosa menos de no haber sido un cobarde.

—A mí sí me da miedo, padre.

—Ya te dije que no me digas así. Dime por mi nombre.

—Es mientras me acostumbro.

—Y de qué te da miedo.

—De que se canse de mí y luego me coja fastidio y me abandone.

—Eso no va a pasar. Lo nuestro no es una aventura pasajera. Yo te quiero en serio y te lo estoy demostrando.

—Uno nunca sabe qué va a pasar después.

—Yo sí sé qué va a pasar —el padre Ernesto se sonríe con malicia.

—¿Ah sí?

—Sí. Nos vamos a ir de aquí para un apartamento, nos vamos a casar, vamos a tener tres hijos y vamos a ser muy felices tú y yo.

Irene siente que un torrente de lágrimas brota de sus ojos y cae por sus mejillas lentamente conformando dos hilos transparentes. Lo abraza y le dice en voz baja, en secreto, con la garganta cerrada por el llanto:

—Yo lo voy a querer siempre.

—Yo también te voy a querer así, Irene, yo también.

—Pase lo que pase nunca lo voy a dejar.

—Nos va a ir bien, tranquila. Voy a trabajar en un instituto de investigaciones sociales. Esta mañana me llamaron para decirme que empiezo la próxima semana. El sueldo no está mal y nos iremos organizando poco a poco.

Irene se separa con ademanes infantiles, como una niña que temiera adentrarse en la oscuridad lejos de la presencia de su padre.

—A mí nadie me ha querido así —dice secándose las lágrimas con la sábana.

—Por qué dices eso.

—Yo nunca he sentido que alguien haga algo por mí, que crea que yo soy importante, que valgo la pena.

El padre Ernesto la observa conmovido, dándose cuenta de que Irene pertenece a ese país desolado que sobrevive a punta de instinto, que lucha sin respaldo ni apoyo, sin subsidios, sin educación, en medio de una violencia enfermiza que enfrenta a todos contra todos, un país abandonado por el Estado, carcomido por el caos y la corrupción política y que se hunde cada vez más en el despeñadero del pauperismo y la indigencia. Irene continúa diciendo:

—Mucho menos alguien como usted, estudiado y de buena familia.

—Lo importante es que estamos juntos, que nos queremos y que vamos a luchar por hacer un hogar y una familia.

—Yo no le voy a fallar, se lo aseguro.

El padre Ernesto le da un beso en la frente y le pregunta:

—Irene, ¿tú terminaste el bachillerato?

—Me faltaron los dos últimos años.

—¿Pero te gusta estudiar?

—Siempre fui de las mejores de la escuela.

—Quiero que termines y que luego estudies una profesión donde te sientas realizada y contenta.

—Yo no voy a tener cómo pagarle todo lo que va a hacer por mí.

—Tú no tienes que pagarle nada a nadie.

—¿Y si usted se enamora de otra mujer?

Él se abalanza sobre ella, se ríe y la cubre de besos. Los dos cuerpos quedan horizontales sobre la cama, pegados, como si se tratara de un ser andrógino con dos cabezas separadas.

—¿Tú crees que yo me retiré de sacerdote para hacer un harén?

—¿Qué es eso?

—En Oriente los musulmanes pueden tener muchas mujeres. Ellas a veces permanecen juntas en una misma habitación. Eso es un harén.

—Si usted llega a hacer eso, yo se las voy matando una por una.

—Trato hecho.

Vuelven a abrazarse y a besarse. Él siente que los brazos de Irene lo estrujan, que lo aprietan contra el pecho de ella como si temiera que de pronto pudiera fugarse o desvanecerse entre las sombras de la oscuridad. Después relaja los músculos de la espalda, de los brazos y de los antebrazos, y él se recuesta en su pecho disfrutando de esos minutos de intimidad, de sosiego y de placidez.

—Antes de irnos tengo que ir a visitar a doña Esther.

—Me dijeron que su hija ha empeorado.

—¿Sí?

—Los vecinos oyen aullidos de día y de noche, como si ella tuviera perros o lobos encerrados en las alcobas.

—¿Quién te contó eso?

—La señora Inés, la vecina de ella. Me dijo que iban a escribirle a usted una carta para que haga un exorcismo en esa casa. Tienen miedo y están pensando vender para trastearse a otro barrio.

—Voy a ir en la mañana. No va a ser fácil.

—¿Sí van a hacer el exorcismo?

—No creo, Irene.

—¿Pero sí está poseída?

—No se sabe. Tal vez.

—Yo sí creo.

—Tú qué sabes.

—La empleada de doña Esther me contó cosas.

—Qué te dijo.

sube por las calles coloniales de La Candelaria en busca de la iglesia de su tío Ernesto. Luego de unos minutos de duro y empinado ascenso, llega por fin hasta la residencia del sacerdote, se enjuga el sudor de la frente y toca el timbre con la mano derecha. El padre Ernesto abre la puerta:

—Qué alegría verte, Andrés —le dice mientras lo estrecha entre sus brazos.

—Lo mismo digo, tío.

—Ven, sigue.

Lo conduce hasta el estudio y le ofrece un jugo o un vaso de limonada.

—Aquí somos pobres. No hay más —le advierte con una sonrisa.

—Jugo de qué.

—De maracuyá.

—Sí, jugo está bien, gracias.

El sacerdote va hasta la cocina, agarra una jarra de plástico rojo, sirve él mismo el jugo y regresa al estudio haciendo equilibrio y con los ojos puestos en el vaso.

—Espero que te guste.

—La subida me hizo sudar.

Andrés bebe con ansiedad y el líquido desaparece en pocos segundos.

—¿Quieres más?

—Así estoy bien, gracias.

—Hacía tiempo que no hablábamos —dice el padre Ernesto recostándose en un sillón frente a Andrés.

—Meses.

—Cuéntame cómo va todo.

—Ahí... He estado pintando mucho. Preparo la próxima exposición.

—En lo tuyo, como siempre.

—Últimamente no me siento bien. Por eso quería hablar con usted.

—Claro, dime de qué se trata.

Andrés titubea y dice con la voz vacilante:

—No sé por dónde empezar.

—Por donde quieras.

—Desde hace poco vengo sintiendo cosas raras: accesos de miedo, pánico, visiones incomprensibles. Pinté unos retratos con malformaciones físicas que resultaron cumpliéndose de una manera extraña y profética. Es como si hubiera pintado no el presente, sino el futuro de mis retratados, un futuro maligno y perverso. Me atemoricé tanto que no volví a retratar a nadie. Pero me basta imaginar el rostro de una persona en un cuadro, para que escenas terribles me hagan estremecer y desistir enseguida de iniciar un posible retrato. He llegado a verme a mí mismo chorreando sangre y con impactos de bala en el rostro.

El padre Ernesto se coge la cabeza, se inclina y dice con la voz afectada por la emoción:

—Qué es lo que nos está pasando, por Dios.

—Por qué, tío.

—No sé qué es lo que está sucediendo, Andrés. Estoy viendo por todas partes la presencia del mal, entidades dañinas y perniciosas que atacan a la gente y le destruyen su vida.

—Al menos no soy el único.

El sacerdote levanta la cabeza, entrecruza las manos debajo de la barbilla y dice:

—Han llegado aquí personas que sueñan con crímenes atroces o que parecen poseídas, en trance, como si fueran otros. Lo peor de esta situación es que me estoy volviendo hipersensible a la maldad y al sufrimiento. Me afecta la pobreza, la mendicidad, toda esa muchedumbre de hambrientos y menesterosos que recorren las ciudades sin tener un techo para refugiarse ni una cama para reposar.

—Pues mi historia se agrava, tío.

—No.

—Me vi con mi ex novia y me enteré de que contrajo sida hace poco.

—No, no...

—No sé si me va a entender lo que le voy a decir a continuación...

—Por qué.

—Porque usted es sacerdote, tío, y no debe entender mucho de mujeres.

—A ver...

—Cuando nos reencontramos ella me dijo que después de separarnos se había acostado con varios hombres sólo por sexo, por placer, en un desorden total. Tuve una serie de intuiciones y comencé a sospechar que la verdad era que siempre había tenido amantes escondidos y relaciones clandestinas. No sé cómo explicarle, tío, pero cuanto más la imaginaba perdida, confundida, promiscua y entregada a bajas pasiones, más me atraía, más la deseaba. Un afecto revitalizado y mezclado con celos, culpa y pulsiones sexuales, me llevó a acostarme otra vez con ella.

—Pero si tenía sida, Andrés.

—No me importó.

—Supongo que habrás tomado precauciones.

—Al principio. Pero no sé qué fue lo que me pasó después, no logro entenderlo todavía.

—Qué.

—Me quité el condón y estuve con ella así, sin nada.

—Cómo fuiste a hacer una cosa semejante, hombre...

—Ahora ya no nos vemos y yo he perdido las ganas de luchar, de pintar y de vivir.

—Lo primero es hacerte un examen, Andrés. Es posible que no hayas contraído nada. El comportamiento de este virus es impredecible. Luego creo que estás en el deber de rehacer tu vida, de volver a comenzar. Tú tienes un talento formidable y eso implica ciertas obligaciones sociales.

—Cómo así, tío.

—Tienes que responderle a los demás.

—Yo lo que quiero es irme lejos, no quiero saber de nadie, estoy harto de esta sociedad y de esta cultura. He pensado en la selva del Chocó o en la del Amazonas.

—Mira, Andrés, sueños de fuga hemos tenido todos. Pero si quieres mi opinión te la voy a dar: para que tú puedas estar en tu estudio pintando horas enteras, en un país como éstos, hay miles de campesinos humildes que madrugan para sembrar en los campos, obreros que se levantan a pegar ladrillos, a cortar caña, a amasar pan, a conducir camiones, a trabajar en los socavones de las minas. Tú perteneces a una casta de privilegiados que lo ha tenido todo. Estás parado en una pirámide social, sobre los hombros de millones de personas. Por eso estás en la obligación de rendir cuentas sobre tu talento, eres responsable ante la sociedad por los beneficios y privilegios que has recibido. Así pienso yo.

—No lo había visto de esa manera.

—Tú no eres sólo tú. Tú eres tu gente, tu pueblo. Te llamas Juan, Ignacio y Beatriz, tienes cinco años, veinte y setenta, eres ama de casa, abogada, secretaria, lechero y mecánico. Tú eres un continente.

—Habla de una manera...

—Cada vez me reafirmo más en esta idea, Andrés. No estamos solos, nos debemos a la comunidad.

—Visto así, tiene toda la razón.

—Hazme caso, ve a un laboratorio serio y que te hagan un análisis de sangre para sida. Yo tengo fe en que va a salir negativo. Luego sigue comprometiéndote con tu pintura como siempre lo has hecho. Ya te llegarán las recompensas.

—Me da unos ánimos increíbles, tío.

Andrés se levanta y abraza al sacerdote durante unos segundos largos, interminables, como si temiera soltarlo y volver a sus amargos y desconsolados monólogos.

La luz de la mañana atraviesa las cortinas y despierta a María súbitamente, como si alguien la hubiera removido en la cama con fuerza y determinación. Abre los ojos y lo primero que ve es esa línea de sol acechándola, encandilándola. Se da media vuelta y ve el rostro de Sandra que le sonríe con coquetería.

—¿Qué tal dormiste?

—Quedé como una piedra —contesta María pasándose la mano por el cabello.

—Roncaste y todo.

—Qué pena.

—Yo también ronco pero no te diste cuenta. Estabas profunda.

—Es raro dormir así en una cama ajena.

—Ésta es de ahora en adelante tu casa.

—Gracias. ¿Qué hora es?

—Como las nueve.

—Tardísimo.

—¿A qué hora trasteas?

—Estoy a tiempo.

—¿Quieres que te ayude?

—Son dos bobadas, nada más. Los muebles, las ollas, la vajilla y la decoración no son míos.

—¿Seguro?

—Tú tienes cosas que hacer. Yo trasteo rápido en un taxi. Son dos maletas y una mochila.

—Como quieras —dice Sandra mientras estira el brazo y le acaricia el cabello con los dedos en forma de peine.

—Me siento rara.

—Por qué.

—Nunca he estado en esta situación.

—Sólo con hombres.

—Ni siquiera. Ya te dije que mis relaciones han sido un desastre.

—¿Es la primera vez que estás con una amiga?

—Sí.

—¿Te sientes mal?

—Me siento extraña, no sé qué pensar.

—No pienses nada. Yo soy tu amiga y te quiero. No hay nada de malo en eso.

—No es fácil. Supongo que a ti te pasó lo mismo la primera vez.

—Lo importante es que no te sientas culpable.

—No creo. Fuiste muy linda conmigo ayer.

—Yo quiero ser clara contigo, María. Ayer sentí una ternura y una atracción por ti muy fuertes. No quiero dejar de verte. No te vayas a desaparecer. Estoy pasando por un período de soledad que ya no aguanto y tú llegaste como si hubieras caído del cielo. No quiero que lo que pasó entre nosotras sea una aventura de una noche.

—Yo también estoy muy sola.

—Quiero seguir viéndome contigo. Ir al cine juntas, cocinar, dormir... Si salimos con hombres nos contamos todo, como dos buenas amigas, como cómplices.

—Eres una persona muy dulce.

Sandra se sienta en la cama y pregunta:

—¿Tienes hambre? ¿Hacemos desayuno?

—Me comería un caballo. Además tengo una sed...

—Listo, ven y nos preparamos algo bien rico.

—¿Tienes mercado?

—Hay pan, huevos, y podemos hacer jugo de naranja y café con leche.

—Para qué más.

Durante el desayuno, María se da cuenta de que le gusta la compañía de Sandra, su informalidad, su desparpajo, que tanto le recuerda ese comportamiento sincero e inocente de los niños. Y nota también, sin proponérselo, la dimensión de su soledad, el aislamiento cruel y despiadado al que se ha visto sometida como consecuencia del peligroso trabajo que desempeñaba al lado de sus compañeros. Sandra conduce la conversación otra vez hacia el plano de la intimidad:

—¿Has estado enamorada?

—Más o menos —contesta María evasiva.

—Qué es esa respuesta. Sí o no.

—Creo que no.

—Querer ver a esa persona a toda hora, no podértela quitar de la cabeza, llenarte de celos si alguien se le acerca...

—¿Tú sí has querido así?

—A mi primer novio.

—Y qué pasó.

—Lo de siempre. Se fue con otra.

—¿Qué le hacía falta estando contigo?

—Los hombres son así, María. Pueden quererte y sentirse a gusto contigo, pero siempre están mirando a otras, deseando lo que no tienen, y el día menos pensado se van con la primera que aparezca.

—Cómo quedará uno.

—¿Nunca te ha pasado?

—No.

—Pero tú, ¿en qué planeta has estado?

—No es eso.

—Si fueras fea lo entendería. Pero a ti los hombres te deben caer como moscas.

—He tenido muchos problemas de plata. Soy huérfana y vengo de una familia humilde. Me crié en un internado hasta que terminé el bachillerato. Después tuve que salir a ganarme la vida y todo fue un infierno... Lo que yo quiero es entrar a la universidad, Sandra, y hasta ahora no he podido encontrar un trabajo que me permita estudiar y sostenerme. Me la he pasado en ésas...

—Me siento como un zapato.

—No lo tomes así.

—Tú llena de necesidades y yo desperdiciando todas las oportunidades del mundo. Y encima pensando en novios y en pendejadas. No es justo.

—Tampoco...

—Y si no tenías plata, ¿por qué conseguiste un apartamento costoso en un sitio como éstos?

—Lo pagaba la agencia, no yo —inventa María con rapidez—. Pero se aprovecharon de mí, abusaron, y por eso preferí renunciar y quedarme en la calle.

—Qué mierda. En todas partes son iguales.

Terminan de desayunar, lavan los platos y arreglan

la cocina entre las dos. María se viste, revisa que las llaves estén en el bolsillo del pantalón y dice suspirando, casi con resignación:

—Tengo que irme.

—Aquí te copié el teléfono y mi nombre completo —dice Sandra entregándole una hoja de papel—. Llámame esta noche para saber cómo te fue y para que me des los datos tuyos.

—Bueno.

—Y nos vemos mañana, ¿sí?

—¿Tienes clase?

—Salgo temprano. Podemos ir al cine y luego nos venimos para acá.

—Listo, hablamos por la noche.

Sandra la abraza y le da un beso fugaz en la boca. Le dice al oído:

—Te quiero mucho.

María esboza una sonrisa y sale del apartamento con la sensación de haber estado en otro mundo, como si en lugar de haber visitado a su vecina de al lado hubiera estado más bien en un continente remoto y desconocido, en un país con playas paradisíacas y paisajes amables y encantadores.

Al mediodía llama un taxi por teléfono, deja las llaves dentro de un sobre de correo y una nota en la portería para Pablo, y se muda con sus dos maletas al nuevo apartamento.

La modestia del lugar le agrada —una cocina pequeña, un baño, un comedor estrecho y una alcoba— y le indica que, en efecto, ha comenzado una etapa de redención en su vida. No hay lujos ni ostentación de dinero, pero siente que hay honestidad y que ése es el sitio que en verdad le corresponde. Abre las maletas y ordena la ropa en el armario. Luego coloca en el baño los útiles de aseo, se acerca a la ventana del comedor y se sienta en el suelo a mirar el cielo sin propósito alguno. Coge el teléfono y le avisa a Pablo que el apartamento está vacío y disponible. Le agradece su amabilidad y cuelga sin darle tiempo a preguntas o interrogatorios que no desea responder. Enseguida marca el número del padre Ernesto y le avisa que va a ir a visitarlo.

—Ven a eso de las cuatro. Viene mi sobrino, el pintor, y quiero que lo conozcas —le sugiere el sacerdote.

—Gracias.

—Te espero entonces.

Deja el teléfono en un rincón, se arregla el cabello en el espejo del baño y sale a la calle recordando los labios de Sandra y su voz murmurándole al oído: *Te quiero mucho*. Se dirige al barrio Siete de Agosto, compra un colchón, dos almohadas, dos sábanas, dos sobresábanas, cuatro fundas, tres cobijas de lana y dos cubrecamas de diseños geométricos. Una camioneta del mismo almacén la lleva con las compras hasta el apartamento. María ubica el colchón en el centro de la habitación y tiende la cama disfrutando del olor a nuevo de las sábanas y las cobijas.

—Me faltan las cortinas —dice en voz alta cuando termina—. Y una radio para no sentirme tan sola.

Mira el reloj y sale corriendo para llegar a tiempo a la cita con el padre Ernesto. El paso por el centro de la ciudad es lento, desesperante. El tráfico no avanza, algunos semáforos están fuera de servicio y, para rematar, varios sindicatos marchan protestando por la Carrera Séptima e impiden el flujo vehicular. María decide bajarse y continuar a pie. Cuando llega a la iglesia vuelve a mirar su reloj y las manecillas indican las cuatro y cinco. El sacerdote le abre la puerta, la abraza y le dice:

—Sigue, sigue.

La conduce hasta el estudio y le presenta a su sobrino Andrés.

—Es un gran pintor —comenta orgulloso el sacerdote—. Se ganó un premio nacional de pintura.

Andrés la saluda sonriente y le estrecha la mano con fuerza. Ella percibe su mirada penetrante, aguda, como si la estuviera cortando con los ojos.

—Siéntense, por favor —les pide el padre Ernesto—. Los he citado aquí a los dos porque son las únicas personas a quienes quiero comunicarles una decisión definitiva que tomé esta semana.

—No me diga que se va de viaje ahora cuando más lo necesito —le dice María con el rostro compungido.

—No, María, yo te voy a ayudar ahora más que nunca. No es eso. Me retiré del sacerdocio y me voy a casar.

—¿Qué? —preguntan a dúo Andrés y María abriendo los ojos sorprendidos.

—Hace rato venía sintiendo cansancio y hastío de las instituciones eclesiásticas. Además, me enamoré de Irene, la joven que me ayuda aquí en la iglesia, y pienso casarme con ella y hacer una familia.

—Pues lo felicito, tío, y le deseo lo mejor.

—Yo también —dice María—. Usted se merece el cielo.

Ambos se ponen de pie y abrazan al sacerdote. Él dice:

—Quiero invitarlos a comer esta noche a un buen restaurante. Para celebrar.

—Gracias —dicen María y Andrés.

—Vengan y les presento a Irene. De paso le comunicamos que nos vamos los cuatro a comer.

—Sí —dice María sonriente.

Caminando por el corredor, el padre Ernesto comenta:

—Vamos a un restaurante italiano que queda en la Séptima con Sesenta y Dos.

—¿Pozzetto? —pregunta Andrés.

—Sí, ése. La comida ahí es deliciosa.

Continúan caminando por el corredor hacia la cocina de la iglesia, y ninguno de los tres escucha unos ladridos que atraviesan el aire de la tarde, como si alguien acabara de liberar una jauría de perros enjaulados y los animales estuvieran corriendo por las calles y amenazando con sus dientes a los transeúntes asustados.

Capítulo X

SATANÁS

Campo Elías Delgado, ex combatiente de Vietnam y ahora profesor de inglés, pasa, con las manos temblorosas y recubiertas por una fina capa de sudor, las páginas de la novela *El extraño caso del Doctor Jekyll y Mister Hyde*, de Robert Louis Stevenson. No lee por entretenimiento o distracción, sino de una manera febril, intranquila, buscando en cada párrafo la confirmación de un futuro inmediato que debe cumplirse inevitablemente. Sabe que está llamado a convertirse en un ángel exterminador, pero quiere que el libro le dé la prueba irrefutable de su destino, necesita constatar primero en la letra escrita los hechos aterradores que dentro de poco llevará a cabo con sangre fría y pulso firme, como si fuera un héroe antiguo que ejecutara sin dudarlo el decreto de unos dioses crueles y sangrientos. Así, ansioso, expectante, con la respiración agitada, deposita sus ojos en la declaración final del protagonista, el doctor Jekyll:

Me fui acercando cada vez más a esa verdad, cuyo descubrimiento parcial me ha condenado a este terrible naufragio: que el hombre en realidad no es uno, sino que verdaderamente es dos. Levanta los ojos de la página. Piensa: *Una pluralidad, una multitud, un gentío habitándonos por dentro. La identidad como una multiplicidad de entidades que luchan dentro de nosotros por sobresalir. ¿Cuál triunfa dentro de mí? ¿Cuál se apoderará de mi voluntad? El soldado, el guerrero, el vengador, el combatiente, el estratega. Ya no más esta vida infame, llena de oprobio e ignominia. Ha llegado la hora de demostrar lo que somos.* Vuelve a mirar el libro y se concentra de nuevo en la lectura:

La maldición del ser humano consiste en que estos dos incompatibles gusanos estén encerrados en la misma crisálida, mellizos de antípodas perpetuamente en lucha en el seno de la conciencia. De modo que, ¿cómo disociarlos?

Se recuesta en el asiento y observa la pared distraído, pensativo. *Dos hermanos con el rostro idéntico que viven dentro de nosotros. Sí, perfecto. El militar y el miserable profesor de inglés. Ya me cansé de representar el papel del buen hombre que anhela ser aceptado por el rebaño, el decente trabajador que desea ingresar en el redil y que lo dejen permanecer allí con las demás ovejas. No, vamos a darle rienda suelta al otro, al hábil, al diestro, al listo de la familia, al gemelo astuto que les dará a los demás una lección de osadía y temeridad. ¿Qué se creían, que me iba a quedar el resto de la vida con la cabeza gacha, pidiendo como un limosnero lo que me deben por mis mediocres clases de inglés? Ya verán, vamos a sorprenderlos.* Regresa a la novela y lee los renglones que están justo en la mitad de la página, cuando sale a flote la malvada personalidad de Edward Hyde:

Me supe a mí mismo, desde la primera bocanada de esta nueva vida, más malvado, diez veces más malvado, entregado como esclavo a mis malas pasiones originales; y el descubrimiento, en ese instante, me exaltó y me encantó, como si se tratara de un sorbo de vino. Estiré los brazos, exultante, en la frescura de estas sensaciones...

Escucha la voz de su madre que lo llama desde la cocina. Decide no moverse y no responder. Está atrapado en el poder de esas palabras que lo incitan a una transformación inmediata:

Edward Hyde, sin antecedentes en la historia de la humanidad, era ejemplo exclusivo del mal... Y se despertó y se desató en mí el espíritu demoníaco...

Los golpes en la puerta lo sacan de la lectura y lo obligan, iracundo, a preguntar:

—¿Qué pasa?

—Lleva dos días encerrado sin comer nada. ¿Está enfermo?

—¿Y a usted qué le importa? ¡Encárguese de sus asuntos, bruja!

—¿Quiere que llame a un médico?

Coge uno de sus zapatos y lo estrella contra la puerta.

—¡Lárguese! ¡Déjeme en paz!

Escucha ruidos de pasos que se alejan. Frunce el ceño y piensa: *A ésta también le daré su merecido. Es hora de ponerla en su sitio.* Las líneas leídas son ya un suficiente estímulo para iniciar la metamorfosis. Se siente seguro de lo que va a hacer, sin vacilaciones ni incertidumbres de ninguna clase. Pone el libro sobre la mesa de noche, pega un salto y se mete en el baño para ducharse, afeitarse y acicalarse. Busca su mejor traje, alista el revólver calibre 38 corto y las municiones, embetuna y brilla los zapatos de cuero, y se viste con parsimonia, tomándose su tiempo, fijándose en los detalles más simples (que la camisa no vaya a quedar arrugada, que el nudo de la corbata no esté inclinado y fuera de lugar, que la línea del pantalón esté bien planchada y marcada, que los zapatos no tengan manchas ni raspaduras visibles). Luego ajusta en su costado izquierdo la funda y el revólver, cierra el cinturón ribeteado de balas y amarra en su costado derecho la vaina con el cuchillo de supervivencia de fino acero toledano que guarda como recuerdo de su estadía en los campos de batalla de Vietnam. A su memoria llega de pronto la imagen de Travis en la película *Taxi Driver*: Robert de Niro delgado y joven, apenas un muchacho, mirándose en el espejo ante un contrincante imaginario y desenfundando con rapidez sus armas refulgentes y letales. Campo Elías separa las piernas e imita los gestos, la actitud y la mirada de De Niro:

—*Are you talking to me?* —dice en un inglés impecable, sin acento.

Voltea la cabeza, mira a los costados, abre los brazos como indicando «hey, viejo, aquí no hay nadie más, luego debes estar dirigiéndote a mí», y repite, esta vez en un tono más alto:

—*Are you talking to me?*

Mete la mano dentro del saco y, en dos segundos, saca el revólver y apunta al frente. Sonríe, cierra las piernas y dice en voz alta:

—Estamos bien de reflejos.

Introduce el arma otra vez dentro de la funda, termina de vestirse, agarra la libreta de su cuenta de ahorros y la novela de Stevenson, las desliza en el bolsillo derecho de su saco de paño y sale del apartamento sin avisarle a su madre, apresurado, sintiéndose de un momento a otro feliz, joven, como si acabara de quitarse treinta años de encima.

Camina por la Carrera Séptima, llega a la Calle Cincuenta y Tres y desciende hacia el occidente hasta las oficinas del Banco de Bogotá. Hace la fila y al llegar a la ventanilla le informa al cajero:

—Quiero cerrar mi cuenta.

—¿Trajo la libreta?

—Aquí está —dice él poniéndola muy cerca del vidrio de protección.

—Tiene que hacer un retiro por el saldo exacto.

—¿Me da el saldo, por favor?

El cajero toma la libreta, ingresa el número de la cuenta en el sistema y le informa:

—Tiene cuarenta y nueve mil ochocientos noventa y seis pesos con noventa y tres centavos.

—¿Me presta su bolígrafo, por favor?

—Claro.

Campo Elías traza los números, escribe la cifra y firma en una de las hojas de la libreta. Pregunta:

—¿Tengo que poner la fecha?

—No hace falta —le contesta el cajero.

Pasa la libreta y el bolígrafo por el hueco de la ventanilla y espera.

—¿Tiene tarjeta de cajero automático? —le pregunta el funcionario.

—No, no tengo —responde él con seguridad.

Unos minutos más tarde una mano blanca con las uñas pintadas de esmalte transparente deposita unos billetes y unas monedas frente a él. Cuenta el dinero dos veces, lo deja en su sitio y advierte:

—Aquí hay cuarenta y nueve mil ochocientos noventa y seis pesos con cincuenta centavos. Faltan cuarenta y tres centavos.

—Redondeé la cifra.

—No tengo por qué dejarle mi plata al banco.

—Señor, entienda, no tengo monedas de esa denominación.

—Ése es su problema. Usted dijo el saldo exacto.

—Le doy entonces una moneda de cincuenta centavos.

—No quiero deberle nada ni a usted ni al banco. ¿Me da mi dinero, por favor?

El cajero percibe algo turbio en la mirada de Campo Elías, un brillo peligroso en sus pupilas y un tono de voz controlado, seco, como si estuviera haciendo un gran esfuerzo por no estallar en un ataque de cólera e irritación.

—Veré qué puedo hacer, señor —dice cordialmente.

Va hasta el fondo y habla con el gerente general de la oficina. Un mensajero trae una bolsa especial de uno de los compartimentos del sótano, cuenta unas monedas y las deja caer sobre la mesa. El cajero asiente, las toma con sus dos manos y regresa a su ventanilla. Pasa las monedas por el agujero y afirma:

—Aquí están sus cuarenta y tres centavos, señor.

Campo Elías cuenta el dinero, lo recoge todo, ordena los billetes en su cartera y mete las monedas en el bolsillo izquierdo de su saco. Se retira de la ventanilla sin decir nada y sale del banco con expresión tranquila y satisfecha.

Sube a la Carrera Séptima y toma un autobús que en la Avenida Pepe Sierra gira a la izquierda y avanza en línea recta buscando la Avenida Suba. Durante su recorrido, contemplando los andenes y la expresión distante y fría de los transeúntes, Campo Elías va pensando en esas vidas que no tuvo, en esos múltiples hombres que pudo haber sido y no fue. Sin motivo alguno es asaltado por una nostalgia intempestiva, una especie de melancólica contemplación de aquellos individuos que le hubiera gustado ser: por ejemplo, el padre afectuoso y comprensivo que lleva sus hijos al colegio, que juega con ellos, que les lee cuentos infantiles con el fuego de la chimenea encendido, un padre que luego, al entrar sus hijos en la adolescencia, se vuelve amigo y cómplice, que no juzga, que entiende el derecho a la irreverencia y la subversión, y que más tarde, en la plenitud de su vejez, termina convertido en un abuelo juguetón y simpático que despliega a su alrededor toda una potencia de vitalismo y de lúdica sabiduría. O el amante impetuoso que satisface sexualmente a todas las mujeres que lo buscan, el hombre diestro y experto que con sólo una mirada sabe interpretar los deseos de una mujer y que, en consecuencia, vive rodeado de ellas: jovencitas que lo solicitan para aprender y perfeccionar un arte que desconocen pero que llevan en las entrañas, señoras ansiosas e imaginativas en busca de una intensa noche de gozo y concupiscencia, señoritas comprometidas con tímidos y mojigatos que escasamente las tocan y que las obligan a salir a la calle con el secreto anhelo de encontrar un amante ardoroso que las haga recordar sus zonas de lujuria y de voluptuosidad, cabareteras, stripteaseras y prostitutas de profesión que han hecho de la carne un arte y una vocación, viudas circunspectas y remilgadas que sin embargo a la primera oportunidad se levantan la falda y se abren de piernas con una sonrisa entre los labios, secretarias, abogadas, dentistas, panaderas, empleadas del servicio doméstico, vendedoras a domicilio, amas de casa, tenderas, en fin, todas aquellas que no tienen ningún reparo en entregarse a un hombre a cambio de unos fugaces instantes de placer. O el escritor comprometido con su oficio a fondo, el artista sensible e inteligente que invierte sus días y sus noches en el perfeccionamiento de una página, de un personaje o de un trozo de una historia inconclusa, el hombre de letras obsesionado con el poder del lenguaje, el intelectual que le entrega a su país y al mundo una obra literaria a cambio de nada, el hombre cuyo talento con las palabras es tal, que lo conduce a llevar una vida entregada y dedicada por completo a la construcción de una poética propia, una vida regida por una creatividad rigurosa y disciplinada. Campo Elías sopesa las posibilidades y concluye que, por encima de todo, le hubiera gustado ser este tercer hombre, el de los libros y las bibliotecas, por la sencilla razón de que este hombre es todos los hombres, el que muta en cada personaje, el andrógino, el travesti, el camaleón que cambia el color de su piel según el lugar y las circunstancias, el mago que aparece en un argumento y desaparece en otro, el ilusionista que cambia de rostro y de identidad según la trama y la ocasión, el gran brujo que fluye de máscara en máscara en la medida en que avanzan las páginas y los capítulos de sus narraciones literarias. Pero no, no pudo ser un escritor, no era ése su destino. Le tocó ser éste, el soldado, el hombre de armas, y pronto entrará al campo de batalla y tendrá que demostrar su coraje y su intrepidez.

Baja del autobús en la Carrera Cuarenta, camina dos cuadras hacia el norte y timbra en el apartamento 304 de un edificio lujoso y elegante. Una voz femenina llega a través del citófono:

—¿Sí?

—¿Doña Matilde?

—Sí, cómo no.

—Soy yo, Campo Elías. Pasaba por aquí y decidí hacerles una visita.

—Claro, siga.

—Gracias.

Una señal electrónica le permite abrir la puerta y tomar el ascensor hasta el tercer piso. La señora Matilde, de cuarenta o cuarenta y cinco años, trato afable y gestos lentos y cordiales, lo recibe a la entrada de uno de los apartamentos, lo saluda y lo invita a sentarse en un cómodo sillón de la sala.

—Espero no ser inoportuno —se excusa Campo Elías.

—No, para nada. ¿Le provoca una Coca-Cola?

—Sí, gracias.

La señora va hasta la cocina, sirve el vaso de Coca-Cola y regresa a la sala con un paso tranquilo y sosegado, sin apresurarse.

—Gracias —dice Campo Elías recibiendo el vaso y el pequeño plato de loza fina.

—¿Y qué lo trae por estos lados?

—Estaba dictando una clase de inglés aquí cerca, a dos cuadras.

—Maribel está estudiando en su cuarto. Tiene clase con usted mañana, ¿no?

—Sí, señora.

—Está escribiendo un ensayo sobre la novela esa que está leyendo con usted. Está fascinada. No hace sino hablarme de ella todo el día.

—Es un gran libro.

—Cómo ve usted a mi hija, ¿sí va mejorando?

—Es demasiado inteligente para su edad, muy pre-

261

coz. En unos meses estará hablando a la perfección.

—Eso dicen en el colegio. Es la primera en todo.

Bebe del vaso de Coca-Cola y siente la presión del cuchillo en el costado derecho. Gruesas gotas de sudor le escurren por la espalda y las axilas. Piensa: *Qué estoy haciendo aquí representando el papel de alguien que ya no soy. Vamos a mostrarle a esta gentuza lo que es una pequeña temporada en el infierno.* Pone el vaso sobre la mesa de la sala y dice con seriedad:

—Vine también a decirle que tengo que viajar en estos días, y que me resulta imposible seguir dictándole las clases de inglés a su hija.

—Qué lástima, ella está tan entusiasmada con usted.

—Lo siento mucho.

—¿Y para dónde se va?

—A Nicaragua, usted sabe que yo trabajé para el ejército de los Estados Unidos. Me llamaron de nuevo. No sé cuándo regresaré.

—Espero que no le pase nada...

La señora Matilde no alcanza a terminar la frase. Campo Elías se levanta con agilidad, como un felino, y de un salto llega hasta ella y la golpea repetidas veces en el rostro con los puños cerrados. Es una golpiza rápida y efectiva. La mujer no alcanza a gritar o a defenderse. La embestida la coge por sorpresa y la deja paralizada por el miedo, soportando los puñetazos sin emitir palabra alguna. Con la nariz sangrando y los pómulos tumefactos empieza a temblar como si estuviera metida en un gigantesco refrigerador o como si su cuerpo se encontrara justo en el comienzo de un ataque de epilepsia. El soldado le da la vuelta y la golpea en la nuca haciéndole perder el conocimiento enseguida. Luego se dirige a la cocina, hurga entre los cajones y las repisas hasta encontrar un cordón largo y un rollo grande de cinta aislante, amarra a su víctima de pies y manos, y le sella la boca para que no grite o pida ayuda. La deja tendida sobre el sofá, se seca el sudor del rostro y se dirige a las habitaciones del fondo.

Maribel está sentada a su mesa de trabajo escribiendo en un cuaderno colegial. Los audífonos de su *walkman* le impiden percatarse de lo que sucede a su alrededor. Campo Elías la toca con suavidad en el hombro. La joven se da la vuelta, esboza una sonrisa y deja los audífonos sobre el escritorio.

—Golpeé en la puerta pero no escuchaste.

—Estaba oyendo música.

—¿Cómo estás?

—Qué casualidad, estaba escribiendo justo para nuestra clase de mañana.

—Y sobre qué, si se puede saber.

—¿Quiere que le diga ya?

—Anticípame algo.

—Estuve consultando en la biblioteca del colegio sobre un tema que me parece que es la clave de toda la novela.

—Déjame adivinar... El relato del ángel caído, del ángel que se subleva...

—Cómo lo supo.

—El problema del bien y el mal, de la luz y la oscuridad.

—Es que hay algo que no entiendo. El mal no es mal desde siempre, desde el comienzo. El demonio era un ser celestial.

—Además estamos hechos a imagen y semejanza del Creador. Y si hay una parte de nosotros malvada y perversa, ¿cuál es entonces esa parte en la mente de

Dios? ¿Cómo del bien y la perfección se puede originar el mal y el pecado?

Campo Elías toma aire y remata diciendo:

—Satanás no es más que una palabra con la que nombramos la crueldad de Dios. No hay un bien supremo, Maribel. Tenemos una divinidad bicéfala, de dos rostros. ¿Recuerdas que Stevenson habla de dos gemelos? Somos el experimento de un Dios cuya malevolencia y vileza se llama Satanás.

—Habla de una manera que me da miedo.

—Haces bien en sentir miedo.

—¿Por qué?

—Porque hoy he venido a darte una lección práctica, a mostrarte cuánta razón tienes en todo lo que has pensado y escrito en tu ensayo.

—No me hable así, por favor.

—Estás hablando con Mister Hyde.

El primer bofetón sacude a Maribel contra la mesa y la deja aturdida, con la mejilla hinchada, sin saber muy bien qué hacer para escapar de la fiera que acaba de entrar en su cuarto en busca de alimento y diversión. La segunda bofetada la deja paralizada, inmóvil, atravesada por un temor tan hondo que no le permite pensar o intentar algún movimiento para defenderse. El soldado la agarra del cabello y la arroja sobre las almohadas y el edredón. Saca el cordón y amarra las manos y los pies de Maribel a los cuatro extremos de la cama, como si los miembros de la muchacha fueran cuatro aspas de una hélice cuyo centro estaría en el abdomen, en el ombligo. Se abre el saco y saca el cuchillo de la vaina.

—Qué me va a hacer —dice la joven en un susurro, atragantada por el temor.

—Vas a conocer el sufrimiento.

—No, por favor...

—Hay un tiempo para el gozo y hay un tiempo para el tormento.

—Se lo ruego...

—Vas a conocer el otro lado. No todo es comodidad, dinero y festejos, Maribel. Hay un lado oscuro, una zona de sombra que debes atravesar. Yo te voy a ayudar.

—No me vaya a hacer nada, por favor... —murmura la joven y estalla en un llanto que le estremece el cuerpo entero.

—El infierno es aquí y ahora.

Campo Elías se sube a caballo sobre la adolescente y hunde el cuchillo en las manos, los brazos y los antebrazos. Maribel grita y llora en medio de las certeras cuchilladas que la atraviesan.

—Qué bella eres... —dice el soldado y acerca su rostro al cuello de ella—. Qué bien hueles... Tan limpia, tan aseada, con esa piel brillante y perfecta...

Se pone de lado, le quita las medias y los zapatos, y hunde el cuchillo en los pies, las pantorrillas y los muslos. Maribel aúlla de dolor y desesperación. Sacude la cabeza y tiene los ojos muy abiertos, inyectados en sangre, desorbitados.

—¡No más! ¡No más, por favor!

Campo Elías corta la blusa y la falda y deja a su víctima en ropa interior. El cuerpo perfecto de su alumna lo deja unos segundos boquiabierto. Pasa el cuchillo por la cintura, las caderas, el esternón. Siente su pene erecto contra la bragueta del pantalón. Se sube otra vez sobre ella, corta el sostén y los calzones, los tira a un lado de la cama, se inclina y empieza a balancearse lentamente sobre el cuerpo de la muchacha, con el cuchillo en la mano, confundiendo los gemidos de angustia de ella con manifestaciones de excitación y de deseo. El ex combatiente de Vietnam dice sin dejar de moverse:

—Limpia, virgen, qué rico...

—No, no, no... —suplica la joven.

Cambia el ritmo y termina de masturbarse con rapidez y agresividad, como si estuviera en una sesión de lucha libre en pleno enfrentamiento cuerpo a cuerpo. En lugar de calmarlo y relajarlo, la escena lo enfurece, como si hubiera acabado de cometer una falta grave contra las reglas y la disciplina militar.

—Putas, perras, todas son iguales —dice con ira y con desprecio.

Aprieta las mandíbulas, sube el cuchillo y lo hunde una y otra vez en el pecho, en el estómago, en los hombros, cerca de la clavícula, en el corazón. Maribel emite unos bufidos animales, exhala una queja, cierra los ojos y deja de respirar. El edredón es ahora un charco negro y escarlata que escurre hilillos rojos hasta el suelo.

Campo Elías se pone de pie, contempla el cadáver unos instantes y se dirige al baño para limpiarse la sangre y el semen que le ensucian el pantalón, los calzoncillos y la parte baja de la camisa.

Sale del baño con el cuchillo en la mano, da cuatro o cinco pasos hasta la sala y se da cuenta de que la señora Matilde ha recuperado el conocimiento. La mujer se mueve torpemente hacia adelante y hacia atrás, reptando, como una lombriz inexperta que desconociera por completo el comportamiento de su especie. Se acerca a ella, le arranca la cinta aislante de la boca y se sienta a su lado con una expresión taciturna y melancólica en el rostro.

—¿Qué hizo con mi hija? ¡Dígame! —dice la señora Matilde en una súplica.

—No todo en la vida puede ser comodidad, lujos, buena comida, excelentes vacaciones, prestigio social y diversión. Hay que sufrir, doña Matilde, la vida también es dolor y desdicha.

—Qué le hizo, ¡por Dios!

—Cómo se nota que ustedes han vivido en un palacio de cristal, lejos de la vida real.

—Dígame que está viva, ¡por el amor de Dios!

—Qué buena expresión. El amor de Dios... No sé si estamos hablando de la misma persona. A ese Dios suyo sólo lo conocen los privilegiados como usted, el dos o el tres por ciento de la población. El resto conocemos el desdén, la ira y el maltrato de un Dios sordo y despiadado.

—Mi niña, mi chiquita... —doña Matilde empieza a llorar y a gemir.

—¿Ha visto la muerte de cerca, la ha visto pasar a su lado? —pregunta el soldado acariciando el acero con los dedos de la mano izquierda.

—Mi bebé...

Campo Elías le pone el cuchillo en el cuello:

—¡Conteste! ¿Ha visto la muerte cara a cara?

Doña Matilde se atraganta, respira con dificultad, intenta dejar de llorar y dice al fin:

—No...

—¿Han muerto al lado suyo sus amigos o su padre?

—No...

—¿La han herido, la han perseguido durante días por la espesura de la selva para capturarla y torturarla?

—Nooo...

—¿Sabe lo que son las fiebres tropicales o los calambres que le paralizan el cuerpo a uno después de días enteros de estar caminando entre los humedales y los pantanos?

—No, no sé...

—¿Ha visto a su padre ahorcado bamboleándose como un fardo inservible?

—Nosotros no tenemos la culpa de todo eso, por favor...

—Se equivoca, señora. Todos somos responsables de lo que nos sucede a todos.

—Dígame que ella está viva, por favor...

El rostro del militar se endurece:

—No, no lo está. Está bañada en su propia sangre.

—¡Noooo!

—Antes de morir mugía como una res en el matadero.

—Miserable...

—Era muy bella. No como ustedes, las mujeres adultas, manoseadas, ajadas, que tienen que camuflar el hedor de sus cuerpos con perfumes y lociones.

—Mi hija...

—Se acabó el tiempo, lo siento. ¿Quería mucho a su hijita? Pues voy a ayudarla para que se encuentre con ella.

El cuchillo sube y baja cuatro veces. El soldado elige dar muerte al enemigo con cuatro puñaladas certeras y letales: dos en el corazón y dos en la región abdominal, en el hígado. La señora Matilde abre la boca sin decir nada, se atora, se contrae, tose como si tuviera algún material atravesado en las vías que conducen a los pulmones y deja de respirar con una sensación de alivio y bienestar en el rictus de su cara salpicada de rojo. El cadáver permanece con los ojos abiertos, como si la muerta estuviera concentrada y atenta en algún punto determinado de la nada.

Campo Elías esculca en los cajones del armario de la habitación principal y en los rincones más apartados del clóset hasta dar con varias mudas de ropa del antiguo marido de doña Matilde. Elige un pantalón y una camisa y se da cuenta con satisfacción de que son más o menos de la misma medida suya. Introduce la ropa manchada de sangre en una bolsa de basura, se ajusta de nuevo la corbata, se lava las manos con agua y jabón, se limpia el rostro, quita las manchas de sangre del cuchillo y lo ajusta en la vaina, bebe unos cuantos sorbos directamente del grifo, sale del apartamento, baja las escaleras del edificio hasta la puerta principal, y, aprovechando la entrada de unos residentes, sale a la calle, sonriente y con la bolsa de basura en la mano. La arroja en una caneca pública y camina con fervor y alegría hasta la Avenida Pepe Sierra. Siente que el mundo, por fin, empieza a equilibrarse y a vencer el caos que lo administra y lo gobierna. Toma un autobús de regreso a su casa y el recorrido lo hace sentado atrás, en la última fila, como si los demás pasajeros buscaran hacerse a sus espaldas para herirlo y atacarlo.

En Usaquén el bus gira a la derecha y se dirige directo por la Carrera Séptima hacia el sur. Pasa frente al edificio donde vive con su madre y decide seguir de largo hasta la universidad en la que está a punto de graduarse como licenciado en inglés. Se baja en la Calle Cuarenta y Cinco, cruza la Carrera Séptima y camina por el andén oriental hasta la Calle Cuarenta. Asciende las escalinatas que conducen a la Facultad de Educación y se detiene en las oficinas de la Secretaría General. Siente deseos de pronto de conversar, de hablar, de intercambiar opiniones sobre libros y autores que le agradan y lo sobrecogen. Hay un nivel de optimismo en su ánimo que no sentía hace mucho tiempo.

—El profesor Steve le dejó dicho que buscara a este estudiante de último año en el Departamento de Letras, que él tiene una bibliografía que puede serle muy útil —le dice una de las secretarias pasándole un papel con un nombre escrito en tinta azul oscuro.

—Gracias.

Camina hasta la Facultad de Ciencias Sociales y pregunta por el estudiante en el tercer piso, en el Departamento de Literatura.

—Es él, el de chaqueta negra —le indica una señorita en la ventanilla de información.

Campo Elías se acerca al muchacho que lee despistado los comunicados oficiales en una de las carteleras y le dice:

—Mucho gusto, estoy haciendo mi tesis en la Facultad de Educación. El profesor Steve me recomendó que hablara con usted acerca de una bibliografía sobre el tema de los dobles.

—¿Qué tal? —responde el estudiante estrechándole la mano.

Conversan unos minutos en el corredor del Departamento. El estudiante se explaya sobre una investigación que está llevando a cabo en la cual el tema central es el fenómeno de una identidad fragmentada y rota en ciertos textos de autores norteamericanos y latinoamericanos: Hawthorne, Poe, Auster, Fuentes, Borges, Cortázar. El profesor de inglés disfruta la charla, interviene, asevera, pregunta, memoriza, y al final se cansa de la pedantería y de la pose de intelectual erudito de ese joven imberbe que escasamente sobrepasa los veinte años de edad. Hay algo en sus ademanes y en el tono de su voz que indican una falsa seguridad en sí mismo. Piensa: *Ha vivido mucho tiempo entre libros. Le falta sufrir de verdad, hundirse, ahogarse en sus propias miserias. No conoce aún sus debilidades, sus vicios, sus peores lacras y desperfectos. No ha luchado todavía contra él mismo. Todo lo que sabe es porque lo ha leído en los relatos de sus autores favoritos.*

Le agradece al chico sus datos y recomendaciones, se despide de él, sale de la universidad y camina hacia el norte por la Carrera Séptima hasta llegar a la fachada de su edificio en la Calle Cincuenta y Dos.

Sube las escaleras de dos en dos y antes de abrir la puerta del apartamento consulta su reloj de pulsera. Son las cuatro en punto de la tarde. Abre y lo primero que ve es a su madre en bata, en la cocina, preparándose un café en la cocina eléctrica de tres fuegos. Ella lo mira de arriba abajo reconociendo la ropa ajena. Campo Elías cierra la puerta y la ira le enciende las mejillas y la frente.

—¿Qué me mira? —pregunta casi a gritos.

—De quién es esa ropa.

—A usted qué le importa.

—No me hable así, por favor.

—Le hablo como me da la gana.

—Por qué me odia tanto si yo no le he hecho nada.

—Ahora resulta que la víctima es usted.

—¿Quiere café?

—No me cambie el tema.

La anciana apaga el fogón y hace el ademán de retirarse a su cuarto. Dice con resignación:

—Mejor me voy.

—No, espere —le dice el soldado interponiéndose en su camino.

—No me vaya a pegar.

—Grandísima puta, ¿por qué cree usted que se mató mi papá?

—Eso no fue verdad, eran chismes...

—¿Usted me cree idiota? Todo el pueblo lo sabía menos nosotros. Después crecí escuchando a mis espaldas: «Pobrecito, el papá se mató por un lío de cuernos.» Y usted siguió con su vida tan campante, como si nada.

—No fue así, yo sufrí mucho...

—No venga aquí con cuentos. Usted me ha hecho siempre la vida imposible.

—Yo nunca lo he odiado, mijo...

El militar piensa: *Llegó el momento. Entre menos palabras se pronuncien, mejor.*

—¿Sabe una cosa? Se acabó toda esta mierda. Usted va a pagar por lo que hizo.

Mete la mano entre el saco, desenfunda el revólver cargado, lo pone frente al rostro de su madre y le dispara en la cabeza sin dudarlo, con el brazo firme. La anciana se desploma sin hacer ruido con un agujero en la parte alta de la frente, justo en el nacimiento de su cabellera plateada y llena de canas.

El veterano de Vietnam la envuelve en papel periódico, humedece las hojas con gasolina y le prende fuego ahí mismo, sobre las baldosas de la cocina. Su mente es una tormenta de pensamientos atropellados y contradictorios. La sensación de una libertad suprema choca inesperadamente con una culpa que crece en la medida en que van llegando a su memoria recuerdos y escenas de la infancia: su madre cuidándolo y atendiéndolo en los ataques de fiebre y de tos recurrente, su madre cocinándole galletas y postres que él devoraba con avidez después de las interminables jornadas escolares, su madre abrazándolo y besándolo a la salida de la iglesia el día de su primera comunión. Algo en su interior se desequilibra y se derrumba al contemplar el cadáver de la anciana incendiándose y quemándose como si se tratara de un ritual funerario iniciado por ciudadanos budistas en medio de las atrocidades de la jungla vietnamita. Es la imagen del fuego la que desencadena una corriente de imágenes de guerra que le quitan la respiración y lo hacen evocar crímenes y asesinatos ejecutados por él sin el más elemental asomo de piedad o misericordia. Piensa: *El ángel exterminador, el guerrero que debe purificar al mundo de todos sus pecados. Debo cumplir con mi misión. No puedo fallar.*

Las llamas se extienden a gran velocidad y devoran los muebles de la cocina y gran parte de los asientos y las mesas de madera del comedor. Revisa el tambor del revólver, abre la puerta y baja por las escaleras hasta el apartamento 301. Timbra y una joven de rostro agraciado y simpático lo saluda con camaradería.

—Hola vecino, qué se le ofrece.

La respuesta del soldado es un disparo en la cara. Otra muchacha viene desde el fondo preguntando qué diablos es lo que está ocurriendo allá afuera, en el corredor. Campo Elías la recibe con un tiro en la frente. Luego se dirige al apartamento 302 y se tropieza cara a cara con una de las señoras de la administración del edificio.

—¿Qué es este escándalo?

—Así quería encontrármela —dice Campo Elías escondiendo el arma detrás de la pierna.

—Ah, es usted. Debí suponerlo.

—Le advertí que un día íbamos a arreglar cuentas, doña Beatriz.

—Si los demás residentes lo odian no es culpa mía. Se lo tiene bien merecido, señor, por antipático y grosero.

—Puta de mierda, arrodíllese.

Estira el brazo y le pone el revólver entre los ojos.

—Tranquilícese, por favor.

—Estoy tranquilo. ¡Arrodíllese!

—No me vaya a hacer nada —dice la señora Beatriz poniéndose de rodillas.

—A ver, levánteme la voz, insúlteme ahora si puede...

—No es para tanto, perdóneme...

—Todos son como usted, cobardes. Mire cómo le tiemblan las manos.

—Se lo ruego, discúlpeme...

—¿Quiere saber qué pasó allá arriba? Maté a mi madre y la quemé... Sus dos vecinas también están muertas.

—¡Dios mío!

—No creo que su Dios le sirva de mucho en este momento.

—No me vaya a disparar, ¡por lo que más quiera!

—Qué placer suprimir a ratas como usted.

Acerca el cañón a la piel para matarla a bocajarro.

—¡Nooooo!

El disparo lanza hacia atrás el cuerpo de la mujer y lo deja tendido sobre un pequeño tapete como si fuera un muñeco de trapo desencajado. El soldado baja las escaleras corriendo hasta el primer piso y timbra en el apartamento 101. Dos chicas universitarias con lápices y bolígrafos en la mano abren la puerta. El militar esconde otra vez el revólver detrás de la pierna.

—¿Podrían prestarme su teléfono, por favor? Hay un incendio en mi apartamento.

—Por supuesto, siga.

Una de las estudiantes descuelga la bocina y pregunta:

—¿Cómo es el número?

—Ni idea —responde la otra.

—Está en las primeras páginas del Directorio —afirma Campo Elías fingiendo ansiedad.

—¿Dónde está el Directorio?

—En la mesita, ahí en el cajón.

La joven cuelga y busca el Directorio Telefónico. Su compañera le pregunta a Campo Elías:

—¿Qué fue lo que pasó?

—Se regó una botella de gasolina en la cocina. Ya está todo incendiado.

—Lo siento.

—Listo, lo encontré —dice la que está arrodillada buscando.

—Marca rápido y dales la dirección.

En el instante exacto en que la muchacha pulsa los primeros números, Campo Elías saca el revólver y le dispara en el parietal izquierdo. Enseguida gira en ángulo recto y apunta a la otra estudiante que lo mira horrorizada, inmóvil, paralizada por el miedo. El soldado le pega un tiro entre los ojos. Se da la vuelta y ya va a empezar a caminar cuando escucha una voz a sus espaldas:

—¿Qué es todo este escándalo? No me dejan dormir.

Una tercera chica aparece desde el fondo frotándose los ojos y bostezando. Campo Elías vuelve a levantar el revólver pero en el momento de accionar el disparo no sucede nada, el arma despide un sonido inofensivo. Entonces, disgustado consigo mismo por la negligencia que implica el error, cae en la cuenta de que el tambor está vacío, sin proyectiles. La estudiante ha descubierto ya a sus amigas en el suelo y corre hacia las habitaciones para protegerse. El soldado extrae del cinturón las balas con rapidez, las ordena en el tambor y cierra el arma mientras se dirige al cuarto donde está la muchacha escondida. Rompe la puerta de una patada y encuentra a la chica agazapada detrás de la cama, rezando, con el rostro congestionado y lleno de lágrimas. Tiene una abundante cabellera negra y unos ojos azules almendrados y resplandecientes. Dice llorando:

—No me mate, por favor...

El militar le descerraja un tiro encima de la oreja izquierda, mete el revólver en la funda, gira ciento ochenta grados y sale del apartamento al salón de entrada del edificio. Afuera ya hay tres o cuatro curiosos que han descubierto la columna de humo en el cuarto piso. Abre la puerta, camina unos cuantos pasos y su mirada detecta un cartel publicitario del grupo de teatro El Local, que anuncia la obra *Bodas de sangre*, de Federico García Lorca. El nombre de la pieza lo deja absorto unos minutos, ensimismado. Piensa: *Éste es el destino de los guerreros: casarnos con la muerte. Nuestra mujer ideal, nuestra más fiel esposa. Hoy he vuelto a renovar los votos de este sagrado matrimonio.*

Se pone en marcha y deambula por la Calle Cincuenta y Tres hacia el occidente. Siente que una parte de sí mismo está herida, golpeada, lesionada. No ve nada a su alrededor, no percibe la gente, los almacenes, los restaurantes, la espléndida caída de una esfera redonda y roja en el horizonte. Sólo se detiene en las esquinas y cruza cuando no hay autos cerca o cuando los semáforos están a su favor. Pero no observa, no mira los carros y los buses, se trata más bien de una intuición, de una especie de facultad que le indica cuándo el camino está libre, como si en lugar de ojos tuviera un radar que le señalara la proximidad de ciertos objetos y personas.

En la Carrera Veintiocho dobla a la izquierda y timbra en una casa modesta pintada de blanco y con la puerta y los marcos de las ventanas de color verde oscuro. Una mujer de cuarenta o cuarenta y cinco años de edad abre la puerta.

—Campo Elías, qué sorpresa —dice haciéndose a un lado para dejarlo pasar.

—Doña Carmen, me alegra saludarla.

—Qué milagro, estaba desaparecido.

—Trabajando, doña Carmen.

Entran y se sientan en la sala junto a un ventanal que da a la calle.

—¿Quiere una Coca-Cola? Me acuerdo que es su bebida preferida.

—Gracias.

La señora Carmen sirve en la cocina un vaso de Coca-Cola y se lo entrega al profesor de inglés con una sonrisa de candor entre los labios.

—Hacía tiempo que no lo veía. No volvió por aquí.

—Vengo de afán, doña Carmen. Quería despedirme de usted.

—Y eso, ¿para dónde se va?

—Me voy al otro extremo. Tengo un tiquete sin retorno.

—¿Dónde es eso?, ¿en qué país?

—Me voy para la China.

—¿Por cuánto tiempo, Campo Elías?

—Para siempre.

—¿Por trabajo?

—Sí, señora.

—Ojalá me escriba de vez en cuando.

—Doña Carmen, quería venir a despedirme porque usted ha sido una persona muy especial conmigo, tal vez la única.

—Yo lo estimo mucho. Usted es un hombre muy inteligente y un gran amigo para mí.

—Créame que está correspondida. Muy pronto va a recibir noticias mías.

—No se olvide de nosotros.

—Si no he venido no ha sido por falta de ganas, doña Carmen. He estado muy ocupado arreglando todo lo del viaje.

—Le va a ir bien. Usted es muy brillante.

—Cuide a sus hijos. No permita que les pase nada. Los niños nunca se merecen la infelicidad.

—Se van a poner muy contentos cuando nos escriba.

—Voy a mandarles varias postales. Despídame de ellos y de su esposo.

Deja el vaso de Coca-Cola en la mesa, se levanta, abraza con fuerza a la señora Carmen y le dice con los ojos llenos de lágrimas:

—Tengo que irme. Gracias por todo.

Luego abre la puerta y sale a la calle sin mirar hacia atrás. Los últimos rayos de sol han desaparecido y la ciudad es ahora un juego de sombras y claroscuros que invade las paredes de las casas, de los edificios, de los largos andenes y las oscuras avenidas. Consulta su reloj: son las seis y cincuenta. Palpa en el bolsillo trasero del pantalón la cartera abultada con todos sus ahorros adentro. Se dice mentalmente: *Tengo derecho a una última cena. Luego el ángel anunciará el Apocalipsis.*

Sube por la Calle Sesenta hasta la Carrera Séptima y camina hacia el norte dos cuadras más. En la Calle Sesenta y Dos entra en el restaurante Pozzetto, elige una de las mesas cercanas a los baños y ordena media botella de vino rojo y un plato de espagueti con salsa boloñesa. Come despacio, en silencio, disfrutando del sabor del tomate y de los pequeños trocitos de carne molida. Termina la pasta y el vino, llama al mesero y ordena un vaso pequeño de Coca-Cola, un flan de caramelo, y, para cerrar, un vodka con jugo de naranja. El restaurante está lleno, no hay mesas vacías y dos parejas esperan en la barra un lugar para sentarse a comer. El soldado echa una ojeada y revisa que no haya guardaespaldas o francotiradores dentro del recinto. Satisfecho con la comprobación ingiere la última cucharada de postre y agarra el vaso y bebe el último sorbo de vodka. Después se dirige al baño, extrae las balas del cinturón y las deposita en el bolsillo izquierdo del saco, a la mano. Deja el tambor del revólver cargado con seis proyectiles y revisa que el cuchillo esté libre y fácil de desenvainar. *Por si acaso, por si las cosas se ponen feas y hay que abrirles el cuello*, piensa. Se mira en el espejo y dice en voz alta:

—Llegó el fin del mundo, sargento.

Sale del baño, toma posición y empieza a dispararles a los clientes que tiene más cerca. Son disparos certeros, a la cabeza, bien calculados. La gente grita, se arroja al suelo, pide ayuda, y algunos, los más arrojados, intentan arrastrarse hasta la puerta para escapar. El estratega cierra el ángulo de tiro e impide la salida de los sobrevivientes. Continuamente y con agilidad asombrosa recarga el tambor de su revólver. Las personas de las veintiséis mesas van quedando acorraladas y sin una posible línea de fuga. El veterano de Vietnam salta por entre los asientos caídos, las botellas y los vasos rotos, los pedazos de platos con rastros de salsas y comidas bien sazonadas, los manteles arrugados y manchados, y le dispara al enemigo siempre en la cabeza o en la nuca. Su puntería es impecable. Detrás de él va quedando una larga lista de cadáveres, moribundos y heridos de gravedad.

De repente el soldado se detiene y reconoce dos rostros que le son familiares. Son dos hombres, uno adulto y el otro muy joven. Están acompañados de dos mujeres jóvenes bien vestidas que los abrazan para protegerse de la masacre, como si ellos fueran dos escudos humanos que pudieran en algún momento salvarlas de la muerte segura que las espera. Campo Elías recuerda los rostros del pintor y del sacerdote. Niega con la cabeza, se sonríe y dice:

—Bienvenidos al infierno.

Los mata primero a ellos y luego a sus dos acompañantes. En su mente hay una extraña confusión: escucha ruidos de insectos en los cuatro rincones del recinto, pitidos, zumbidos, susurros que lo obligan a llevarse las manos a los oídos. Cierra los ojos y ve nubes de moscardones viajando por el aire a gran velocidad, abejas suspendidas entre aleteos fantasmagóricos, avispas, panales atiborrados de obreras trabajadoras y laboriosas, cardúmenes de peces multicolores nadando entre aguas cristalinas, ballenas, ratas desplazándose camufladas en la fétida oscuridad de las alcantarillas, manadas de elefantes caminando con pesadez en medio de terribles sequías y angustiosas hambrunas, rebaños de cabras saltando entre precipicios y afilados despeñaderos, piaras de cerdos revolcándose entre grandes charcos de lodo, hatos de reses pastando en potreros gigantescos, bandadas de pájaros surcando atardeceres magníficos, organismos microcelulares entre líquidos irreconocibles, bacterias, virus, infinitas cadenas de ácido desoxi-rribonucleico multiplicándose vertiginosamente.

Se acerca al cuerpo del padre Ernesto, cambia el revólver de mano, unta su dedo índice en la sangre que mana de la cabeza del religioso y escribe en el suelo: «Yo soy legión.»

Varios policías ingresan atropelladamente en el establecimiento y comienzan a disparar en desorden, sin un objetivo determinado. El soldado se pone de pie y abre los brazos en cruz, sin defenderse, sin oponer resistencia. Los agentes no dan en el blanco.

Entonces el verdugo Campo Elías, en un último movimiento ritual y ceremonioso, se lleva el revólver a la sien y se vuela la cabeza.

EPÍLOGO

Al día siguiente de la matanza de Pozzetto ningún lector se percató de que en las páginas finales de los diarios, en rincones de poca importancia, aparecía una noticia que hablaba de una niña poseída por el Demonio, una niña que había asesinado en el barrio La Candelaria a su madre y a una empleada del servicio doméstico. La posesa había escrito en las paredes con la sangre de las víctimas: «Yo soy legión.» La policía no había podido dar con ella y los periodistas suponían que seguramente estaría vagando de calle en calle, confundida entre la multitud de indigentes y alucinados que recorren la ciudad durante horas interminables y que suelen pernoctar en potreros baldíos, en caserones abandonados, en parques poco concurridos o debajo de los puentes en guaridas improvisadas y malolientes.

Bogotá, julio del año 2001

ÍNDICE

 Seix Barral

España
Av. Diagonal, 662-664
08034 Barcelona (España)
Tel. (34) 93 492 80 36
Fax (34) 93 496 70 58
Mail: info@planetaint.com
www.planeta.es

P.º Recoletos, 4, 3.ª planta
28001 Madrid (España)
Tel. (34) 91 423 03 00
Fax (34) 91 423 03 25
Mail: info@planetaint.com
www.planeta.es

Argentina
Av. Independencia, 1668
C1100 ABQ Buenos Aires
(Argentina)
Tel. (5411) 4124 91 00
Fax (5411) 4124 91 90
Mail: info@eplaneta.com.ar
www.editorialplaneta.com.ar

Brasil
Av. Francisco Matarazzo,
1500, 3.º andar, Conj. 32
Edificio New York
05001-100 São Paulo (Brasil)
Tel. (5511) 3087 88 88
Fax (5511) 3087 88 90

Chile
Av. 11 de Septiembre, 2353, piso 16
Torre San Ramón, Providencia
Santiago (Chile)
Tel. Gerencia (562) 652 29 43
Fax (562) 652 29 12
Mail: info@planeta.cl
www.editorialplaneta.cl

Colombia
Calle 73, 7-60, pisos 7 al 11
Bogotá, D.C. (Colombia)
Tel. (571) 607 99 97
Fax (571) 607 99 76
Mail: info@planeta.com.co
www.editorialplaneta.com.co

Ecuador
Whymper, N27-166, y A. Orellana,
Quito (Ecuador)
Tel. (5932) 290 89 99
Fax (5932) 250 72 34
Mail: planeta@access.net.ec
www.editorialplaneta.com.ec

Estados Unidos y Centroamérica
2057 NW 87th Avenue
33172 Miami, Florida (USA)
Tel. (1305) 470 0016
Fax (1305) 470 62 67
Mail: infosales@planetapublishing.com
www.planeta.es

México
Av. Insurgentes Sur, 1898, piso 11
Torre Siglum, Colonia Florida, CP-01030
Delegación Álvaro Obregón
México, D.F. (México)
Tel. (52) 55 53 22 36 10
Fax (52) 55 53 22 36 36
Mail: info@planeta.com.mx
www.editorialplaneta.com.mx
www.planeta.com.mx

Perú
Av. Santa Cruz, 244
San Isidro, Lima (Perú)
Tel. (511) 440 98 98

Portugal
Publicações Dom Quixote
Rua Ivone Silva, 6, 2.º
1050-124 Lisboa (Portugal)
Tel. (351) 21 120 90 00
Fax (351) 21 120 90 39
Mail: editorial@dquixote.pt
www.dquixote.pt

Uruguay
Cuareim,. 1647
11100 Montevideo (Uruguay)
Tel. (5982) 901 40 26
Fax (5982) 902 25 50
Mail: info@planeta.com.uy
www.editorialplaneta.com.uy

Venezuela
Calle Madrid, entre New York y Trinidad
Quinta Toscanella
Las Mercedes, Caracas (Venezuela)
Tel. (58212) 991 33 38
Fax (58212) 991 37 92
Mail: info@planeta.com.ve
www.editorialplaneta.com.ve

Grupo ⬛ Planeta   Seix Barral es un sello editorial del Grupo Planeta   www.planeta.es